涙龍復古伝

嘘し皇の寵妃

かみはら

角川文庫
24025

目次

主な登場人物

イラスト／さくらもち

暁蕾《しゃおれい》

草原の民の生き残り。翠蘭のために涙の泉の水を運ぶ役目を負う。あだなは小羊《しゃおやん》。

翠蘭《すいらん》
（蓮妃）

霞国の妃。暁蕾の姉のような存在。涙龍の霊薬「涙石」を作る巫として、蓮華楼で暮らす。

宗《そう》哲《てつ》　霞国の君主。病弱で涙石の力によって生き長らえている。

子《し》義《ぎ》　霞国の宦官。宰相より強い権威を持つ。暁蕾に優しい。

丁《てい》　霞国の武器庫番。暁蕾の水汲みの見張り兼護衛を務める。

安《あん》世《せい》　薬師の息子。口が悪く暁蕾によくちょっかいを出す。

安《あん》民《みん》　安世の父。人望の厚い薬師。亡き妻は草原の民だった。

妖《よう》瑤《よう》　霞国の筆頭道士。骸《ハイグ》と呼ぶ死体を自由自在に操る。

青《せい》影《えい》

霞国の兵士で腕利きの剣士。不老不死の呪いから逃れるため、涙龍を探している。

一章　東の国

世界の東に霞国《かこく》なる国がある。

始まりは四百年前、かつて大陸を征圧した雅国《がこく》と祖を同じくし、雅が滅んだ後はその流れを汲《く》んだ瑞国《ずいこく》と袂《たもと》を分かった。瑞国とは敵対関係にあるが長らく大きな戦は起こっておらず、夷狄《いてき》と小競り合いを繰り返している。一年中気候は安定しており、農耕と狩猟が盛んなため飢えは少ない。

特筆すべきは霞王が住まう都城。都の五分の一を覆う樹木は国の象徴として敬われ、訪れる商人や旅人の目印として名が知れて長い。

このように珍しい樹木を有するのは霞国ひとつきりであり、四季を通して葉は青々と生い茂っている。見上げればいつでも緑の天蓋《てんがい》が宮廷たる霞雲殿《かうんでん》を見守っているから、国から一文字授け霞樹《かじゅ》と親しまれている。

霞樹が見下ろすのは春の夜に染まる都、ある男が喧噪《けんそう》を音楽に空を見上げ、街の中、人ごみを縫うように歩きながら心の内で語る。

――涙龍《なみだりゅう》は、もはやこの地でも慰めを見出《みいだ》せないらしい。

男は霞国の都を観察する。

増改築を繰り返し拡張されていった城はいまも広がり続け、かつて城壁が備わっていた場所は通路となって利用されている。街は区画ごとに整備され喧噪で溢《あふ》れていたが、今宵の人々は時折己の肩を撫《な》で、不安そうに空を見上げるばかりだ。酒場の売上は芳しくなく、客も早々に引き上げるため、街はどことなく閑散としていた。

いまや薪売りが街を歩けば、半刻もしない間に売り切れる。

風の気紛れに霞樹の葉が一枚、また一枚と散りゆくは、民の不安を示しているかのようだ、とある詩人は語る。霞国の起こりより幾百年の歴史で初めて、冥府《めいふ》の星がもたらす風は冷気をもって都を覆っている。

霞国が過ごしやすい国だと言われていたのは、春が始まる前までである。

この気候は異常だ。

男はひときわ高い位置にそびえる城を見上げた。

気候の変化はゆるやかに始まったのだろうが、もはや民を誤魔化しきれず、そして君主も見逃せぬまでに明らかになってしまった。

これは国が災厄に見舞われる前兆。

主立った兵はまだ真面目に働いているが、段々と酒に逃げる者、賄賂《わいろ》に手を出す者も増え出した。それを知る者はますます君主の施政に眉《まゆ》をひそめ、口を真横に結んで財産を蓄えるか、あるいはいまの主《あるじ》に替わる権力者へ媚《こ》びを売りはじめる。もっと賢《さか》しい者は国外への脱出を検討するも、現段階でそれほど知恵が回る者はいないはずだ。なにせ彼らはこの寒さの原因が何であるか気付いていない。

このまま不安が伝染すれば民は現実を放棄し、崩壊への序曲が奏でられるだろう。

だが、と男は拳《こぶし》に力をこめる。

国の瓦解《がかい》は避けられないやもしれぬが、男はさがしものを見つけねばならない。

彼が未来を憂う陰で、また一枚、霞樹の葉が風に攫《さら》われていた。

揺らめく葉は不自然なまでにゆっくりと落ちるが、一枚の枯れ葉ごときに目を向ける者はいない。ゆらりゆらりと飛ぶ葉は、長い間空を躍り飛び、やがて小さな光を放つ。

光に侵食された葉が細かく砕け散る。

粉々になった光はやがて大気にとけ込んだが、それを知るものは誰一人としておらず、霞国の民はひそやかに、ただただ目前に晒《さら》される苦難に王への不満を口にするだけだ。

それでも生活の営みは止められるはずもなく、明日に不安を覚えながら眠りに就くのが霞国の民の日常なのであった。


霞国のとある襤褸《ぼろ》家では、ひとりの娘が眠っていた。

家主――暁蕾《しゃおれい》は空の瞬きなど知る由もなく、夜の闇に包まれている。

夢とは時に過去の記憶を再現するものだ。この夜の彼女は母の腕に抱かれ、人生で一番幸せな時間を過ごしていた。

父の帰りを待つあいだ、暁蕾は母の腕の中で、よくおとぎ話を聞いていた。

それは世界のどこかにある物語。見たこともない大きな獅子《しし》が王様を選んだり、壺《つぼ》のあやかしが願いを叶《かな》えてくれたりと、様々な話で暁蕾を喜ばせてくれる。

中でも、いちばん大好きだったのは、暁蕾達草原の民にとって身近な存在の話。

「昔々、遠い、遠い地からやってきた龍《りゅう》がいたの」

母が龍の話をするときは、いつも微笑みの中になんとも言えない表情を浮かべていたけれど、語る声は優しかった。

「龍は傷ついていた。故郷から追い出されて、寂しくて、ずうっと泣いていた」

かわいそう、と幼い彼女が呟《つぶや》けば、柔らかい手の平が髪を撫でる。

「龍はひとりぼっちでは生きられなかった。だから仲間を求めて新しい地にやってきたけれど、悲しいことにこの地の神は龍を受け入れられなかった」

「仲間はずれにしちゃったからかしら？」

「……わからない。だけどね暁蕾、龍は追いやられてしまったけど、ひとりにはならなかった。父様のご先祖さまたちに出会ったの」

「たくさんお話しして、それでなんでも治せるお薬をくれたの！」

「そう。草原の民と出会った龍は涙龍と呼ばれ、少しだけ寂しさを忘れることができた。そのお礼になんでも治せるお薬を授けてくれたけれど……でも暁蕾？」

咎《とが》めるような母の視線に、わかってる、と得意げに言ってみせた。

「涙龍のお薬は私たち草原の民だけの秘密。絶対誰かに話したらだめ。……約束はちゃんと守ってるよ？」

「あなたが約束を守る良い子なのは知ってる。けれど黙っておくことが、外に出ていった皆を守ることにも繋《つな》がるの。いいこと、気軽に話しては駄目よ」

「いまは母さましかいないじゃない」

「それでも気をつけるの。この秘密を守っていくのはあなたたちなんだから」

はぁい、と気のない返事をした。

「それに仕事を怠けてはだめよ。みんなちゃんと乳搾りしてから遊んでるんだから」

「私の分は父さまの働きでちゃらだもん」

「父様は父様、あなたはあなたです。父様の働きを自分のものにしてはいけません」

「翠蘭《すいらん》おねえちゃんは遊んでても叱られないじゃない」

「あの子は族長の娘さんだから……」

族長の末娘だから許されるのかと、暁蕾はふくれっ面を作り、ご機嫌斜めを装った。勉強以外のことには優しい母は、こうすれば暁蕾をなだめ謝ってくれる。これをいいことに、とっておきの落雁《らくがん》をひとかけらだけ食べさせてもらう算段でいた。

甘い菓子で口を満たそうと夢見心地でいたら、いつまで経っても期待する言葉が降ってこない。もしかして悪巧みがバレてしまったのかもしれない。おそるおそる顔を上げると、無表情に暁蕾を見下ろしている母と目が合う。

……頭の片隅で夢の終わりを悟った。

母の唇の端から赤い血液が流れ落ち、幼い暁蕾が泣き出す一方で、現実の彼女はこれは悪い夢と言いきかせた。ただの過去の再現だから傷つく必要はない。そう言い訳する傍らで、母の胸に広がっていく赤い染みから目を離せない。

幼い暁蕾が母さま、と呼びかける前に目を覚ました。

夢に反し呼吸は落ち着いている。

深い息を吐き、硬い枕に後頭部を強く押しつけながら、交差させた腕を目頭に当てた。

「やな夢」

まだ朝も早かったが、起こしてくれる人はいないから何時に起きようと自由だ。

普段ならばもう少し横になっていてもいい時間だが、夢見のせいの気鬱《きうつ》さに身を起こす。安材でしつらえている寝台のためか、体重が偏るたびに音が鳴る。ひどくうるさいが慣れてしまったので、壊れなければいい程度の認識だった。

今朝も寒い。肩をなで、冷たくなった爪先《つまさき》を指で何度も揉《も》んであたためた。

鍋《なべ》には昨晩炊いた芋粥《いもがゆ》が残っているが醤《みそ》がない。買い足したいが市が開くにはまだ早く、悩んだ末に火を点《つ》け、あたためた粥をかき込んだ。

陽が昇ると汚れ物の袍《ほう》と桶《おけ》をかかえ外に出て、いつもの風景を見渡す。

このあたりは単純な土壁仕立ての四角い家ばかりだ。どこもかしこも薄汚れ、身なりもおざなりな者が多い。裕福と謳《うた》われる霞国でも貧しい者達が集う、いわゆる貧民街と呼ばれる区域になる。危険な印象を持たれがちだが、朝の時間帯は大して危険ではない。その証拠に水場では近隣の主婦達が洗濯を始めており、大口を開けて笑い合っている。

暁蕾も洗い物をすべく輪に加わると、話しかけてくるのは顔なじみのおばさんだ。

「おはよう小羊《しゃおやん》。今朝は冷えたけど、よく眠れたかい？」

「それが寒くて目が覚めちゃったよ」

「だよねぇ。うちの人も寒いって起き出してきちゃって困ったよ。いままでこんな冷えることとなんてなかったのに、どうしちゃったんだろうねえ」

「これ以上冷えたら困るかも」

「困るどころの騒ぎじゃないよ。夜具の店なんて最近は品切れ状態で、綿も高くて手に入りやしない。このまま冷えていくんなら、いまある厚物を重ねても足りないよ」

「君主さまが道士に祈禱《きとう》させてるんじゃなかったっけ」

「そんなことやってもうどのくらい経つね。役立たずに銭を出し続けるくらいなら、あたし達に分けて欲しいくらいだよ」

ここ六十日ほどだろうか、霞国にあるまじき寒さの到来で皆が困り果てている。貧しい者の危機感は尚更《なおさら》で、外を歩けばピリピリした空気が漂っていた。

おばさんは妬《ねた》みを含んだため息を吐く。

「あんたはいいよね。寒くなっても君主様から綿の入った袴《はかま》をもらえるんだし」

「死にそうになってたらもらえるかもしれないね」

「まったく羨《うらや》ましいよ。奴隷なのに他の連中と違って自由にできてる。ろくに働かなくてもいいうえに特別扱いされてるんだから……」

そうだね、と慣れた様子で聞き流した。

特別扱いを感謝したことなど一度もないが、定期的な配給も、銭も、それどころか狭く汚らしい家でも暁蕾に下賜しているのは霞国の君主・宗哲《そうてつ》だ。たとえ彼女を奴婢《ぬひ》に落とした相手でも、恩恵にあやかる以上は敬うふりは続けねばならない。間違ってでも文句を言えばたちまち疎まれてしまう。

それが一族郎党、皆殺しにされた生き残りが選択できる唯一の道だ。

こんな風に言われるのも慣れているので、適当に同意して頷《うなず》いた。

「なにか分けられるものがあったらお裾分《すそわ》けするね」

暁蕾が損をするばかりでも、これを言わなければおばさんは機嫌を損ね、周囲に悪口を言いふらす。代わりに余った食事をもらうからおあいこだ、と自らに言いきかせる暁蕾は、もうすぐ十六にして、世間の世知辛さを学んでいる。

洗い物を終え帰る途中も気分は優れない。夢見が悪かったせいだと嘆息すると、楽しげに笑い合いっている少年少女とすれ違った。

真っ先にからかってきたのは薬師《くすし》の息子の安世《あんせい》だ。

「お、小羊《しゃおやん》じゃん。お前また朝っぱらから洗濯か。毎度毎度ババくせえな」

言い返しはしない。昔っから暁蕾のやることなすことに突っかかっては来るが、他の子のように物を投げたりしないし、なにより彼の父親は良い人だ。ひとりぐらしの暁蕾を心配して炭や食料を分けてくれる。息子と喧嘩《けんか》したと聞いたら悲しむから、口を噤《つぐ》んでいると、安世の友人達がすれ違いざまに「豚《トン》」だの「不細工」だの陰口を叩く。

黙って彼らをやり過ごせば、通りすがりの老人に話しかけられた。

「小羊、今日の夜にでも、うちの婆さんの足をさすってくれんかね。冷えて痛いとうるさいんだ」

「わかった。忙しくないと思うから、なにもなかったら夜に行かせてもらうね」

「代わりといっちゃなんだが、芋の余りがあるからね。用意して待ってるよ」

頼みには笑顔で頷いたが、考えていたのは朝夕の冷え込みの厳しさだ。

気候の変化を憂うのは皆と同じだった。綿の掛け物をもらえるあてはあっても、できれば頼りきりにならず、自前で整えたいのが本音だ。

しかし彼女には仕事に就けない事情がある。現状、人手が足りないところに声をかけ、小遣い程度の駄賃をもらうばかりがせいぜいだ。

考えながら歩いていたから、家の前に人が立っているのに気付くのが遅れた。

官服姿の役人など間違っても貧民街にいる御仁ではなく、すぐさま膝《ひざ》をつくが、相手はとっくに機嫌を損ねていた。

「遅かったな」

「申し訳ございません」

謝りながら内心で顔を顰（しか）める。

宮廷の使いが来ることは忘れていないが、朝からのんびり洗濯しに出かけたのは、いつもはもっと遅い時間に出発するためで、しかもこんな役人の来訪は予期していない。

居丈高な役人は必要以上に胸を反らしている。なんだこいつ、と内心で悪態をついた。

「わかっているだろうが、子義《しぎ》様のご命令である。泉より水を汲《く》んでくるが良い」

かしこまりました、と深々と頭《こうべ》を垂れたが疑問は拭《ぬぐ》えない。

頭を下げられたことで機嫌を直した役人に、顔を上げて尋ねた。

「あの、ところではじめてこちらにご来訪されるとお見受けしましたが……」

「そうだが？　私の、ひいては丞相のご命令に不服があると申すか」

「とんでもない。その、水ならいつもきちんと運んでいますので、こんな風にお立ち寄りになるなど、蓮妃《れんひ》さまになにかあったのかと心配になりまして」

「お前ごときが案じる必要はないわ」

汚らしいものに話しかけられたと言わんばかりの表情に、ああ、とすぐさま小役人の人となりを見抜いた。

この男も、霞国の外で生まれた人を、人とはみなさない種類の人間だ。

「蓮妃様のため、泉から水を汲むことが、お前に与えられた唯一の役目であろうが。くだらぬ考えを持たず、ただちに命令を実行しに行け」

ずきり、と心の隅が痛んだ気がしたが、それを素直に見せる暁蕾ではない。

小役人でもそこそこ高位の人物だから、貧民街に長居したくなかったのかもしれない。用件だけ言い渡すと引き上げてしまい、残されたのは丁《てい》という兵だ。

無精髭《ぶしょうひげ》を生やしたうだつの上がらない男で、普段は武器庫番をこなす顔なじみだ。

「そういうわけだ。さっさと支度してこい」

言われた通りに、綿で丁寧にあつらえられた宮廷用の衣装に袖《そで》を通す。このときだけは髪を括《くく》って首の後ろを見えるようにしなければならない。異なる部族と一目でわかるように銀の装飾も身に着けた。

指がうなじに触れ、かつて押された焼き印の痕をなぞっていく。これこそが暁蕾の身分を示すものであり、霞国に滅ぼされ組み入れられた部族の証《あかし》だった。

暁蕾にひとかかえの包みを渡した丁は、基本的にやる気はなく、だらだらと喋《しゃべ》りながら歩く。暁蕾も慣れた様子で文句を言った。

「丁さん、なんでいきなりあんな小役人が足を運んできたの」

「それがなぁ、おれもまったく意味がわからんのよ」

この中年とはかれこれ九年ちかくの付き合いになる。出会った頃は草原の民である暁蕾を疎んじたが、打ち解けて以降は、娘と同い年の彼女を彼なりに憐《あわ》れんでいる。

「いつも通り朝飯食ってからお前のところに行くつもりだったんだが、いきなり呼び出されたかと思えば、丞相のご命令だからお前を水汲みに行かせるぞって言われてなぁ。

子義様の子飼いってのは本当だから、黙って従ったが……」

あの小役人は最近登用されたばかりだから、張り切ったのではないかと教えられるも、暁蕾の懸念は別にある。わけもなく手に力が入っていた。

「蓮妃《れんひ》……翠蘭《すいらん》になにもなければ良いんだけど。ねえ、後宮の噂は聞いてない？」

「武器庫の歩哨《ほしょう》に期待してくれるな。心配だったら、直接蓮妃様にお会いしろ」

「……わかってるよ」

「腐るな。落ち込んだところで、お前にゃどうにもならん。いまに始まったことじゃなかろうが」

「腐ってなんかない。こんなの慣れてるし、いまさらなんだから」

宮廷へ行くためには水汲みが必要だ。丁と貧民街を抜けると、群衆ひしめく大通りにでた。霞国は長く続いている国であり、ここは東側最大の都だから人の数も多い。あちらこちらで露店が開かれ、客引きに余念がなく、雑踏にまみれて騒がしい。

そんな中を慣れた様子で進み、大通りから大門を出る。待っていた牛車に乗り込むと、遥《はる》か向こうまで広がる地平に思いを馳《は》せた。

この景色の向こうには、見渡す限りの草原と大地が広がっている。

終わった過去に暁蕾が胸をざわつかせていると、そんな彼女を見て丁が揶揄《からか》った。

「なんだ、昔でも懐かしんでるのか」

「別に」

「だよなぁ。そんなこと言っちまったら袋だたきにされる、喋る相手には気をつけろ」

都に連れて来られる前、暁蕾は草原に住んでいた。

霞国とは友好関係にあった、草原の民と呼ばれていた移動民だ。周辺の遊牧民族との仲も良好で、霞国との関係を取り持つ橋渡し役だったが、霞国君主・宗哲に裏切られ、子供二人を残し他は皆殺しにされた。

景色が緑の絨毯《じゅうたん》に移ろいだせば、丁がぽつりと呟《つぶや》く。

「いつ見ても草原ってのはぞっとするね。よくもまぁ塀もない場所に住めるもんだ」

「……たしかに守ってくれる壁はなかったけど、悪いものじゃないよ。どこにいっても邪魔するものなんてなかったし、走り放題なんだから」

生け捕りにされた子供の一人が暁蕾であり、いまは奴隷として生かされている。

草原を抜けた先には小高い丘がある。

近付くにつれわかるのだが、不思議とその周辺だけは木々が生えていなかった。本来あるべき動植物は見あたらず、周囲は木柵《もくさく》で仕切られ、現在は禁足地になっている。王族所有の土地だから、立ち入ろうとする者はいかなる者であろうと斬り伏せても良いと定められている場所だ。そのため柵門には常に見張りが立っているはずだが……。

「……誰もいないね」

「詰所へ行ってみるか。なにやってんだ、あいつら」

詰所を訪ねれば兵達が酒盛りをしている。顔を見せるとなじみだけあって、鍵《かぎ》は放り投げられ、あっけなく通行許可が下りてしまった。

酔っ払い共はげらげらと笑い声を上げる。

「小羊《しやおやん》や、ここいらは寂しすぎて女っ気がねえんだ。かかあのところに帰れるのもまだ先だし、ひとつ酌をしてくれねえか。みんな寂しいんだよ。なぁ？」

「酒の供としちゃあ器量が問題だが、いねえよりはましだからな」

兵達はじろじろと彼女を上から下まで値踏みする。品定めの視線が不愉快だったが、ここで弱気を見せれば調子に乗る。暁蕾は威圧するように睨《にら》み付けていた。

「一蓮托生《いちれんたくしょう》で子義さまに叱られても良いなら付き合うけど？……勝手に入るからね」

「好きにしてくれや。どのみちあんなところに好んで入りたがるのはお前だけさ」

勝手に盛り上がる兵に呆《あき》れ、詰所を後にする。

男達の野次に背を向けると、丁が「不安なんだ」と彼らを擁護した。

「ここんとこやたら冷えちまってるし、不作で食いもんも高くなってるからな」

「だからって私が酌をする理由はない」

「だとしても、もうちょっと愛想よくしとけ。ただでさえ器量が……アレなんだから、愛嬌《あいきよう》がなかったらお終《しま》いだぞ？」

「それこそ余計なお世話」

さらに口を曲げそうになるも、いつまでも反発したところで仕方がない。

兵達の仕事が疎かになっているのは、こんな場所をわざわざ訪ねる物好きはいない、と考えているせいかもしれない。なぜならここはかつて草原の民の聖地、いまや霞国への恨みが募った怨嗟《えんさ》の地として恐れられている。

「おお、寒々としていつまでも好かねえ場所だ。さっさと済ませてこい」

柵門を開くと丁は牛車に横になり、先へは暁蕾一人だけが進んだ。丁が付いてこないのは、中に入るのを許されていないからだ。

小高くなった丘……はよく見れば巧妙に隠された洞窟《どうくつ》になっている。入り口は一つであり、彼女の足は躊躇《ためら》いなく硬い地面を踏みしめた。中はひんやりとしており、外とは違う澄んだ空気が漂っている。灯《あか》りひとつなかったが、暁蕾が入った途端、ところどころが青白く光り出す原理は不明だ。

すこし下れば目的地はすぐそこだ。

岩場の中に直径十五尺ほどの泉がある。蝙蝠《こうもり》や虫の類《たぐい》はおらず、まるで人工的に管理された水場だが、れっきとした自然の産物だ。水はいささかの濁りもなく、魚といった生物の息吹《いぶき》も感じられない。ただただ静寂に水が湧き上がる音だけが響き、他には何もなかった。

岩から溢《あふ》れる光を何と呼ぶのか暁蕾は知らない。

ただ水面《みなも》に反射する己の顔を凝視し、ぎゅっと目を細めて頰を撫《な》でる。

そこにいたのは、もう少しで十六になる少女だ。瘦《や》せ気味なので年齢よりはいくらか幼く見えるが、草原の民の特徴たる星空のように奥深くて静かな藍《あい》がかった黒髪に、碧《みどり》の瞳《ひとみ》。鼻梁《びりよう》も通っている……はずなのだが、周囲からは例外なく容姿を貶《おとし》められる。

何度繰り返したかわからない、答えの出ない自問を投げた。

——そんなに変な顔？

都では美醜の基準が違うのだろうか。問いたくとも、なぜかいつも話が嚙《か》み合わない。良識ある大人は何も言わないけれど、雰囲気で察せられるし、同年代の少年少女達は残酷で思ったことを口にする。彼らが嘘をついているとは思えないが、暁蕾の所感としては、彼女は極めて普通の容姿だ。

けれども何度も何度も言われるから、せめて不快感を与えないよう努めている。爪弾《つまはじ》きにされないために身なりを整え、沐浴《もくよく》を行い、体を拭《ふ》いて清潔さを保つのだ。

小羊《しやおやん》という呼び方も、はじめは蔑《さげす》みを込めた豚《トン》だったから、これでも改善した方だ。

周囲に馴染《なじ》むために頼み事を引き受け、笑顔で振る舞うようになってから、大人達は『小羊』と呼ぶようになった。髪がボサボサで盛り上がり、絡まっていたから羊らしい。

「私は、普通だよね？」

水面に向かって問いかけるが、当然答えはない。

不安そうな面差しは、やがて諦《あきら》めてかぶりを振る。

悩んでも仕方がないし、いつだって解決したためしはない。

大事に抱えていた包みをほどき、水瓶《みずがめ》を取り出す。蓋《ふた》付きの細長い品物で、本体は翡《ひ》翠《すい》で作られている逸品だ。相当な価値があるものの、暁蕾にはただの瓶に過ぎない。

瓶を抱えた腕を沈め水を汲《く》み、終わると自らも喉《のど》を潤した。

洞窟を出ると再び牛車で都へ帰還するが、次に向かうのは自宅ではない。

霞国は王の住まう霞雲殿《かうんでん》の奥、王の妃《きさき》達が住まう天音閣《てんおんかく》がこの短い旅程の目標だ。


宮廷に行くには西門を経由し、使用人通用口を通って入城する必要があった。

正規の入り口は別にある。こちらは火竜門《かりゅうもん》と呼ばれ親しまれており、市街地から窺《うかが》える長く高い階段を上った先の大門だ。大層見栄えのする門だが、この道を使えるのは正規の手続きで入城を許された者だけだ。

火竜門を通る意味合いは、有り体に述べれば民衆に対し、己が選ばれた者であると見せつける興行だ。従って宮廷勤めが長い者は火竜門を利用しない。

暁蕾も昔は草原の民を下した見せつけを兼ね、火竜門の利用を義務づけられていたが、それも一季節が過ぎる頃には終わった。以降はずっと裏口を使用している。

入城後、丁と別れると早足になるのは、これから向かう先に侘《わび》しい日々を潤してくれる人がいるためだ。しかし慌てすぎたせいか、身体の重心を崩して前のめりになった。

つまずいてしまったのだ。

自らのヘマに、一瞬の間に血の気が引いた。咄嗟《とっさ》に瓶を守ろうとしたら、誰かに支えられる。見知らぬ男性が倒れかけた暁蕾を助けてくれていた。

「あ、ありがとう」

いや、と答えた人は、年の頃は二十半ばほどか。名高い武人と勘違いしたが、その恰《かっ》好《こう》に気取った外《がい》套《とう》や凝った帯飾りはなく、どうやら丁より少し身分が上の士官らしい。ただの士官にしては風《ふう》采《さい》が立派であり、奇妙な貫《かん》禄《ろく》が備わっていた。

これほどの容《よう》貌《ぼう》なら官女の噂に上りそうだが、ついぞ聞いたことのない人である。妙に貫禄があるし配属替えか、それとも降格でもされたか。疑問が頭を過《よぎ》ったが、本来の目的を思い出し、物言いたげな男には頭を下げ背を向けた。天音閣への通用門はすぐそこだ。

天音閣に入れるのは女と宦《かん》官《がん》、そして一握りの兵だけとなる。

一歩足を踏み入れれば天上の世界と謳《うた》われる通り、外の世界とは一線を画している。一寸の狂いもなく手入れされた木々に、目を楽しませるための池と小橋。王と妃を迎えるための建物は装飾がなされ、焚《た》かれた香が鼻《び》腔《こう》をくすぐる。汚れは許さぬと言わんばかりに磨かれた床は塵《ちり》一つ落ちておらず、そんな中を暁蕾は臆《おく》さず進む。

ある新人官女が暁蕾を咎《とが》めようとして、年長の官女に叱られた。

「あの子はいいんだ。蓮妃様のところの娘だから、覚えておくんだよ」

「でも、あんな汚い娘を許しても良いのでしょうか。見た目だってあんなに……」

「いいんだ。それより覚えておきな、あの子……小《しゃお》羊《やん》を苛《いじ》めてはならないよ」

意外な言葉に新人は首を傾げ、年かさの官女は重苦しく言い含める。

「あの子は重要なお役目を負ってる。なにかあって怪我でもさせたら、家族も無事じゃ済まないよ。子義様や道士様に睨まれたくなかったら、関わるのはおやめ」

「そんな……たかが異民におおげさではありませぬか」

「むかし、それで処刑された官女がいたんだよ、子義様の機嫌を損ねてしまったのさ」

官女達の会話など知る由もない暁蕾は先を急ぐ。

天音閣内でも妃によって与えられている住まいは異なる。彼女が真っ直ぐに向かったのは妃の一人、蓮妃に与えられた御殿だ。蓮華楼《れんかろう》といい、霞雲殿《かうんでん》の中にありながら三階建ての建造物である。霞雲殿の屋根の高さを超えぬよう地面を削り、堀で囲って水を流していた。入り口はひとつのみで、その先も三人並んで歩ける程度の橋しかない。

宮廷でも異質なこの建物、はじめてこの蓮華楼を見た者は、蓮妃の特別扱いに嫉妬《しっと》を覚えるらしい。しかし暁蕾にしてみれば、まるでお門違いだと言わざるを得ない。

これは霞国が蓮妃を逃さぬための特別な牢獄《ろうごく》。

見た目だけをきれいに飾った悪趣味な監獄だが、すべて妃の身分を賜っただけで名誉と片付けられる。考えれば鬱々《うつうつ》とした気分になるが、悲しいかな心は浮き立っている。

蓮華楼ではすぐさま案内がなされ、彼女は主《あるじ》たる蓮妃に目通りが叶《かな》った。

その人を見た途端、暁蕾は我慢できずに名を呼んでしまう。

「蓮妃さま！」

「いらっしゃい、暁蕾。待っていたわ」

たおやかに微笑むその人は、自ら席を立ち彼女を出迎える。貴人にあるまじき歓待ぶりで、自ら膝《ひざ》を折り暁蕾の手を取った。

「十日目はいつも落ち着かないわ。貴女《あなた》が来てくれると思うと、いても立ってもいられなくなってしまいます」

友人の頬をそっと撫でる蓮妃……もとい草原の民のもう一人の生き残り、翠蘭には化粧っ気もないのにどきりと胸を高鳴らせる魅力がある。

暁蕾の手が冷たいと気付くと、すぐに表情を曇らせた。

「そんな薄着で寒くなかったかしら。ごめんなさいね、わたしが直接出向けたらよいのでしょうに、後宮の外に行くのを禁じられているから……」

「あの泉に入れるのは私だけなのですから、どうぞお気になさらないでください。私は蓮妃さまのお顔を拝見できるだけで幸せなんです」

手を握り返す行為も、蓮華楼でなら許される。十日前と変わりない元気な姿に安堵《あんど》した。普段は表情が硬いといわれる暁蕾も、幼馴染みの前では感情が豊かになる。

「暁蕾ったら、変な顔をしてどうしたの。わたしの顔になにかついていますか？」

「いいえ、なにも。相変わらずお綺麗《きれい》だから見惚《みと》れてしまったんです」

「いつの間にお世辞を覚えたのかしら。わたしを褒めてもなにも出ませんよ？」

急に小役人がやってきたから心配していたのだが、この様子ならいつも通りだ。

咄嗟に誤魔化すも不安は見抜かれており、彼女はなにも言わず背を撫《な》でてくれる。

暁蕾よりふたつ年上の彼女は、草原の民が滅ぼされる前から、こうして何かあるごとに幼馴染《おさななじ》みの背を撫でた。それは霞国に族長の娘だからと目をつけられ、妃として捕らえられたあとも変わらない。

翠蘭は美しい娘だ。

草原の民の特徴たる藍がかった髪と碧《あお》い瞳《ひとみ》を継承しているが、大きな瞳には聡明《そうめい》な光を宿しており、勤勉で人あたりも良い。滅多に怒ることはなく、ここ数年は宗哲のお気に入りとして数えられ、その寵愛《ちょうあい》も絶えないと言われている。

二人を見ていた典医が苛立《いらだ》ちを隠しきれずに切りだした。

「蓮妃。お加減がよくなりましたなら、そちらの娘めは早く追い出しなさりませ。水は手元に届きました。かように醜い者を傍におかれましては……」

ただし、翠蘭が万人に優しくいられるのも時と場合による。

幼馴染みを愚弄《ぐろう》する発言に、翠蘭の目は鋭く細められる。主の意を受け取った妃付きの侍女が典医の肩に手を置き耳元で囁《ささや》けば、典医は蒼白《そうはく》になり引き下がる。

これに暁蕾はやり過ぎた、と頭を下げる。

「私としたことが長居しすぎてしまいました。蓮妃さまがお元気であれば、宗哲さまがいらっしゃるかもしれません。これにてお暇《いとま》させていただきます」

複雑な微笑を浮かべる翠蘭は寂しがった。

「ばかね。十日おきにしか会えないのに、もう帰ってしまうなんて寂しいことを言わないで。……外の世界がどんな風だったか、どうかわたしに教えてちょうだい、暁蕾？」

透き通るような笑みに昔を思い出す。

翠蘭は特別な娘だ。その美貌《びぼう》も王に望まれた理由のひとつだが、もっとも大事なのは、彼女が草原の民の長《おさ》の娘であった点だ。

この国には龍《りゅう》の伝承が残っている。

それが涙龍だ。

霊験《れいげん》あらたかなる偉大な龍だと霞国では信じられており、その信仰は門に彫られ、国旗にも龍が縫い取られる形で残っている。だが力の象徴として龍を奉じていても、実在を信じていたわけではない。

しかし草原の民は違った。彼らは龍の存在を身近に感じ、共に生きる民だった。

その巫《かんなぎ》たる娘は涙龍の神秘を繰り出し、いかなる怪我や病気も癒《い》やし、人に生命力を与える『涙石《なみだいし》』なる霊薬を作ることができたが、彼らはこれを秘匿した。

独占したかったのではない、と聞いている。万物に効く霊薬など、人々を混乱に陥れるだけだ。これは草原の民のみならず、東の地を守るための選択だったが、隠された側はそうは考えなかった。

霞国は草原の民の秘密を知った道士の存在によって、霊薬に気付いてしまった。彼らは、彼らの君主たる宗哲こそ、龍の力を所有するに相応《ふさわ》しいと考えた。そして神秘を独占するために草原の民を皆殺しにしたのだ。

暁蕾も殺される寸前だった。

焼き尽くされた数々の天幕。知った顔の無数の残骸《ざんがい》は、いまでも脳裏に焼き付いている。老若男女を問わず次々と殺され、暁蕾の番だというときに翠蘭が助けてくれた。

「涙石を作るには涙の泉から水を得る必要があるわ！」

叫び、皆が最期まで隠《かく》していた秘密を打ち明けた。

「けれど泉から水を汲めるのは草原の民だけ。もうここに残ってる、わたしかその子だけしか汲めない！」

彼女は恐怖に震えながら、隠し持っていた小刀を自らの喉《のど》に向けた。

「霊薬の製法はわたししか知らない。その子を殺したら、いまここで死んでやる！」

草原の民の血を指すのであれば、部族を抜けた者でもよかったはずだ。しかし不思議なことに、一度でも『草原の民』から去った者は水を汲めない。

霞国は翠蘭の言葉が真実だと知ると二人を生かした。

こうして翠蘭は宮廷に囚《とら》われ、暁蕾が水を運ぶ役を得た。涙石の力によって、病弱で、本来ならとっくに命を失くしていたとされる宗哲は、いまも生き長らえている。

暁蕾が今日訪ねた洞窟《どうくつ》、あれこそが『涙の泉』だが、草原の民以外が水を汲もうとしても、容器に入らない。手でも掬《すく》えない。従って飲むことすらできないのである。

これが暁蕾が生かされつつも、身を小さくして暮らしている理由だ。

十日に一度、友人に会えることだけが暁蕾の幸せだった。

二章 不老不死

蓮華楼《れんかろう》を去るときはいつも寂しく、大事な人との別れは心にぽっかりと空白を作る。

特に今日は、よりによって母の死を夢で見たのだ。

ただでさえ忘れていたい記憶を突きつけられていたところ、遠くに行列を見つけてもっと嫌な気持ちになりながら、暁蕾《しゃおれい》はある男を通すために膝をついた。奴婢《ぬひ》がその男の尊顔を拝することは許されない。手を地面につけ、頭を地面すれすれまで下げる。即ち平伏の姿勢で一行が通り過ぎるのを待つも、この時はやや勝手が違った。

男の足が止まったのだ。臣下一同は戸惑いを見せている。

「許す」

思ったより通る声なのは暁蕾の記憶通りでも、それが誰に対しての言葉なのかはしばし理解できなかった。「小羊《しゃおやん》」と呼んだのは側近の子義《しぎ》で、おそるおそる顔を上げると、官服に身を包む男と目が合う。

年齢の割に若々しいのは、子義が男性器を切り取った宦官《かんがん》であるためだ。男性らしさを残す柔和な面持ちは、親しみやすさを宿している。

反対に先ほど許す、と言った男。

この男が霞国《かこく》の王・宗哲《そうてつ》だ。

暁蕾と翠蘭《すいらん》の仇《かたき》で、霞国でもっとも権力を握る男は三十を超えていない。しかし痩《や》せこけた頬に、化粧でも隠しきれない目の下の隈《くま》や傷んだ髪が年嵩《としかさ》に見せている。

すべて宗哲の虚弱体質が原因だが、『涙石』をもってしても、延命はできても病には抗《あらが》えていない。暁蕾はざまあみろと諸手《もろて》を挙げて喜びたいが、少し複雑でもある。そんな感情はおくびにもださず再び神妙に頭《こうべ》を垂れた。

抑揚のない声が降り注ぐ。

主が喋《しゃべ》っているとあって、誰もが一言一句聞き逃すまいと口を噤《つぐ》み耳を傾けていた。

「蓮妃《れんひ》のために水を汲みに行っているな」

「はい」

「よく働いているゆえ褒美を遣わそう。これに励み、今後も妃のために働くが良い」

礼の代わりに、深く深く、地面に額を擦りつけるくらいに平伏した。食いしばった歯は見せない。決して声を上げないのは負けた者なりの反抗心だが、こんなちっぽけな抗いなど誰も注目していない。それより向けられるのは褒美を賜る者への嫉妬《しっと》だ。

宗哲が去ると誰かに肩を叩《たた》かれ、顔を上げれば子義がいた。宗哲の前にいたときの物々しさは影を潜め、暁蕾の前に膝《ひざ》をついて同じ目線で微笑を浮かべている。

「子義さま」

「ご苦労様、いつもよく働いてくれているね」

「私は水を汲みに行っているだけで……」

「友人だから当たり前、かね？」

暁蕾は拳《こぶし》で裾《すそ》を摑《つか》んだ。子義だからこそ分け隔てなく接してくれるが、貴人の前で妃と友だ、などと高らかに声にする愚かさは知っている。子義は躊躇《ためら》う暁蕾を立ち上がらせ、軽く背中を叩いた。

「いまは私しかいないのだから気にする必要はない。それに、お前が水を汲むことで蓮妃は立っていられるのだ。なにせ涙石を生成する影響か、自らも涙の泉の水を摂取せねば生きられぬ身体になってしまったからな」

そうだ、と奥歯を嚙《か》んだ。

宗哲へ素直に「ざまあみろ」と言えないのはこのせいだ。翠蘭によれば、『涙石』は気軽に作り出せるものではない。彼女は泉の水を飲むことで力を得て石を作っているようだが、霞国の無理な要求が祟《たた》ってすっかりおかしくされてしまった。

翠蘭は笑って「役目だから」と受け入れているが、この言葉を聞くたびに、諦観《ていかん》に委《ゆだ》ねようとする心がざわざわと疼《うず》く。いまも子義の問いを聞き逃すところだった。

「下の様子はどうだね」

市井の様子が気になるらしい。

知らせるとしたら、やはり都を覆う寒波だ。衣類が高くなり始めたと話せば、子義は眉根《まゆね》を寄せる。

「子義さま、日に日に冷えていくばかりです。このまま寒くなっていけばと皆が怯《おび》えています」

「うむ。この異常な寒波においては我々も深刻に受け止めている。民は我らの宝だ。対策は考え続けているゆえ、お前はなにも心配せず、己の役目を全《まっと》うしなさい」

優しくも力強い笑みには安心させられる。

霞国において、この子義の権威は宰相以上に強い。彼に言えば『涙の泉』の怠慢兵たちもしゃんとするだろうか。一瞬告《つ》げ口《ぐち》を考え、すぐに考えを改めた。

こんなことで上の人に告げ口しては、彼らも職をなくしてしまうだろう。

「それより宗哲様より褒美が許された。新しい寝具や炭を手配するから、温かくして休みなさい。お前が倒れてしまってはいけないからね」

暁蕾は子義を見送ると踵《きびす》を返し、とぼとぼと帰路につく。懐には翠蘭からもらった干し杏《あんず》が入っており、服越しにそっと手を重ねた。

来たときと同じ路《みち》を辿《たど》る。太陽は天高く昇っており、昼餉《ひるげ》に喜ぶ官女とすれ違えば、朝は残りものの粥《かゆ》しか食べていなかったと思い出した。

泉と宮廷の行き来だけですっかり疲れてしまった。贅沢《ぜいたく》だけどこのまま休んでしまおうか……そんなことを思ったときだ。

見知らぬ男に呼び止められた。

「暁蕾《しゃおれい》か」

精悍《せいかん》な顔つきで、通りすがりの官女達が頬を赤らめている。天音閣《てんおんかく》に入る前、転びかけた暁蕾を助けてくれた男性だ。後ろでは同僚らしき兵士が怪訝な表情をしている。

「暁蕾か、と聞いている」

驚きすぎて返事を忘れていた。

宮廷どころかこの都で、彼女を正しい名で呼んでくれる人など翠蘭しかいない。意外なところで見知らぬ人物から名を呼ばれた事実は、数秒ほど暁蕾から時間を奪った。

「そ、うだけど……あなた、誰」

「俺か。俺は青影《せいえい》という。見てわかるとおり、ただの兵士だ」

思わず後ずさりしかけた。黒い眼《まなこ》は動けない暁蕾を捉《とら》えたままで、相手は一歩も動いていないのに威圧されてしまう。

「君は蓮妃と同じ草原の民で合っているだろうか」

この質問で暁蕾は正気を取り戻す。

警戒を露《あら》わにする彼女に彼はなにかを告げようとしたが、しつこく同僚に呼ばれて押し黙った。やがて嘆息と共に背を向け、去り際にぽつりと呟《つぶや》く。

「また会おう」

初めて会った男とそんな約束ができるはずがない。

呆気《あっけ》にとられる間に男は去ったが、残された暁蕾は好奇の視線に晒《さら》され、我に返ると逃げるように宮廷を飛び出した。

いつもであれば素知らぬ顔で帰路を辿るのに、勝手が違ったせいか心に轟々《ごうごう》と風が吹いている。ひとりの人間として名を呼ばれた驚きで、顔に血が上り目頭が熱い。

感情が制御できないのだ。この様を知り合いに見られるのが許しがたく、大通りに足を向ける。霞国の民の笑顔で溢《あふ》れる場所は避けがちだったが、いまは大勢の中に埋もれたい。気を静めるため、地面を見つめながら大股《おおまた》で歩いていると、赤い紐《ひも》飾りが目に飛び込んできた。

変な声が漏れた。

明らかな逸品が地面に落ちていた。宝飾品には詳しくないが、翠蘭のもとに通う間に、目は鍛えられている。見事な翡翠《ひすい》の玉《ぎょく》に朱の飾り紐は、そこらの者が手に入れられる代物ではない。間違いなく富豪か、そうでないなら貴人が身につけるべき物だ。拾い上げた彼女の手に載るにはあまりにそぐわず、緊張に周囲を見回した。

これほどの品なのに誰も気付かないのが不思議だ。それどころか暁蕾が盗人《ぬすっと》と間違われてもおかしくないはずなのに、誰も紐飾りを気に留めない。目が合った人も何事もなく通り過ぎて行くではないか。

挙動不審に辺りを窺《うかが》うと、ふと、とある方角が気になった。

大通りの向こう側だ。普段だったら気にもかけない人混みの中に、頭一つ飛び抜けた美しい黒髪を発見したら、深く考えもせず、その人に向かって走り出していた。紐飾りを胸に抱き、根拠のない確信をもって追いかける。

――わかんないけど、きっとあの人のものだ。

その人のことも、誰もなにも注目していない。息を切らし距離を詰めたが、近寄れば近寄るほど、その姿は異様だ。

膝下《ひざした》まで届くのに、簪《かんざし》一つ挿していない艶《つや》やかな黒髪。将軍が身につけるような、なめらかな生地で誂《あつら》えた外套《がいとう》に、光沢のある履物が目を奪う。

「……おや」

呼びかけてもいないのに相手が振り返り、さらに驚いた。

その人は四十ほどの女性だった。ひと目でわかる、品のある顔立ちと洗練された立ち居振る舞い。細身ですらりとした体格に、大の男にも負けない身長と箔《はく》が備わっている。

これほどの貴人なら仕立ての良い外衣を羽織って飾り立て、引きずるくらいの長い裙《スカート》を穿《は》くのが習いだろうに、見たこともない黒衣に身を包んでいた。

咥《くわ》えているのは煙管《キセル》と呼ばれる珍しい嗜好《しこう》品だ。腰には見事な直剣を下げており、不自然極まりないものの似合っている。宗哲とは違い、自然と背を正したくなる空気を纏《まと》っている。

緊張気味に紐飾りを持った両手を差し出した。

「これ……あなたが落とされたのではないかと思うのですが、違いますでしょうか」

女性ははたと目を見張り、腰元に視線を落とした。翡翠と金でできた指輪を嵌《は》めた指でしんなりと剣帯をなぞり、ふう、と唇から煙を吐く。

「ふむ、たしかにそれはあたしが落とした物だね。……ありがとう、お嬢ちゃんが拾ってくれて助かったよ」

受け取り、千切れた紐をまじまじと見やる。

「こいつは長い付き合いで大事な物だ。だから普通は落とすなんてやらかすはずがないんだがね、これはどうして、なかなか皮肉なことが起こるもんじゃないか」

「そうですか、お役に立てて良かったです」

喋《しゃべ》り方からして、他者に命令することに慣れている印象を受ける。逆らわない方が賢明と思い頷《うなず》くも、相手は奇妙な問いかけをしてきた。

「さて、拾ってもらったからには礼をしなきゃならない」

「そういうつもりで拾ったわけではないので……」

「違うよ。言ったろう、普通は落とさないって。だからあたしはあんたに受けた恩の分だけ返さなきゃならない。そういう決まりなのさね」

話しぶりに、もしや貴人に見せかけた道士かと疑った。道士であればこの奇抜さも納得できる。

「だがねぇ……困った」

「困った、とはなんでしょう」

「この礼には適当に金銀財宝を授けるんじゃ割に合わない。だから三つのうちどれかを消してやるのが筋だと思うんだけど……」

「みっつ？」

「本来ならあたしが口を挟むもんじゃないが、かといってこれを拾ってもらったからには、あんたにとって同等の価値で返さなきゃならない」

ますますもって意味不明だが、女性は一人で悩んでいる。腕を組み口をへの字に曲げる姿に、どことなく親しみを覚えていると、唐突に膝《ひざ》を曲げ目線を合わせてきた。瞳《ひとみ》の奥を覗《のぞ》き込み、薄い唇をつり上げると中指で暁蕾の額を押しこむ。

するとどうだろう。頭の奥でシャン、と鈴の音が鳴った気がした。

「あたしの判断でなんだが、あんたは多分こっちの方が良さそうだ」

言うなり立ち上がると踵《きびす》を返した。絹糸の如き黒髪がふわりと宙に舞う。

「あ、あの!?　いまなんか……一体なにをしたんですか！」

「必要としてくれる相手と話せないのは不便だからね」

答えにならない返事と共に、ひらひらと手を振り去ってしまった。あの女性は一体なにをしたのか。人から離れた仙に近い道士だけあって、とんでもない変わり者だ。

あんなに目立っていた人が、幻のように雑踏に溶け消えてしまった。

今日だけで何度目かもわからない放心を迎えていると、後ろから肩を叩《たた》かれた。

「おい、小羊《しゃおやん》。小羊ってば、お前どうした！」

見慣れた顔に、現実へ返った。今朝も会った薬師の息子・安世《あんせい》が必死の形相で話しかけてきている。

「お前、こんな道のど真ん中でぼーっとして突っ立ってるなよ。ぶつかって転んだら危ないだろ！」

「え、私、人と話してたんだけど」

「人？　不気味なこと言うな、いいからとっとと来い！」

暁蕾の手を摑《つか》み引っ張った少年は、見慣れた小路《こみち》に入ってようやく手を離す。

「おい、ひどい顔色だぜ。いつものお勤めとやらでなにかあったのか？」

「あ、ええと……違う。拾いものをして、そこで女の人と……」

「……お前、結構前からひとりで道の真ん中に突っ立ってたぜ」

驚くも、安世に嘘を言っている様子はない。まさか白昼夢でも見ていたのか、戸惑う暁蕾を安世は再び引っ張った。

「お前、どうせいまから働くつもりだったんだろうけど、今日はもう休め。飯はうちが融通してやる」

「いいよ、そこまでしてもらうわけにはいかないし」

「元々薬を届けるために今日はお前のところに行く予定だった。お前が言うこと聞かないと、俺が父ちゃんに叱られる」

普段は暁蕾を馬鹿にしっぱなしの安世が気遣いを見せてくれている。訝《いぶか》しむ暁蕾を、安世は一瞥《いちべつ》して皮肉っぽく唇をつり上げた。

「やっぱりお前、どこかおかしいよ。いつもだったら俺のことなんか無視してどっか行くくせに、今日は妙に大人しい」

いつもいつも揶揄《からか》ってくるからではないか。取り巻きを含め馬鹿にされるのが嫌だから距離を置くだけで、ごく当たり前の行為だ、と暁蕾は主張したい。

だが何故だろう。ずっと彼の歪《ゆが》んだ視線が嫌だったのに、いまの安世には嫌みを感じない。暁蕾を真摯《しんし》に案じる様子が窺えて、無下に手を振りほどけず、戸惑った。

「寒さのせいで最近はなにもかも値上がりしてる。安世のところも苦しいんだから蓄えを作らないと、なにが起こるかわからないんじゃないの」

「そんなのは君主様がどうにかしてくれるさ。苦しいのはいまだけだ」

「……安易に信じるのはどうかと思う」

「はん。やっぱり熱でもあるんじゃないか、お前とまともに会話できてるぜ」

それは暁蕾も同じ気持ちだ。

宗哲を否定した失態を、安世は責めない。

「でもお前も父ちゃんと同じこと言うのな」

「おじさんも？」

「前も言ったろ。母ちゃんが草原の民だったから、父ちゃんはそっちに思い入れが強い。お前のこともなんか気にかけてるし、だからちょっと君主様を疑い気味だ」

耳を疑った。たしかに安世の父には良くしてもらっている。必要以上に気にかけてくれるから遠慮がちになってしまうが、亡くなった奥さんが草原の民とは覚えがなかった。

……ないはずだった。

不思議なことに、冷静に思い返すとそんなことを口にしていた気がする。なぜいまになって思い出せたのか、混乱覚めやらぬうちに安世宅に到着した。安世が父・安民《あんみん》を呼べば、家の主人は眩《まぶ》しい笑顔で暁蕾を出迎える。

いつも通り暁蕾に向ける眼差《まなざ》しは優しいが、普段の二割増しで親しみがある。

「ちょうどいいところに来た。あまりで悪いが、これを持っていきなさい」

「父ちゃん、ついでに食べる物も多めにいれてくれよ。こいつを見ればわかるだろ、顔色が悪いんだ」

「ほんとうだ。……ちょいとお待ちね、饅頭《まんじゅう》を包んであげようか」

薬類のふろしき以外にも、饅頭や肉まで用意してくれる。中には荒れた手に利く軟膏《なんこう》まで入っており、驚いて遠慮した。

「こんなにたくさんもらえないよ、肉はおじさんたちだって食べるでしょ」

「お客さんにもらったんだよ。余っても困るから持っていきな」

皆から親しまれているだけあって、人好きが顔に表れた笑顔だ。

暁蕾も安民が好きだけれども、過剰な厚意を受け止め切れない。頷けずにいると、安民が顔を寄せてきた。

「その恰好《かっこう》、泉に行って来たんだろ？」

躊躇《ためら》いがちに頷くと、訳知り顔で片目をつむる。

「かみさんが生きてた頃は草原の民だった時の思い出話をしてくれたが、涙の泉で水を汲《く》むのは大変なんだと言ってたもんさ。ちゃんと食わんと気力が持たんぞ」

「わ、私、大変だなんて思ったことは……そうだ、それならなにかお手伝いするよ！」

なにか多大な誤解が生まれている。移動は大変でも水汲みだけで報酬を得ているのだから、労《ねぎら》われるのは違う気がしてならないのに、申し出は断られた。

「いいからいいから、その細っこい身体じゃ寒さなんて越せやしないんだ。それよりちゃんと食べて、あったかくして寝るんだよ。安世、小羊を送ってあげな」

「あいよ。ほら、行くぞ不細工」

「女の子に悪口はやめろって父ちゃん言ってるだろ！」

安世は言うなり包みを奪い取る。本当に暁蕾を送るつもりのようで、どんどん遠ざかり始めている。父子を交互に見た暁蕾は安民に頭を下げ、急いで少年を追いかけた。途中では、暁蕾の顔見知りが物欲しげに話しかけてきても、すべて安世がけんもほろろに追い返す。

「二回りも下のガキにたかってるんじゃねえ、ろくでなし共！」

暁蕾には決してできない暴言だから、はらはらし通しだ。

安世は顔見知り達に呆《あき》れ顔半分で「おい」と不満げに口を曲げる。

「お前さ、うまくやるためとはいえ、なんでもかんでも分け与えすぎなんだよ。この包みだってめちゃくちゃ狙われてたじゃないか。薬ってばれたらとんでもねえぞ」

「でもそうしていた方が上手《うま》く行くし」

「言いたいことはわかるけど、利用されてるだけだって気付け。とにかくこれはお前が食えよ。父ちゃんもそのつもりで用意したんだから、無駄にしたら怒るからな」

やはり余りものというのは嘘だった。薬類が売れ残って困ることはないから疑っていたら、安民は暁蕾の身体を気遣ったらしい。

安世のことは苦手なはずなのに、素直に頷《うなず》いていた。

「わかった、私がちゃんと食べる」

「よし、わかったんならいい」

そうして送り届けてくれた安世を、暁蕾は家の中に案内した。

「見つかったら大変だから、これは二人だけにね」

小声で翠蘭からもらった包みを取り出し、妙にぎくしゃくする少年に干し杏《あんず》を分けた。たかが杏でも、宮廷に卸されるだけあって形、艶《つや》、甘みすべて最高級品だ。簡単に手が届くものではないから驚かれた。

「うちの薬くらいの価値があるんじゃないか。いいのか、こんなにもらって」

「どのみち一人で食べるものでもないから。今回はおじさんと安世だけにね」

「……わかった。もらっとくよ、ありがとな」

子供の時分に草原から都に連れて来られ、そろそろ九年。

初めて翠蘭以外の人とまともに触れ合った心地を覚えていた。

眠りを妨害されたのはその日の深夜だ。

粗末な寝台で眠りにつく暁蕾を揺り起こしたのは丁《てぃ》だった。

「おい、寝てる場合じゃねえ。起きろ」

寝ぼけ眼を擦《こす》りながら、はっきりしない頭を働かせる。いつもは空腹で満足に眠れないが、久方ぶりの肉で満足感を得た。心も体も満ちたためか、薄い布団でもぐっすりと眠りに落ちていたせいで、中年が自宅にやってきた理由が上手く呑み込めない。

「丁さん……？　水汲みなら、昨日したばっかりだよ」

丁が持つ松明《たいまつ》のおかげで表情もありありと読み取れたが、呆れているのは何故か。ぐう、と妙なうなりを上げながら目を擦っていたら、馴染《なじ》みの無い声が耳朶《じだ》を打つ。

「子義《しぎ》様より急ぎの案件だ」

低い男の声は、明らかに丁ではない人物だ。

しかしどこかで聞き覚えのある声音、開ききらない瞼《まぶた》をぎゅっと閉じ、首を傾けていると再度声が降ってきた。

「暁蕾《しゃおれい》、君は再び水を汲みに行く必要がある。急ぎ支度を整えろ」

その瞬間、眠気はさあっと部屋中に飛び散った。

どうして気付けなかったのか、丁の隣には宮廷で出会った青影《せいえい》がいる。相変わらず異様な存在感を放つ男は、明らかに見過ごせるような人物ではないはずだ。

いまだ事態が呑み込みがたい。

そんな暁蕾を憐《あわ》れに思ったのか、丁が頭を掻《か》きながら付け加えた。

「あー……急ぎの用件だったんでな、こちらの青影殿が護衛に加わってくれるそうだ」

ひ、と喉《のど》の奥で悲鳴が漏れた。

宮廷でも印象深かったが、男はなにを考えているのかわからない目をしている。感情はあっても、瞳《ひとみ》の奥になにかを隠し、本心を語らない種類の人間だ。こういった人間は得体が知れず、決して近寄らないと決めているのだが、困ったことに、いまの暁蕾にあるのは拒絶だけではない。

このわけのわからない感情は何だ。

心臓の辺りを強く握ったところで、はたと気付いた。

「いえ、待って。水って、なんで。もしかして翠蘭になにかあったの⁉」

混乱していても、親友の危機には目の色を変える。詰め寄られた丁が青影を見やれば、男は認めた。

「典医によれば熱を出されているとの話だ」

「悪いの⁉」

「小羊、言葉に気をつけろ！」

ろではない。

暁蕾は青影に摑《つか》みかかる勢いだ。身分をわきまえない狼藉《ろうぜき》を丁は咎《とが》めるも、それどころではない。

青影は手振りで丁を制し淡々と告げる。

「良くはない。昨日の水は既に消費されていたために、典医が新たな水が必要だと判断した」

「わかった！」

仮にも子義の遣いである青影に、奴婢《ぬひ》が使って良い言葉ではない。しかし青影は気にした様子はなく、暁蕾は駆け足で支度を整える。勝手に鍋《なべ》の蓋《ふた》を取り、肉をつまむ丁の首根っこを引っつかんだ暁蕾が外に出ると、さらなる驚きが待っていた。

馬が手配してあったのだ。

普段は逃亡の恐れがあるからと牛に引かせる車での移動なのに、馬の使用を認められるとは、よほど急ぎのようだ。

まるで縁のなかった動物は大きく、恐れ慄《おのの》いていると、青影に背中を押される。

「乗れ」

「乗れって言われても、どうやって」

返事の途中で、脇の下に手を差し入れられた。わあ！と悲鳴を上げると同時に持ち上げられ、流れ作業のように馬に乗せられる。布でくるまれた水瓶を渡された。

あのぉ、と丁が進み出た。

「青影殿、おれも馬にゃ乗れねえんですが、どうしたらいいですかね」

「騎乗するだけでいい。俺が引くから、貴方は槍を落とさないようにしてくれ」

青影自らは暁蕾と同じ馬に跨《また》がった。走り出すと想像以上に振動が響くも、後ろから支えてくれるので苦労はない。二頭ともよく訓練されており、丁の馬も青影が手綱《たづな》を引っ張るだけでよく走る。

牛車とは比べものにならない速度で過ぎる景色は普段とは違うものだ。幼馴染《おさななじ》みの危機に不謹慎とわかっていながら、月明かりに照らされた大地と星空に目を奪われる。

空の向こうには神々がいる。

これは神話ではなく常識だ。雲の上にはすべてを統治する天帝《てんてい》がいて、天帝の下にはたくさんの神々が集い人間の営みを見守っている。

母に教えてもらったおとぎ話を、後に翠蘭から補完してもらった物語と共に思い出す。

むかしむかし、遠くからやってきた神の一柱。

名もない龍《りゅう》は天帝率いる軍団に負け、地に落ちてしまった。弱り切った龍を助けた人間の子孫が草原の民で、龍はずっと泣き続けていたから『涙龍《なみだりゅう》』と名付けられた。

人々は涙龍に寄り添った。そして心を通じ合わせ、後世も龍を慰め続ける代わりに万能の霊薬『涙石』を授かった。この霊薬のおかげで草原の民はどんな疫病も退け、長く繁栄し続けたと伝わっていたけれど……。

――でも、いくら霊薬を授かっていたって大勢の暴力には勝てやしない。

父母が殺されたのもこんな夜だった。

知らず水瓶を握る力が強くなる。

風が頬に当たる感触は、もう親しい人を喪《うしな》いたくない決意を思い出させる。

翠蘭が余分に水を必要とするなど滅多にない。宗哲のために無理をさせられた数年前に生死の狭間《はざま》を彷徨《さまよ》い、暁蕾が泉を三度往復したのが最後だ。

また宗哲が無理をさせたのか。悔しさについ奥歯を嚙《か》むも、その時に気付いた。馬に不慣れな暁蕾を支えてくれるたくましい腕に覚えがある。

「そうだ。あのさ、あなた宮廷で助けてくれたよね……！」

「黙っていろ、舌を嚙む」

話はすぐに遮られた。黙って馬に揺られ、お尻《しり》が痛みを訴えてきた頃に速度が緩められる。馬に乗るより、乗せてもらっている丁は疲労困憊《こんぱい》だ。

辺りを見回した青影が呟《つぶや》いた。

「誰もいないな」

月明かりに照らされた向こうに、小高い丘を取り囲む木柵《もくさく》がある。普段は遅い時間でも見張りと巡回がいて、松明が焚《た》かれているはずだ。その形跡がないのであれば、考えられるのはひとつだった。

「ああ、そっか。丁さん」

「あー……その、だな。青影殿よ。やつらも寒さで疲れててよ……」

丁は彼らを庇《かば》い始めたが、青影は押し黙る。馬を木柵に寄せ確認すると、門には厳重に鎖が巻かれ、錠がつけられている。

青影が本来焚かれているはずの松明を見上げた。

「彼らは灯《あか》りの交換もしないのか」

酒を飲んでぐでんぐでんになって寝ているに違いない。丁も庇う言葉が見当たらないらしく、笑って誤魔化すばかりだ。

「おれが鍵《かぎ》をもらってきますんで、青影殿と小羊はここで待っててくださいや」

「いや、それには及ばない。俺が行ってくるから、二人はそこにいるといい」

「いえいえいえ、まさかあなたを歩かせるわけにはいかないんで！」

「それが俺の仕事だ。それに、貴方《あなた》は慣れぬ馬で疲れているだろう？」

へぇ!?　と丁は悲鳴を上げ、あっけにとられる間に青影は闇に溶けていった。

丁はいたく驚いた様子で声を上げる。

「妙な御仁だと思ってたが、おれなんぞに気を遣うなんて、やっぱりできるヤツってのは違うのかねぇ」

「丁さん、あの人のこと知ってるの？」

「そこそこ有名だから、そりゃあ知ってるさ。最近士官しだした男なんだが、ただの旅人が子義様の目に留まっただけじゃなく、あの顔だから妬《ねた》むヤツも多い」

「目に留まったって、どういう経緯で？」

「お前は興味なかったか。宮廷じゃ季節が一つ巡るごとに強者《つわもの》を集めた御前試合が開催される。いわゆる娯楽試合ってやつだ」

そこであの青影は並み居る腕利き達を倒し、最後には将軍お気に入りの弟子まで倒してしまったようだ。従来なら将軍の顔に泥を塗ったと追放されるが、何故か青影には後ろ盾が付いた。それが子義であり、以来彼にはほぼ誰も手を出せなくなっている。

「後ろ盾がついたって、どうやってわかるの？」

「声明が出るわけじゃない。ただ嫌がらせとか……そんなことをすると子義様からお声が掛かる。だからまあ、そういうもんなのさ」

しかしそれにしては青影は奇妙な男で、特に重用されも、昇格もしない。日々黙々と仕事をこなしているが、まるで疲れを知らず、周りによく気が付くので女官にも人気があるとの話だった。

「実際変だったろ？」

「どのへんが？」

「馬鹿野郎。噂じゃ捕吏《ほり》と同じ権限を与えられたって話なんだぞ。ただの旅人がそんな権限与えられてみろ、上にいくために、手柄をたてようと躍起になるもんだ」

捕吏、とは罪人をめしとる役人の総称だ。罪人の証拠を探すため、あちこち駆け回るから身分の高い者がなることはないが、宰相以上の地位にいる宦官《かんがん》・子義より直々に役割を与えられたのなら意味が変わってくる。また捕吏は専門職であり、青影のように兵士と兼任している者はいない。異例の抜擢《ばってき》は疑いの目を向けられており、兵役《へいえき》は隠れ蓑《みの》で、子義、ひいては宦官にとって、不利となる人物の弱みを探るのが役目ではないかと教えてくれた。

「宦官連中と宰相との確執は深くなるばっかりだからな。この間なんて、国境の兵士派遣なんてもので言い争ってたよ。君主様は置いてけぼりだったとさ」

「そっちは知らないけど、青影さんは手柄に興味がないってことね」

丁は宗哲を憐《あわ》れむも、宗哲の話題が出るだけで不愉快だ。そもそも宰相の名を冠する老人には冷たい目を向けられた記憶しかないから、暁蕾が慕うべくは子義しかいない。

「とにかく変な人なのさ。御前試合で一発昇格したんなら、こんな田舎より中央で成り上がれるはずなんだから、普通はそっちを目指すべきなんだ」

「瑞国《ずいこく》のこと？　丁さんが生まれ育ったのは霞国《かこく》なのに、薄情なこと言うね」

「だけど瑞じゃあ身分関係なく登用されやすいって聞くぜ。噂じゃ元奴婢の将軍だっているらしい」

「それこそきっと噂だよ。お偉いさんが奴婢に優しいはずがないもの」

「お前、夢がないねぇ」

「そんなものとっくにない」

夢物語に瞳《ひとみ》を輝かせられたのならどれほど良かったか。丁も本気ではなかったらしく、からりと笑い合った。

長閑《のどか》な雰囲気だったが時間がたつにつれ、異常に気づき首を捻《ひね》りはじめた。

青影が戻ってこないのである。

詰所はそう離れていない場所にある。中の者が全員寝入っていたとしても、青影に逆らえるはずはない。慌てふためき鍵を携えてくると予想していたのに、一切姿を見せないのはおかしい。二人で首を傾げていたら、それは起こった。

遠くから声をかけられたのだ。

おーい、と手を振ってくるのは二人組の男で、丁はすぐに手を振り返した。青影のことを知らせたかったのだろう、大声を上げる。

「おおーい、急げ急げ、ちょっと拙《まず》いことになってるぞぉ」

仲間と思ったらしいが、暁蕾は違う。すぐに忠告した。

「小羊？　おい、どうした。袖《そで》を引っ張るなよ」

「丁さん、なんかおかしいよ。あの人たち、なんで見回りに松明《たいまつ》も持ってないの」

月は雲に隠れてしまって姿がわからないが、暁蕾は詰所の兵達のつまらない野次を覚えている。たった一言だけど、あんな声をした男がいただろうか。

暁蕾の警戒に丁は呆《あき》れたが、引き留められたせいで男達に近寄れない。じっと待っていると、男達が駆け出したところで戸惑いを露《あら》わにした。

違う、と口にしつつも対応できたのは、武器庫番の意地だったか。

咄嗟《とっさ》に槍《やり》の柄《つか》を摑んで前へ出た。

「賊だ！　小羊、下がってろ！」

二人組は兵士ではなかった。ぎらついた目に襤褸《ぼろ》を纏《まと》っており、曲刀を手にしている。敵意も露わに丁に襲いかかるも、武器の特性として有利なのは柄の長い槍だ。片手を振り上げる賊に丁は穂先を突き出し、見事に腕を傷つける。怪我をした賊は重心を崩し転がるも、残ったもう一人が丁に襲いかかった。

丁は槍の扱いを心得ている。新たに襲いかかった賊を刃と柄で横薙《よこな》ぎにすると、防具のない賊はしたたかに腹を打たれ、ヒキガエルを潰《つぶ》したような声を上げてひっくり返る。襲い来る脅威を退けた腕は称賛に値したが、これで終わりではなかった。

腕を怪我した男だ。頑丈な相手だったらしく、丁が息つく間を狙い刃を振り回す。丁は胴当てのお陰で致命傷を免れるも、右の頬が裂け、衝撃で倒れた。そこにすかさず男がのしかかり、剣を振りかぶる。

それまで身を硬くするしかなかった暁蕾だが、丁の危機には自然と身体が動いた。男に摑みかかり妨害すれば、鬱陶《うっとう》しかったのか腕を大きく振り回され、身体に衝撃が走った。胸を叩《たた》かれ、耐えきれず尻もちをつくと、その間にも丁の鎖骨付近に切っ先が捻じ込まれてしまう。丁はたまらず悲鳴を上げ、摑んでいた槍を離してしまった。

賊は続けて剣を振り下ろし、丁は切っ先から身を守ろうとするも、かざした手に腕当てはない。生身で防御する羽目になり、丁の腕が深く傷ついた。

刃が肉を裂く音は鈍く、賊が腕を動かす度に飛び散る血液は彼女の頬を濡《ぬ》らす。

ぎゃあ、と鈍い悲鳴に、暁蕾は丁を助けるべく立ち上がろうとしたが、怖《お》じ気《け》づいた足が言うことを聞かない。立ち上がれない。

さっきは勇気を振り絞って飛びかかったのに、すっかり役立たずになっている。けれどいま立たねば、今度こそ丁が殺されてしまう。間抜けな動きで這《は》うようににじりよると、奥でもう一人の賊が立ち上がる姿を見てしまった。

このままでは二人とも殺される。

助けるか、逃げるか。

判断がつかず動けずにいると、目の前を何かがすり抜けた。

棒のような何かだ。

追って視線を動かすと、丁に斬りかかっていた賊が動きを止めている。口を大きく開け指を戦慄《わなな》かせているのだが、その首には尖《とが》った棒が突き刺さり、遅れてどくどくと命の源が流れ始める。

賊はくはくと口を動かし続けるも、やがてどさりと崩れ落ちた。残るは立ちすくむひとりだったが、そちらは暁蕾達より、もう少し判断が速かった。

叫びながら闇に向かって剣を向ければ、その方角から迫り来るひとつの闇がある。深い藍色《あいいろ》の中を縫ってやってくる黒い塊は、賊が停止を呼びかけても止まらなかった。それどころか速度は増す一方で、通り抜け様に一陣の風が吹き抜ける。

瞬間、賊が血を飛ばしながら倒れていた。

なにが起こったのかわからなかった。理解が及んだのは黒い塊が青影だったことと、彼が賊を倒し、そして傷だらけな点だ。

「青影さ……」

「大事ない」

「大事ない、って、そんな、だって胸当てが壊れて……」

守られているはずの胸に穴が開き、その隙間から絶え間なく血が流れている。どう考えても心の臓を貫かれており致命傷なのだが、男は平然としていた。剣を持つ手は力強く、足取りもしっかりしており、まるで怪我人の様相ではない。

だがこれで青影が遅れた理由を悟った。

きっと詰所が襲撃されていて、彼はひとりで賊と戦い、駆けつけてくれたのだ。

青影は自身の状態を顧みなかった。

死人達にも気を払う様子はなく、立ち上がれない丁の許《もと》へ歩み寄る。怪我の様子を確認しながら立てるかを問うたが、反応は弱々しい。

丁の腕は裂傷だらけで、骨が露わになっている。首は庇《かば》いきったらしいが満身創痍《まんしんそうい》で、放っておけば死ぬのは明らかだ。

青影の賊を見る目は冷たかったが、丁を介助する頃には冷徹さは影を潜めている。

「血が流れすぎているな」

「ど、どど、どうしよう。そうだ、傷口を塞《ふさ》がないと」

「少し待て。せめて安全な場所に運ばねば。……すまないが壊すぞ」

「壊すってなにを……」

立ち上がるなり白刃が煌《きら》めき、一呼吸置いて木柵《もくさく》に絡みついていた鎖が落ちる。暁蕾は己の目を疑ったが、地面には見事な切り口を見せる鎖がある。彼の直剣は装飾こそ地味で、布地に隠されているが業物《わざもの》らしい。

青影が丁を抱え上げると、暁蕾が木柵に絡みついた残りの鎖をむしり取った。焦りと重みで手がうまく動かないが、乱暴に柵を押し開け、青影達が通るための隙間を作る。

「急いで、こっち」

ここらで安全な場所といえばひとつしか知らなかった。馬は怯《おび》えていたが言うことを聞いてくれたので、同じく柵の中に誘導する。

暁蕾の案内で洞窟《どうくつ》に入った。丁は失血と痛みで朦朧《もうろう》としているらしく、まともに呂律《ろれつ》が回っていない。

泉に到着するなり青影は怪我人を寝かせ、暁蕾は水瓶を覆っていた布を剝《は》ぎ取る。傷には清潔な布が必要だと知っていたのだ。

「あ、灯りはいる？　必要なら松明《たいまつ》つけるよ！」

「いや、不要だ。それより傷口が……」

腕は肘《ひじ》より上を縛り付け、止血してから布を巻いて傷を塞ぐも、青影は難しい表情を崩さない。丁の鎖骨や首付近を手で押さえ、傷口を塞いでも血が止まらないのだ。

「……肺と心臓は外しているが、他にも傷があるな」

動じない青影に対し、暁蕾には余裕がない。丁の手を取って必死に名を呼んでいた。

「丁さん、丁さん！　起きて、目を覚ましてってば！」

とうとう意識は落ち、呼びかけても応答がなくなった。

焦る暁蕾を青影が現実に引き戻す。

「落ち着け。まだ息は残っている、このままだと危ういというだけだ」

「危ないのは一緒なんでしょ!?　み、都、都に戻れば助かるんじゃないの!?」

「時間が掛かりすぎる。その間に死ぬぞ」

ではどうしたら良い。人死にを目撃するのが初めてではないといっても、目の前で命が失われていく感覚は、言いようのない感情の乱れを引き起こす。

対して青影は冷静だった。

「この人を助けたいか？」

「なにふざけた質問を……」

「助けたいか？」

じっと見据えられ、焦りと怒りがためらいに変じた。

男の言わんとする意味を知ったからだ。

「彼は草原の民を滅ぼした霞国《かこく》の人間だ。加えて君の見張り役であり、利用する側の人間だったはず。それを助けたいと思うのか？」

丁を見殺しにした方が良いとすら思わせる、力のある言葉。

暁蕾は迷った。草原の民が滅亡した日、父母が殺されたあの夜、嗤《わら》っていた霞国の兵達の顔が思い起こされる。命こそ助かったものの、縄に縛られて連行された絶望の夜明け。都の人々は暁蕾を穢《けが》らわしいものかの如く蔑《さげす》み噂した。襤褸小屋でひとり暮らしを強いられ、笑われながら霞国の習慣を覚えた。泣いた夜など両手の指では数え切れないほどで、恨んでないといえば嘘になる。

丁とて初めは冷たかった。怖くて、寂しくて、泣きながら水汲《みずく》みに行くのを疎ましがられ、暴言を吐かれた記憶もある。そんな記憶が想起されれば喉《のど》は震え、額からは汗が噴き出したが、かぶりを振って出した決断は変わらなかった。

霞国の人間が好きか嫌いかと問われたら、あまり好きではない。

だがいまは、丁が実は優しいおじさんだと知っている。

「……その人はただの武器庫番。草原の民を殺した人じゃないよ」

「良いのか」

「いいの。死んだらその方が後悔する」

この出会ったばかりの男が暁蕾の気持ちを気遣ってくれた事実が、決断を支持している。迷いの末の決断を見て取ってか、青影は顎《あご》で泉を指した。

「水を汲んでくれ。ただし手の平で、量は控えめにだ」

「でも水は翠蘭《すいらん》のためのもので……」

「やらねば死ぬぞ」

転げそうな勢いで水場へ行くと、両手で慎重に水をすくい取る。水を持ってくる姿を見た青影は目を細めたが、何も口にしなかった。

「まずは首近くだ。動脈をやられているから早く塞がねばまずい」

「どう、みゃく？」

「人の身体で一番血の巡りが良い場所と思えばいい。少量の水をかけてくれ。一滴、二滴とな……多すぎてはいけない。少しずつ垂らしてくれ」

手の平から水はいくらか零《こぼ》れてしまっている。言われた通り少量の水をかけてしばらくおくと、丁の傷口が一気に盛り上がった。

ひ、と仰け反った勢いで水が地面に零れ落ちる。

「傷が治っているんだ。……龍《りゅう》の力の片鱗《へんりん》を見るのは初めてか？」

「こんなの見たことない。怪我ってこんな風に治っていくの……？」

「泉の力があってこそだ。蓮妃《れんひ》の力の源だと聞いていたのではないか」

「聞いてはいるし、飲んだこともあったけど、私にはなんの効力も示さなかった。それに傷を治すなんて目的で使ったことないもの」

「指を切ったときくらいはあるはずだ。治らなかったのか」

「そんな効能があるってわかってたなら、とっくに自分に使ってる」

首に当てられた焼きごての痕に使えたはずだ。

なぜ泉の水がこんな効能を現すのか、訝《いぶか》しむ間にも青影の指示は続き、水を数滴ずつ与え続けるうちに、丁の傷は塞がった。様子を見て布をまき直すが、その間も意識を取り戻す様子はない。

「まだ治ってない。完全に治してしまわないの？」

「これ以上は危険だ。気を失っているのは血を流し過ぎたからで、もう命に別状はない。自然に目覚めるまで起こさない方がいい」

「そ、そっか。あなた医者みたいなことができるようだし、そう言うなら信じる」

これで一安心だろうか。しかし言い終えた瞬間に我に返った。

なぜか当たり前に話しているが、泉の力は一部の者しか知らない秘密のはずだ。

「待ってよ、なんでここの水にこんな力があるって知ってるの」

「知ってるとは？」

「誤魔化さないで。水に傷を治す力があるなんて聞いたことない」

「間違えないでくれ。君を謀《たばか》ってなどいないし、神の遺物をすべて知っているわけではない。ここまで源泉として力を保っているなら使えると思っただけだ」

涙の泉が大事にされていたのは、巫《かんなぎ》たる翠蘭が『涙石』を生み出す力を得るためであり、同時に失われた力の補塡《ほてん》をし、気を整えるためのものだ。霞国にとって重大な秘密を、余所《よそ》からきたばかりの者が知っていたとは思えない。

しかも青影は、どうやらそれ以上のことを知っている。なぜなら水にこんな効果があるなど霞国の人達が知っていたら、もっと泉を利用していたはずだ。こぞって真実を確かめようと押し寄せ、唯一水を汲める暁蕾は無事ではいられない。

「どうしてあなたは……」

「それほど驚くことだろうか。涙龍《なみだりゅう》に詳しいのは草原の民だけじゃない」

涙龍の名に息を呑《の》んだ。

「加えて、泉のような不可思議な……これほど巨大な力を有するものは数百年ぶりだが、そういうものもいくつか存在している」

これも知らない話だった。暁蕾は驚きに目を見張り、たまらず問い返そうとするも、血まみれとなっている相手の姿に血相を変えた。

「ご、ごめん！」

「うん？　いや、謝ってもらうようなことはなにも……」

「違う、そうじゃなくてあなたも怪我してる。早く治療しないといけないのに」

相手は平然としているが、怪我は丁より酷《ひど》い。青影は返り血と言い張るも、上着を脱がせるべく胸当てを摑《つか》んだ。

「嘘、この胸当てには穴が開いている。あの血は返り血じゃないし、私たちを助けてくれたときは足元がふらついてた。怪我してる証拠でしょ」

薄暗闇だから顔色はわからないが、壁に背を預ける様は身体の負担が大きいからに違いない。暁蕾が泉から水を汲もうとしたところで青影が諦《あきら》めた。

「俺には不要なんだ」

「どういうこと？」

「見た方が早い」

留め具を外して胸当てを取ると、衿《えり》をずらし傷口を露《あら》わにした。突然の行動に目を剝《む》いたが、それは男の裸に対してではない。深く傷ついた心臓部、赤黒く染まった傷から、微《かす》かに肉が盛り上がりはじめているのを目撃し、声をなくしたのだ。

まるで先の、水を使用した丁の傷口と同じだ。

彼はいつ水を使ったのだ。泉と青影を交互に見れば否定された。

「違う。俺のこれは泉の特性ではない」

「で、でもそれは……」

痛みはあるらしく脂汗を流していたが、指差す間にもじわじわと傷は塞《ふさ》がっている。

暁蕾は混乱しっぱなしだ。

ぐるぐると思考は巡るも、ここで騒ぎ立てれば丁が休めまい。ただそれだけの理性が現実へと繋《つな》ぎ止め、答えを求めるうちにひとつの仮説にたどり着いた。

「あ、ああ、あなた、もしかして道士……？」

「あんなけったいなものと一緒にしないでくれ」

容易《たやす》く否定された。

「じゃあ、仙人――」

「それも不正解だ。すべてを見知った気でいる世捨て人なぞ御免被りたい」

吐き捨てるような物言いは心底不愉快そうで恐縮してしまった。

これに青影は反省したのか、ぽつりと呟《つぶや》く。

「ただ死ねないだけだ」

死ねない――。

沈黙の帳《とばり》が下りる。

これがなにを意味するのか、実物を見なければ到底信じられなかったが、いまその信じがたい現実を目の当たりにしている。仙人とて首を斬られれば死ぬと聞くから、青影の言う通り、そのふたつは候補から外れるだろう。

では何と考えればいいのか、答えは本人からもたらされる。

「俺はだいぶ長く生きていてな」

ゆっくりと力を抜き、洞窟《どうくつ》の壁面を見据えながら目を細める。

人さし指を天井へ向けた。

「天帝に使命を全《まっと》うするまで死ぬべきではないと定められた。ゆえに死ねん」

その時の感情を、暁蕾はどう言い表したら良いのかわからない。〝在る〟とは伝え聞いていても天の存在など身近に感じたことがない。

いくら超人的な回復力を有しているとはいえ、まともに聞くべきではない。詐欺師に捕まっては元も子もないのに、この男が真実を話していると疑っていない。

むしろ、なぜか胸がずっと高鳴っている。

聞きたくない、しかし聞かねばならない。

奇妙な葛藤《かっとう》を抱えて問うた。

「使命って、なに？」

「涙龍を天に帰す」

ドクン、と心の臓が音を立てるのをはじめて聞いた。

涙龍。もはやおとぎ話になってしまった物語を本気で信じているのか。この問いに、男はしかと頷《うなず》いた。

「あれはいまもこの地のどこか奥深くで眠り、天に帰る日を夢見続けている」

そして、と涙の泉を見据える。

「涙の泉はかつて涙龍のこぼした怒りと悲しみの欠片《かけら》であり、想いを汲み取るためのもの。ゆえに俺は探していた」

「泉を？」

首を横に振り、嘆息した。

「長かった」

彼は旅人だったか。長く暗い道程を彷徨《さまよ》い続け、放浪の果てに、やっと見つけた星を眩《まぶ》しそうに見つめ口角を上げる。

切れ長の涼しげな目元は、この時少し和らいだ。

喜んでいるのに、悲しげに、申し訳なさそうな面差しで血濡《まみ》れの手を差し出す。

「君をだ、暁蕾《しゃおれい》。涙龍《おちたかみ》の力を扱いながら、その脅威から守られた希有《けう》な存在。涙龍の心を開き、天に帰せる唯一の鍵《かぎ》だ」

言葉の意味をかみ砕くには幾ばくかの時間を要した。

息は速く、鼓動はいまだに治まらない。

目の前のこの人は暁蕾を探していたというが、頭を占めるのは「なぜ」のひとことだ。

何故なら暁蕾は巫《かんなぎ》ではない。翠蘭のように涙石は生み出せないし、いま生きているのも、言うなれば道ばたに落ちる路傍の石が偶然蹴《け》られるのを免れただけだ。

「ごめん、なにか勘違いしていると思う。巫は翠蘭なんだから、私はあなたの探し人じゃないと思うんだ」

「巫かどうかは関係ない。俺が探していたのは君であった。ただそれだけだ」

差し出された手は握れない。

当たり前だ。不思議と親しみは覚えても、彼は昨日出会ったばかりの人。そもそも彼の手を握るとは「受け入れる」と同等の意味をもつのではないか。青影を信じる勇気を持てずにいると、彼が唐突に痛みに呻《うめ》いた。傷が治る際は痛みが増すのか、体をくの字に折り曲げ呻いているうちに、残りの傷がみるみる塞がっていく。

助かったのは、おかげでこの話題が中断されたことだ。

青影にも禁足地に入った自覚はあったらしく、入り口の方へ顔を向けている。

「もう少し話していたくはあるが、俺が動けるようになったら出立しよう。あまり遅いと迎えが来るかもしれないし、洞窟に入ったのがばれると君に咎《とが》が及ぶ」

「詰所はどうしよう」

「あそこは全滅していたからどうしようもない。俺が説明するから心配しなくていい」

「あ、そっか……」

昨日顔を合わせたばかりの人達が死んだ。

わかっていた事態ではあった。顔見知りである以上は弔いたいが、丁の容態が芳しくない。傷はある程度治ったものの、途端に熱に浮かされ始めたのだ。立てるようになった青影が丁を抱え、馬の背に縛り付ける。

「あなたはふらふらだけど、大丈夫なの」

「この程度なら心配いらない。それより、君は水瓶を離すな」

道中では、洞窟に入ったことを決して他言しないと約束した。王族の所有地に兵士を入れたなどとはバラせない。問題は丁だが、彼は青影がなんとかすると約束した。

帰りの騎乗は、行きとはまるで違う意味で心臓が早鐘を打っていた。翠蘭以外の、誰かに守ってもらうことに慣れていないせいかもしれない。

帰りは行きほど急がなかったために、会話をする余裕があった。

「青影さんは長く生きてるって言ってたけど、どのくらい長生きしてるの」

「さんは不要だ。……年はどうだろうな、千を超える前には数えるのを止めていたから、あまり覚えていない」

「千⁉」

噂に聞く仙人でさえ二百か三百歳だと聞くのに、千年など途方もない話だ。

「あなた涙龍を帰したいんだっけ。そんなに昔から涙龍がいたってこと？」

「そうだな。あれは昔から、天を困らせていた」

「天を困らせていたから、青影が天に帰す？」

なんとも珍妙な響きだ。

どれほどの理由があれば、困りものの龍を天に帰そうとなるのか、それ以前に、なぜその役を担うのが神ではなく、人である青影なのだろう。

「質問する前に暁蕾、君は涙龍についてどこまで知っている」

「それはもちろん、昔神々との争いに負けて、地に落ちて……」

いざ話しはじめると、きゅっと眉《まゆ》を寄せた。思っていたより話せる内容が少ない。泉の起源にしたって草原の民が神聖な場所と定めていただけで、もたらす恩恵は翠蘭から聞いた以上のものは知らない。

「む、むかしむかし、悲しむ涙龍を見つけた草原の民が涙龍を奉った。涙龍と草原の民は仲良くなって、これからも奉じ続ける代わりに巫を通して『涙石』を授けてくれると約束したから、それを飲んだ人は、病気が快癒して……」

『涙石』を授かる巫は翠蘭ただひとりだから、いまも籠《かご》の鳥として捕らえられている。草原の民が隠していた逸話は、彼女が捕らえられてから噂話程度で広まり始めたはずだ。

「その涙石の作り方を君は知らない？」

「知らない。多分、長《おさ》の一族しか知らなかったんじゃないかな。他の人だって知ってたら、命乞《いのちご》いの時に言ってただろうし……たぶん……」

嫌な記憶も蘇《よみがえ》るが、聞き終えた青影は呟いた。

「不思議だな」

「なにが？」

「怪我どころか病すら快癒するなら、なぜ涙石を使っているはずの宗哲様の病は完治していないのだろう」

目の前でぱちんと手を叩《たた》かれた心地だった。

そこでやっと己の認識の間違いに目が向く。

「不思議。小さい頃は同じこと考えたはずなのに、どうして忘れちゃったんだろう」

「おかしな話ではない。噂で聞いたが、君は幼い頃からひとりで暮らし水汲《みずく》みをしていたのだろう。追い込まれた環境が疑問を疑問としなくなる場合はいくらでもある」

「難しいこと話すんだね」

「だが、言わんとすることはわかるだろう」

「そうだね。うん、たぶんわかる……と思う」

誰かに涙龍の逸話を語るなど幼い時分、子義に話したきり。翠蘭と話すときも監視の目があったから、暁蕾の知識など彼らと同程度。密《ひそ》かに胸を痛めたのは、己の知識不足だ。これまで涙龍に親しみを覚えていたのに、結局肝心なことはなにも知らない事実が目の前に転がっていた。

都まであと半分といったところで、二十名程の部隊と合流した。馬に跨《また》がり、土煙を上げながらやってきた彼らは、子義の使いだと名乗る。

暁蕾の戻りが遅いと子義が案じてくれたらしいが、彼らは些《いささ》か傲慢《ごうまん》な兵だった。尊大な態度を隠さなかったものの、血濡れの青影に目を剥《む》き、事情を説明すると半数が泉へ走り去った。暁蕾も馬の乗り換えを行い、宮廷へ一直線である。

水に穢《けが》れが移ると考えたらしく、宮廷に到着するなり汚れた衣装を着替えさせられた。

到着した蓮華楼《れんかろう》では、翠蘭が熱に浮かされている。

「翠蘭！」

ぐったりと横になるその姿を見た途端、我慢しきれず駆けていた。妃付きの侍女がしかめっ面になっても知ったことではない。寝台に駆け寄り名前を叫べば、願いが通じたのか、長く整った睫毛《まつげ》がすっと持ち上がった。

熱に浮かされる幼馴染《おさななじ》みは手を握り返した。暁蕾は半分泣きそうになりながら、彼女の額に手を当て熱を測る。

「待っててね、すぐ水を飲ませてあげるから……！」

想像以上の高熱に焦りを浮かべ、包みをほどき水瓶を取り出した。透き通った水が器に注がれ、翠蘭は暁蕾に助けられながら水で唇を湿らせる。

翠蘭は意識もおぼろだったが、水を嚥下《えんげ》するにつれ、みるみるうちに回復した。半刻も経たずに覚醒《かくせい》し、自ら起き上がれるほどになった。

「まるで悪い夢のなかを揺蕩《たゆた》っていた気分。また暁蕾が助けてくれたのね」

「酷《ひど》い熱だった。まだ無理しないで」

「……大丈夫。暁蕾が水を持ってきてくれたのだもの、もう心配する必要はないわ」

でも、と顔を歪《ゆが》め、彼女は暁蕾を抱きしめた。

名を呼んでも身体は震え、幼馴染みを逃すまいと必死にしがみつく。

病み上がりで無茶はさせられない。離れるよう伝えるも、腕の力は緩まなかった。

「暁蕾がどこかに行ってしまう夢を見たの」

「なんで？　私はどこにも行かないし、翠蘭とずっと一緒だよ」

「本当？」

「本当だよ。だって約束したじゃない。翠蘭が困ってるときは必ず助けるよって。どこかに行ったら、駆けつけられなくなっちゃう」

それは家族を失ってから、ひとりが恐ろしくて毎夜泣いていた暁蕾を翠蘭が抱きしめてくれた時のことだ。当時の翠蘭はただの夷狄《いてき》であり、妃《きさき》にもなっていないから奴婢とも変わらぬ扱いを受けていた。侍女に強く出られる身分ではなかったのに、こわいと泣いた暁蕾を帰さず、一晩添い寝してくれた。

その時に二人はお互いを必ず助け合うと約束し、いまもこうして支え合っている。

けれど普段なら暁蕾に力強い言葉をくれる翠蘭の芯《しん》が弱っていた。たまらず両手を包み込み、額を押し当てる。「大丈夫」と繰り返した。

「私はずっと一緒だし、翠蘭を助け続けるよ」

「……………約束よ？」

「約束するよ。だって翠蘭は私に残った唯一の友達だもん」

いてもたってもいられない心地で慰め続ければ、翠蘭は調子を取り戻してくれたが、瞳《ひとみ》の奥にある懊悩《おうのう》は取り払われていない。その心を縛り続ける茨《いばら》の正体を知りたくとも、その前に瞼《まぶた》を閉じてしまった。

次に瞼が持ち上がると、傷はすっかり隠されてしまっている。

「典医から貴女《あなた》が泉に向かったと聞いたけど、戻りが遅かったし、なにかあったのではないの？」

「遅れたのは馬の調子が悪くて徒歩になっちゃったからだよ」

賊に襲われた、など言えるはずもない。心配をかけまいとついた嘘に、翠蘭は暁蕾の頬に手をあて、咎める視線を向ける。

「本当にそれだけ？　生活に苦労してはいないかしら。しっかり食べている？」

「やだな、ちゃんと食べてるよ。それに生活だったら、子義さまもよく気にかけてくれるし、ちゃんとしないと怒られるくらいなんだよ」

明るく答えたのに、翠蘭はいっそう表情に影を落とす。まるで話題に困ったように目を伏せた後、ふいにあることに気付いた様子で顔を上げた。

「貴女の周りのなにかが……血の臭いがする。ほんとうに、異常はなかったの？」

ぎくりとしたが、ここで「血の臭い」に反応した典医や侍女が間に入り、翠蘭は周囲の動きで事件性を悟った。

いたましげに下唇を嚙《か》むも、すぐに妃としての顔を作りあげる。

「一度ならず二度までも危機に参じてくれたこと、草原の同胞である点を除いても深く感謝いたします。貴女には是非お礼をしたく、宗哲様にもお願いして、新たに褒美を用意いたしましょう」

暁蕾も、ここまでと悟り距離を空ける。

宗哲にするように、しかし真実心を込めて平伏した。

友人としての時間が終わった。

この瞬間はいつも自らの心を空っぽにし、友の苦悩を受け入れる。

後宮の人々は蓮妃に外の世界の話を聞かせるのを、本当は嫌がっている。

血腥《ちなまぐさ》い話であればさらに過敏になる。これは宗哲の翠蘭に対する寵愛《ちょうあい》が深く、彼女が外の世界に逃げることを嫌がっているためだが……とばっちりを食らうのは下の者だ。

少しでも翠蘭が外に憧《あこが》れる発言をし、宗哲がそれを耳にすれば官女達が叱られ、原因となった暁蕾に待っているのは説教だ。侍女に叱られたなど告げ口はしないけれど、翠蘭は聡《さと》いから気付いている。

気付いたから、段々と暁蕾に我が儘《まま》を言わなくなった。

翠蘭にとって、できる最大限の誠意は贈り物しかない。悔しい思いをしているのは翠蘭の方だと知っているから良いのだと、暁蕾は愛《いと》しい友に微笑む。

「蓮妃さまにおかれましては、どうぞご自愛いただきとうございます。必要とあらば私はいつでも水を汲《く》んで参ります。ですからどうか、安心してお休みくださいませ」

歪《いびつ》かもしれないけれど、これが彼女達の友愛だった。


ただで帰れるはずはない、と考えていた暁蕾《しゃおれい》の予想は的中した。

部屋から出るなり子義《しぎ》を訪ねるよう宦官《かんがん》に呼び止められたのだ。ついて行けば、ちょうど子義に青影《せいえい》が報告しているところだった。一息つけるかと緊張が緩まった瞬間、耳元にふっと息が吹きかけられる。

場も忘れ、耳を押さえて仰《の》け反《ぞ》った。こんなことをしてくる輩《やから》には、ひとりだけ覚えがある。案の定、複数の鈴の音が鳴り響いた。

「ややあお嬢ちゃんったら、相変わらず良い反応をしてくれるね」

にまにまと笑いかけてくるのは、首や手足首に赤紐《ひも》を鈴を括《くく》り付けた女。一風変わった恰好《かっこう》をしているのは女が道士だからで、この女こそが、宗哲に涙石の独占をそそのかした張本人、霞国筆頭道士の妖瑤《ようよう》だ。小顔の愛らしい顔立ちで、目元には朱を入れ、ねっとりとした喋《しゃべ》り方が特徴的だ。

妖瑤が不気味がられているのは、いつも傍らに人を連れているせいもある。妖瑤の武器のひとつで、命令一つでなんでもこなす死体だ。顔に麻袋を被《かぶ》せた異様な風体で、妖瑤はこれを骸《ハイグ》と呼んでいる。女形らしいが死体に男も女もないだろう。

妖瑤にその死体で頭を撫《な》でられ、暁蕾は雑に髪が乱される感覚に鳥肌が立った。

「な――んの、御用ですか、妖瑤さま」

「んん、久しぶりなのにつれない態度だねぇ。ご主君のかわいいかわいい蓮妃の飼い猫が襲われたと聞いたから駆けつけたのに、あんまりだよ」

妖瑤は筆頭道士の名に違《たが》わず、暁蕾が子供の時分から年を取っていない。姿を現すのは稀《まれ》でも、進んで会いたい人ではなかった。

助け船を出してくれたのは子義だった。

「妖瑤、そこまでだ」

「あい、ただ可愛い家畜を愛《め》でていただけです。お許しを、子義殿」

しゃらしゃらと音を鳴らしながらも、足音は立てずに上司の背後に回る。帰ってくれないのか、内心げんなりしながら跪《ひざまず》き、子義と対峙《たいじ》した。

「仔細《しさい》は青影から聞いた。怖い思いをしたろうにご苦労だったね」

「いえ、蓮妃さまのためですから苦労とは思いません」

「そう言ってくれるなら助かる。蓮妃もお前という友を得て心強く思っているはずだ」

昔から子義だけはあたたかい言葉をかけてくれる。自然に頭《こうべ》を垂れていた。

「血だらけの青影を見たときには驚かされたが、彼をつけていてよかった。もう一人の護衛はまだ目を覚まさないそうだが、彼の怪我の理由を教えてもらえるかな」

子義がなにを問いたいのか摑《つか》みかねていると、すかさず青影が口を割り込ませた。

「子義様。あの兵は彼女を庇《かば》い気絶したことに相違ございません」

「私には真偽を確認する責務がある。いまは小羊の証言を聞いているのだ。お前には尋ねていない」

青影は子義の後ろ盾を得ているはずなのに、その態度は冷たく、二人の関係に疑問を感じさせる。

あの、と小さく訴えた。

「その人の言っていることに間違いはありません。丁さんは門の前で待っていた私を庇って……少し傷を負いました。あとは頭を打って気絶してしまったんです」

「……間違いないのかね？」

「はい。おかげで命長らえ、危ないところを青影さんに助けられました」

嘘をつくのは心苦しいが、青影との約束を守ることにした。

子義はきっと、丁を涙の泉がある洞窟《どうくつ》に入れていないか心配しているのだ。事前に青影から忠告されていなかったら、うっかり話していたかもしれない。普段から優しくしてくれる子義だが、ただ優しいだけの人なら、法を遵守させる官にはなりえない。

「青影さんを付けてくださった子義さまに感謝しています。二人がいなければ危うく水を持ち帰れないところでした」

「手隙がいなかったから任せただけで、役に立ったのならよかったが……」

子義は釈然としない様子だったが、この礼に追及を取りやめた。青影には暁蕾を危険に晒《さら》した件を注意するだけに留《とど》めたのである。

「気になるのは賊がお前を狙ったのではないかという点だ」

「え？　いえ、そんなはずは……」

「蓮妃への寵愛を良く思わぬ者は多い。ご主君には既にお世継ぎがいらっしゃるゆえ問題ないと思っていたが、水汲《みずく》みを阻止すればたちまちお身体を悪くされるとあらばな」

あら、まぁと妖瑤が笑った。

「他の理由だって考えられるでしょうに、羊ちゃんに話しちゃっていいんです？」

「この娘《こ》は頭の良い子だからね、下手な他言はしないとも」

「まぁまぁ。……信頼が厚いですこと」

妖瑤の冷笑はともかく、子義の言葉は予想外で声をなくした。この疑惑は青影が伝えたらしいが、暁蕾には身に覚えがないのだ。賊の目的が浮かばずにいると、子義はとっくに答えを導き出していた。

「蓮妃に水は必需品。お前を宮廷で保護することも考えたが、事が蓮妃に伝われば涙石の生成に問題が生じるやもしれぬ」

「では、次からは護衛が増えるのでしょうか」

「それでは水汲みの時しか対処できない。ひとまず青影を常にお前に付ける」

思わず直立不動の青影を指差した。

「この人をですか⁉　でも私、ひとり暮らしです。家だって貧民街で……」

「元旅人であれば慣れていよう。大勢を送ってお前の周辺を騒がせたくはないし、詰所の賊を単独で退治した腕があれば問題なかろう」

呆気《あっけ》にとられるも、暁蕾に異議を申し立てる権利はない。

結局断れず帰路を辿《たど》りながら、不信感いっぱいに隣を歩く青影を見上げた。

「ねえ、私が狙われた記憶はないんだけど？」

「可能性がある、と進言しただけだ。そういうことにした方が君の傍に居やすい」

やはり青影の工作だったらしい。

「嘘を言うのはどうかと思う。あの賊はなにが狙いだったのかもわからないんだよ」

「泉に宝が隠されていると勘違いした連中だ。最近の寒さと物価の高騰に耐えかね、金を求め襲ったらしい」

「なんでわかるの」

「直接聞き出した、詰所でな」

つまり暁蕾を守る口実に、賊を上手《うま》く利用したらしい。

なんとも言えない表情になってしまうのは、青影の勘違いが続くせいだ。落ち込み気味に口にした、私じゃない、の呟きは聞こえていたはずだが、まるっと無視された。

「青影さ、子義さまの口利きで捕吏の権限をもらってるんでしょ。なんか子義さまが冷たい気がしたのだけど、仲が悪いの？」

「良いか悪いかと言われたら、どちらともいえない」

要領を得ない回答だ。

すると暁蕾の背後から猫撫《ねこな》で声で女が囁《ささや》いた。

「それはあたしが子義様にお願いして青影くんを捻《ね》じ込んでもらったからさ」

こんなところまで付いてきていたと思わず、飛んで逃げようとしたら、両肩を押さえ込まれている。伸ばした足の爪まで赤く塗りたくっているのは他ならぬ妖瑤だ。目を三日月形に細めて暁蕾をのぞき込んでいる。

代わりに青影が口を開いた。

「何の用だ」

「お前に用はないよ。ただ、ちょっと小羊に聞きたいことがあってね」

既に逃げ出したい気分だった。

ここまで妖瑤を苦手とするのは、ただ得体が知れないからではない。

「運が良かったね、小羊」

にやにやと嫌な笑いを零《こぼ》す。暁蕾は身構え、固く心を閉ざせと自身に命じた。

「子義様はああ言っていたけど、あんたは身分が低いからね。かわいい蓮妃ならともかく、異民なんて守りたい武人はいない。青影くんみたいな風変わりなヤツがいてよかったね。部族が滅んだときといい、本当についてるよ」

こうやって心を傷つけてくる。

そっと目を背けていると青影が深い息を吐き、「おっと」と妖瑤が戯けて笑った。

「おお、こわいこわい。揶揄《からか》わずにいられないのはほら、あたしの性分だからだよ。だからこれは趣味さ、聞きたいのはもっと重要なことなんだ」

上からのぞき込んでくる女の笑みが引き締まった。表面上は変わっていないのかもしれないが、その瞳《ひとみ》の奥にあるなにかが牙《きば》を剝《む》く。

蛇に睨まれた蛙のような心地に、無意識に両手を握りしめる。

大きく見開いた目がじぃっと心を探ろうとしていた。

「小羊、あんた、誰かに会った？」

これだから妖瑤が嫌いなのだ。

道化に見せかけるくせに、恐ろしい目をして離さない。草原の民を襲撃した時もそう。全滅を眺めていた妖瑤は、皆の遺体をどこかに持っていったきり、どこへ埋めたかすら教えてくれない。

宗哲と違い、妖瑤に向ける感情はもはや本能的な恐怖に近い。それでも負けを認めた、と思われるのが嫌で気を強く持った。

「誰か、って、なんですか」

「わからないから聞いているんだよ。あたしと同じ道士でも、それこそ仙だっていい。あんた、妙なものに出くわさなかったかい」

「あなた以外の道士は知らないし、仙人なんて会ったこともない」

これはぎりぎり本当だ。誰か、と聞かれたら黒髪の美しい麗人がすぐさま浮かぶも、その人が仙人であるかはわからない。

「ほんとぉ？」

「嘘なんか言いませんし、なんでそんなことを気にされるか理由がわかりません」

「ふぅん？……あたしに感知されず術を破れるヤツなんて滅多にいないんだけどね」

言い終わる前に青影が暁蕾の腕を引っ張り、背中に隠す。

妖瑤は不敵な笑みを浮かべると「安心おし」と言う。

「青影くんに見つかった限り意味がなくなった。喧嘩《けんか》は面倒だし、なにもしないよ。ま、とはいえ、気分がいいものじゃあないけどねぇ」

妖瑤は道士なだけあってひねくれ者で、そして残酷な人間だ。

女がちらりと背後の骸《ハイグ》に目を向ける。

暁蕾はあの動く死体が街中で暴れ回る姿を見たから知っている。さる宗族の家に盗みに入った犯人達が暁蕾の家の近くに隠れ住み、子義経由で妖瑤が派遣されたことがあった。賊は十人近くいて、さらには全員武器を持っていたのに、妖瑤は鈴を鳴らしただけ。陽炎《かげろう》めいた骸がゆらりと動けば、瞬く間に全員の首が刎《は》ねられていた。

あんなの現実的な光景ではなかった。

このままでは青影が傷つくに違いなく、打開策を考えねばならないときだ。

道を空けよ、と誰かの声が響いた。

その場にいた人間が一斉に——暁蕾は青影に背中を押され——廊下の端へ避け、さる貴人の邪魔にならぬよう道を譲る。

一時置いて、大勢の侍女や兵を引き連れてやってきたのはとある女性だ。本来後宮住まいのこの女性はこんな場所を通りはしないが、唯一自由がまかり通る人物だった。

霞国の妃のひとりである煌妃《こうひ》。元々は数多くいる妃のひとりにすぎなかったが、三年前に待望の跡継ぎを生んで以来、正妻である王妃と並び立つ地位に繰り上がった。

実家が子義の後ろ盾を得ており、煌妃が子を身籠《みご》もったのが子義の権威を強くした要因のひとつだ。霞国には宰相がいるにもかかわらず、昨日、家に来た小役人が子義を「丞相」と呼称していたのもその証拠だ。

煌妃の顔を拝謁せずとも、さらりとした絹織りの衣が美しいのはわかる。何事もなく通り過ぎたかと思ったら、唐突に列が止まった。

貴人が呼んだのは妖瑤だ。

「貴女《あなた》は霞国の道士でありながら、また余計なことに時間を割いているようですね」

「いえいえ、宮廷内の平和を守るも道士の務めでございますよ」

「ご託はいらない。我が子に都を見せに行くのです、お前もついてきなさい」

「あたしもでございますか？」

「不服？　霞の正統な世継ぎを守るのに異を唱えようというの」

「まさかまさか。そのような大任、いままで煌夫人よりお声がけいただいたことがありませんでしたので、はい。謹んでお受けいたしますよ」

「蛾でも役に立つと証明してご覧なさい」

いまだ夫人呼ばわりする妖瑤と、冷たい煌妃の会話で関係が知れよう。嫌みを言われながら妖瑤は笑顔で列に加わり、これで災難は去った。

今日は厄日なのかもしれない。こんな場所には一刻も居たくなくて宮廷を出るが、青影は影の如く付き従っている。ただの兵といっても宮廷勤めだし、そこらの歩哨《ほしょう》よりは出《い》で立ちもまともだ。加えて本人が将兵と勘違いされそうな風体だし、彼を連れ歩くのは目立って、むず痒《がゆ》い思いをさせられる。

好奇の視線に晒されながら憩いの我が家に入れば、木箱や分厚い布団が積まれていた。早速褒美が運ばれたらしく、仕分けをはじめれば青影が役に立つ。

重いものを真っ先に選《え》り分けてくれたのだ。木箱は必要分以外は解体して薪にする。褒美を分けてもらおうと訪ねてきた大人達は彼にたじろぎ、なにも言わず帰って行った。

積まれた褒美は、今回はやたら量が多い。

まず手に取ったのは女性ものの衣で、絹で織られた外衣や帯など一式が揃えてある。他にも真綿の詰まった敷物に、干し魚といった貯蔵しやすい食べ物があった。

「すぐ戻るから待ってて、隣に行ってくるだけだよ」

暁蕾が干魚や果物を手に取るなり出かければ、帰ってきた時には竹籠《たけかご》に載った野菜を手にしており、これらを使って遅い朝飯を作り始めた。

いつもは火鉢に鍋《なべ》を載せただけでできる簡易な食事しか作らない。まともに活躍したことのない厨房《ちゅうぼう》の埃《ほこり》を拭《ふ》くと竈《かまど》に火を入れ、鉄鍋で香味類や薄切りにした豚肉や野菜を炒《いた》める。粥《かゆ》は倍量の米を惜しみなく使ったから、ふっくらと艶《つや》やかな出来だ。他にも前夜に煮込んでおいた豚足があったし、花梨《かりん》の蜜《みつ》漬けもある。

粗末な卓にこれらの鍋が載っていく。青影が椅子にするのは余った木箱だった。

「手際が良いな」

「ずっとひとり暮らしでやってきてるからね。時々食堂も手伝ってるし、大体のことはできると思う」

「いくつから？」

「七つかそこらかな。知ってるだろうけど、霞国に集落を滅ぼされてからずっと」

「大人は助けなかったのか」

「親切な人もいたけど、その時は締め付けが厳しかったから……」

「……それもどうかと思うがな」

「みんな下手に構って睨まれたくないもの、仕方ないんじゃないかな」

その時の影響でいまも親しい人ができないが、あたりまえとなってしまった日常を恨むのは諦《あきら》めてしまった。

それより気にしたのは、客人用の皿がなかった点だ。これまで暁蕾と卓を囲む奇特な人がいなかったので、棄てるつもりの欠けた椀《わん》を、さりげなく自分に回す。

豪華な食卓は恩人に報いるためだ。

事情はなんであれ、命を救ってもらった礼は必要だ。恩人には報いろと言った母の教えを守り、とっておきの食事を振る舞えば、青影はきちんと食べてくれた。

目の前の男は椀にがっつかない。食べる所作すら品があるから、途端に自身の作法が気になり恥ずかしくなった。

家族で食卓を囲んだ昔を思い出しながら箸を動かし、ゆっくりと咀嚼《そしゃく》し飲み込めば、またもや内側から不思議な感覚がわき上がってくるのを感じる。

「君は箸の使い方が上手《うま》い。どこかで習ったか？」

「そう？　父さまと母さまが、教えてくれたからだと思う」

「だとすれば良い両親だったのだな」

両親は自身の子供が無知であることを許さない人だった。特に母が熱心で、草原で生きるなら必要のない勉学や作法でも、いずれ必要になるからと教え込んだ。そのおかげで暁蕾は貧民街でも珍しく読み書きができる。

成長したいまでも厳しい教育だったと疑っていないが、二人はそれ以上の愛情を持って暁蕾に接したし、その教えが都での生活を助けたのだから感謝してもしきれない。両親を褒めてもらえたのが嬉《うれ》しく、胸に迫る感覚がなんだったのかに気付いた。

――あたたかい、だ。

会話は弾まずとも、悪い心地ではない。

再び話しはじめたのは満腹感を味わってからだ。

「色々聞きたいことはあるんだけど、青影ってあの妖瑤と知り合いだったの？」

涙龍よりも大事な話だ。

なにせ暁蕾は妖瑤が嫌いだ。草原の民が滅ぼされた日、主要な男達が殺された後は女子供や老人が一斉に集められて処刑された。あの女はその時、偶然襲撃を免れ隠れていた暁蕾を見つけて引っ張り出した張本人である。

「顔見知りだが、断じて友ではないと言っておこう」

「じゃあどういう関係？」

話したくなさそうだったが、草原の民と妖瑤の関係を話せば、得心した様子で頷《うなず》いた。

「そういうことなら話さねば信用は得られないな。……古い顔見知りだ」

「古いって、どのくらい？」

「相当昔だ。あいつがまだ道士になる前だったから、実は顔を合わすまで忘れていた」

なんでも命を救ったことがあるそうだ。今回、青影は宮廷に潜り込むため都を訪ねたが、宮廷衛士になるためにはそれなりの順序がある。さらに御前試合だけでは宮廷に近づくことはできないと知っていたため、妖瑤を通し子義を紹介してもらったらしい。

彼が宮廷に入り込みたかった目的はひとつ、翠蘭だ。

「涙龍を奉っていた民の巫《かんなぎ》となれば、龍がどこにいるかを感じ取れるはずだ。まずは話をしたくて潜り込んだんだが……」

「その様子だと、警護が厳重で無理だった？」

「察しの通りだ。男子禁制だけなら多少誤魔化しも利くが、蓮華楼《れんかろう》は結界のせいで鼠一匹侵入できない。手をこまねいていたら、もう一人の生き残りの噂を耳にした」

ふぅん、と相づちを打ちながら、少しおかしな話だと思った。喋《しゃべ》るかどうかは別でも、涙龍に関連する話を聞きたいのであれば、それこそ暁蕾だけではなく、草原から去ったかつての民でも良いはずではないか。

草原の民はあちこちを転々としていた遊牧民だ。楽な生活とは縁遠く楽しみも少ない。便利な都に比べたら嫌気が差すのは当然で、たまに集落を離れ都に移り住む者もいたし、族長達も禁じていなかった。彼らがあちこちに散らばっているのを知らないのだろうか。

親切に教えてあげたのだが眉《まゆ》を顰《ひそ》められた。

「君は知らないのだろうが、草原出身の者は、いまはもうほとんど残っていない」

「え？」

「死んでいるんだ。草原の民が襲撃を受け、滅んでから数年の内に亡くなっている」

安世の話を思い出した。元草原の民であったという少年の母も亡くなっている。

青影が調べたところ、どれも病死など不自然ではない形で逝っているそうだ。

「噂一つ立っていないのが不思議だが、なにぶんこの国に滅ぼされた部族だし、よそ者が踏み込むには危うすぎてな。君は草原を抜けた民に会ったことはなかったか」

「……ない」

「では、会おうと思ったことは？」

これもやはりない。会いに行くのも来るのも困難だと言い訳しかけるも、冷静になれば、監視の目が外れてからは可能だったはずだ。思い至らなかった事実に愕然《がくぜん》となる暁蕾に、青影は無理もない、と言った。

「落ち込む必要はない。おそらくだが、君には妖瑤から呪《しゅ》がかけられていた」

呪、と呟《つぶや》けば、耳の奥で鈴の音が反芻《はんすう》される。

「それが俺が君を見つけきれず、見つけてからも機を逃し続けた理由でもある」

「続けた、って、昨日より前に声をかけたことがあったの？」

「かけようにも妨害が入ってなにもできなかった。転ぶ君を支えられたのも、怪しまれるのを承知で近寄ったからだ。それもすぐに逃げられたが」

逃げたつもりはなかったが、青影にはそう映ったらしい。

さらには呪についても教えてくれた。

「ぼんやりとしたものだが、おそらくは他者を遠ざけるための限定的な、術者の性格がにじみ出る質《たち》の悪い呪だ」

だから、と青影は杯を取る。中身は翠蘭がくれた茉莉花茶《まつりか》で、青影はわずかに顔を顰《しか》めた。香り付きは好きではないらしい。

「妖瑤の問いは、実は俺の疑問でもある。君は仙人らしいものには会ってないと言ったが、本当に心当たりはなかったか」

拾いものと黒髪の女性の話をすると、得心した様子で顎《あご》を撫《な》でる。

「では呪を解いたのはその人物だろう」

「知ってる人なの？」

首を横に振られるも、心当たりはあるらしい。

「時折いるんだ。通りすがりの高位の仙か、あるいは神が気紛れを起こす」

「か、神⁉」

「いや、そちらは滅多にいない、というかないだろう。きっと仙だ」

ひっくり返りそうになったが、可能性の話と念を押された。

青影はそれを天災の類《たぐい》に喩《たと》え、二度の邂逅《かいこう》はないはずだとも語る。

「それが君を助けたのは事実だが、運が良いと思ってはいけない。あれらは年を経るほど人の範疇《はんちゅう》を超える、決してわかり合える存在ではない」

重要なのは、そういった存在でなければ呪を解けなかった点だ。青影曰《いわ》く、妖瑤は霞国の筆頭道士になっただけあって実力は折り紙付き。不可解なのは何故暁蕾に「他者との関わり合いを避けさせる」呪を掛けたかで、これは青影だけが納得している。

暁蕾の存在を秘匿することが妖瑤の益になるのだと語るが、呪をかけられていた本人としてはいまひとつ理解し難い。嫌がらせと言われたほうがまだしっくりくる。

「妖瑤とあなたの関係は信じても良いと思ってる。呪いも……心当たりがあるから同じ。だけど、あなたが探していたのが私だっていうのは、やっぱり間違いだと思う」

超常的な傷の回復を目の当たりにした。そのため不老不死も信じるが、彼はなぜ涙龍を天に帰す使命を帯びているのだろう。翠蘭と話してもいないのに暁蕾を見出《みいだ》し、確信しているのも信じがたい。

子義に嘘の進言をしたのだって暁蕾の近くにいるためなのだろうし、いままで端役でしかなかった自身にとって、いまの状況はにわかに受け入れがたい。

彼の話は大変胡散臭《うさんくさ》いけれど、信じたい、と思うのは他の人と違って暁蕾を茶化さないからだ。真摯《しんし》に向き合ってくれるから話を聞くに値する人物だと評価している。

翠蘭や子義以外の人間と深く接したことがないためむず痒《がゆ》い心地だが、その心を悟られたくなくて、平静を装い尋ねた。

「もう一度聞くよ。あなたはどうして涙龍を天に帰すなんて役目を負ってるの？」

回答にはしばし時間を必要としたが、青影は話す決意を固めてくれたらしい。しかしどう話すべきか迷っている様子でもあった。

「天に命じられたきっかけは、こんな身体になってしばらく経ってからだったか」

「天帝に不老不死を与えられたんじゃないの？」

「少し違うな。天帝ですら永遠の命を俺から取り上げられなかったんだ。だから仙人でもない、ただの人間がこうして生き長らえることを許されている」

彼は長命の原因が涙龍にあると語る。

千年以上前、彼は彼方《かなた》からやってきた神によって故郷を滅ぼされた。その影響で不老不死になってしまい、死ぬための術《すべ》をずっと探し求めているのだと教えてくれる。

「もしかして、その神が涙龍？」

「そうだ。あまり記憶にないんだが、俺はやつの力をまともに浴びた」

天と繋《つな》がりを持ったのはそういった経緯らしい。龍を探し歩くだけで天界と縁が生まれるとは奇天烈《きてれつ》な人生だけれど、それも長命だからこそ成せる業だと言う。

彼は天界に招かれ、故郷を滅ぼした涙龍が地上のどこかに眠っていると教えられた。天帝は彼の龍を天に帰《か》せば、彼に本来の寿命が戻ると約束したという。

以来青影は涙龍を求めて探し回っているらしいが、これに暁蕾は疑問をぶつけた。

「どうして龍を見つけるのにそれほど時間がかかっているの？　それに天帝が約束したって言うけど、天が龍を探せば良いだけじゃない。青影が苦しむ必要はないでしょ」

「君は耳に痛いことを言い当てる。そして天に対しての疑問も真っ当だ」

青影自身も感じた疑問らしい。後者の答えは簡単だった。

「人の世に人の理《ことわり》があるように、天には天の理がある。その中で神は原則、気軽に地上に降りてはならない、人と関わってはならないと定められているんだ」

「あ……だから黒髪の人のことを仙人って言ったんだ」

「そう、霞国の気候変動が異常だから、大方様子見のために降りてきていたんだろう。彼らは時折天に報告する義務を負っている」

「……やっぱり他から見てもこの寒さっておかしいんだ」

霞国を出たことがないから、改めて聞くことで危機感が煽《あお》られる。もし青影がいなければ「まだ大丈夫」と、先ほど訪ねてきた人達に布団を譲っていたかもしれない。無意識に両腕を撫でていた。

曰く、涙龍は強大な力を持った神であり、それゆえ地上に巧妙に隠れおおせているが、彼の龍と渡り合える神が人界に降りれば災いが起きる。天界は人界に干渉してはならないと定められているから、原則地上には赴かない。

「だから天帝は俺に白羽の矢を立てた。涙龍は神からは隠れるが、いずれ人相手ならば気を緩め、接触せずにはいられない。そして龍が人と接触すれば、必ず、その影響を色濃く受ける人間が現れるとな」

「人に接触するって、それって人が格下だから？」

「いいや。神だからこそ、神ゆえに、信仰を求めねば生きて行けないからだ」

隠れているのは天の神々に怒っているためと語り、その理由を暁蕾は知っている気がした。

草原の民に伝わるおとぎ話だ。

「私のご先祖さまは隠れていた涙龍に出会ったから涙石を授けてもらえたのかな」

「俺はここ数百年の間で、なんらかの偶然で龍に接触できたのだろうと考えている」

時期まで推測しているらしい。驚いていると、簡単な種明かしをしてくれた。

「五百年前に草原の民の前身となった部族がいたのは知っている。だが、その頃には泉なんてものは出現していなかった」

「……五百年前、って、あちこち移動してるんだね」

「長生きだからな」

自嘲《じちょう》の笑いは気になるも、同時に納得した。

「でも、そうか。千年以上前から私たちが在ったわけじゃないもんね」

「君は呑み込みが早い。こんな話をすれば、普通はもっと疑うなりするだろうに」

いまの会話で驚かれる必要があっただろうか。

不思議に感じたが、そうかも、と考え直した。

よそ者に起源を語られるのは、きっと気分が良いものではない。暁蕾は家族や仲間が殺され、族長や語り部たる老人達を失っているから平気なのだ。いま生きる瞬間が永遠ではないと知っているから、草原の民だってずっと続いてきたわけではないと考えている。

「青影の事情はわかった。死にたいから涙龍を探すっていうのは……すごく理不尽に感じるけど、でもそれがあなたの理由だもんね」

「俺が言うのもなんだが、詐欺もいいところの話を信じるのか？」

「ここで私を騙《だま》す必要がある？」

「……たとえば、蓮妃を害する輩《やから》の仲間の可能性がある」

大真面目に言うものだから虚を衝《つ》かれ、やがてけらけらと笑いだした。そんなことを自分から言ってくる不埒《ふらち》者は初めてだったし、この答えで、青影は本当に暁蕾を害さないだろうとも信じた。

それに暁蕾とて、死にたいと思ったことは、何度もあるので――。

にっこり笑顔を作った。

「あなた死なないんでしょ。ただ翠蘭を狙うだけだったら、それこそ蓮華楼に突っ込めば良かったじゃない」

「む」

「子義さまは人を見る目があるんだよ。あの人は翠蘭を保護する側の人だから、いくら妖瑤の口利きがあったからって傷つけようとする人は近くに置かない」

それに実は、いざ暁蕾が殺されたとて、宮廷側は少しも困らない。手間はかかっても、翠蘭本人を泉に向かわせれば良い話だ。

「それにあなた、人殺しにしてはちょっと優しすぎるしね」

複雑そうな表情をされてしまったが、蹂躙《じゅうりん》する対象を得た人はもっと恐ろしく、如何《いか》様《よう》にも残虐になり、傍若無人の限りを尽くす獣になると暁蕾は知っている。ひとり暮らしを始めてからだっていくらでも騙されてきたし、辛酸は舐《な》めてきたつもりだ。それに比べたら、ひとりの人間として名を呼んでくれるだけでも信じるに値する。

翠蘭を危険な目に遭わすつもりはないし、暁蕾が騙されるだけなら後悔はない。

「私はいつも暇だから、あなたのお手伝いをするくらいだったらやぶさかじゃないよ」

これまでの日常とは違う新しい事態だ。

年頃らしく、胸が高鳴っていないと言ったら嘘になる。

「でもさ、しつこくて悪いけど、青影の探し人が私っていうのはちょっと……かなり疑ってる。だからなんとかして、一度あなたを翠蘭に会わせてみたいとは思うんだけど」

「……そう、だな。俺も確認したいこともあるから、一度は会っておきたい」

疑っている理由はひとつ。青影は暁蕾を「涙龍の力を扱いながら、その脅威から守られた希有《けう》な存在」と言ったが、一度たりとて守られた記憶がないためだ。ただ習慣として水汲《みずく》みをしているだけで、自身を偉大な人物と錯覚できるなら苦労はしない。

その点、翠蘭は「涙石」を生成して宗哲に与えているのだから、その差たるや歴然だ。

このあたりは彼と翠蘭を会わせてみればわかるだろう。

出ない答えを求めても仕方ないので、次の質問に移った。

「そもそも涙龍を帰すのに、なんで協力者が必要なのかって話。青影だけじゃ無理なの？」

「俺は涙龍の影響を受けているから、ある程度近づけば存在くらいは感知できる」

「なら……」

「だがそれだけだ。あれの怒りを感じることはできても、意思疎通は図れない」

「草原の民ならできるってこと？」

「そのはずだ。君には地上のどこかから涙龍に繋がるはずの道……即ち地脈を辿《たど》り、いずこかに隠れた涙龍を捜し出し、天に帰るよう伝えてもらいたい」

地面に図を描きながら解説してくれるが、暁蕾の想像力では、なんとなくでしか理解が追いつかない。

口をへの字に曲げながら茶を淹《い》れ直す。

青影もすぐに理解してもらおうとは思っていないらしい。のんびり構えているが、聞き逃せない言葉は口にした。

「ただでとは思っていない。それなりの見返りは考えている」

「いいよ、別に。命の恩人だし――」

「蓮妃だが、彼女の不調の原因を取り除く術《すべ》があるかもしれない」

その言葉に余裕は消し飛び、持っていた湯飲みを卓に置いた。乱暴になったせいで茶がこぼれるも、事は火傷《やけど》より重要だ。

「どういうことそれ！」

「すべては会ってからだが、巫《かんなぎ》と呼ばれ涙石を生み出すことができるなら、少なからず何か力を有しているのは確かなはず。直に会ってそれを見極めたい」

「わかった、いくらでも協力する」

力強く頷《うなず》く暁蕾に、青影は不思議そうだ。彼が知っているのは暁蕾と翠蘭が同郷の友人関係であり、彼女のために水汲みをしていることだけだった。

彼に協力するとなれば、翠蘭との関係も知っておいてもらった方が良いだろう。

大きく息を吸った。

「青影はどこで寝泊まりする予定？」

「特にあてはないが、押しかけておいて迷惑をかけるつもりはない。野宿なら慣れているから、家の近くで適当に休む」

などと言われ黙っていられようか。

暁蕾はうずたかく積まれた褒美の山を見た。

「ならうちでいいよね。狭いけど掃除しているから汚くはないし、敷物ならそこにたくさんあるから、そこから取ってうちで休んでよ」

「俺の勝手で君の周りをうろつくのだから、四六時中傍にいては不愉快だろう」

「でもその分だけ守ってくれるんでしょ」

「それは無論、君の安全は俺の目的になるのかもしれないのだから」

「だったら丁度いいよ。お互い目的が一致してるんだもの」

青影には悪いが、ただ親切心で近寄られていたら間違いなく警戒していた。

遠慮する男を横目に、暁蕾は彼の寝床を作るべく、綿布団の中に腕を突っ込む。

「しかし、君は若い女の子で……」

「この辺であなたみたいな身なりのいい人が寝転がってたらいい餌食《えじき》だよ。それにそっちの事情を聞いておいて、放り出すっていうのは不公平じゃない？」

布団を引っつかみ適当に投げると、青影は頭から敷物を受け止める。

申し出を受けるらしいが、ここで彼は改まって姿勢を正した。

「だとすれば、君に会わせなければならないものがあるんだが……」

渋い表情で二本指を立て、空中に小さく円を描く。不思議な動作を見守っていると、丸く描いた円から飛び出てきたのは胴体が細長い動物だ。

それは地面に着地すると、短い手足を素早く動かし暁蕾めがけて走り、一気に肩まで駆け上がる。こら、と青影が叱るも言うことを聞かない。

思わず悲鳴を上げたのはふわりとした毛並みに驚いたためだ。

「もしかしてイタチ？」

疑問形になったのは体が小さかったためだ。姿形は暁蕾の知るイタチとそっくりだが、尻尾《しっぽ》は短いし、なにより真っ白なイタチなど見たことがない。

青影はこれを連れだ、と紹介した。

「一人だとどうしても立ち行かないときがある。猫の手も借りたいときがあるから、そういうときに働いてもらっている」

「じゃあ青影が使役しているの？」

「そこまで大層なものじゃない。呼び出し方は……まぁ、年の功だと思ってくれ」

「名前は？」

イタチらしき動物は人懐こく、指を出しても威嚇をしない。むしろ肩や頭に上手に乗り、しきりにその毛を擦りつけてくるほどだ。

きっと可愛がっているのだろう、そう思って尋ねたのに渋い顔をされた。

「……つけていない」

「つけてない？」

信じられない言葉だった。

小動物は怒ったように鳴き、青影はそれを嫌そうに見る。

「人の言葉を理解して便利だから使っているだけなんだ。君は君で好きなように呼んでくれ、どうせそいつにならば伝わる」

またもや小動物が不服そうに鳴くが、青影は知らない振り。

一人と一匹のやりとりが不思議でおかしく、暁蕾は自然と笑みを浮かべる。

そして――家で笑ったのはいつ以来だったっけ、となんとなく思った。

三章　宮中の暗流

草原の民が襲撃を受けたのは、七つのときだった、と暁蕾《しゃおれい》は語る。

布団に潜り、灯《あか》りを消した夜闇の中で青影は耳を傾けていた。

「あの頃は父さまが病に倒れたばっかりだったんだ」

草原の民は遊牧民だが、霞国《かこく》は豊かだから少し遠出すれば森林や狩り場がいくつも存在する。狩人《かりうど》だった父は、傷が原因で病をわずらった。発熱や腹下しが続き、体調は悪化するばかり。優秀な人だから族長達が霊薬・涙石《なみだいし》の投与を許可した頃、暁蕾母子《おやこ》は父から隔離された。

なんでも周囲に感染《うつ》ってしまう病だったらしい。会えるのは治ってからだと言われ、父が押し込められた小さい天幕に入れるのは、看病役の母だけになった。

母は美しい人だった。

暁蕾は父譲りの瞬く夜空の藍《あい》を含む髪を持ち、母のようにすべてを包み込む豊かな黒髪をずっと羨《うらや》んでいた。

母は外からの嫁入りだったが、父が一目《ひとめ》惚《ぼ》れして口説いた人だと聞いている。仲睦まじい夫婦で、同じだけ娘を愛した。三人揃いの紐《ひも》飾りを手首に結んでいたくらいだ。すぐに元気になった父にまた会える。涙龍の霊薬があるのだからと自らに言いきかせていたが、現実はそんなにやさしくない。

いつになっても霊薬が作られない。

当時の巫《かんなぎ》は長《おさ》の娘達だった。

三女の翠蘭《すいらん》は幼いため見習いだったが、長女、次女は涙龍に認められた特別な人達だ。長や長老達も満場一致で父への投薬を約束したのに、一向に霊薬が届けられない。

父の発症からしばらく、容態は悪化するばかり。もしかしたら間に合わないかもしれないと囁《ささや》かれ始めると、暁蕾は父がいる小さな天幕の傍に忍びより、こっそり話しかけた。父は驚いたが、約束してくれた。

「お前を置いて逝けるものか。必ずこの病を治してみせるから、私が戻るまで母様を支えてやってくれ。涙龍《なみだりゅう》は必ず私達に霊薬を届けてくれる」

声には日頃耳にしていた力強さがない。

わかった、となんとか頷くも、これが父と交わした、最後のまともな会話になった。

幼い暁蕾は、母が看病で大変なのを間近で見ていたから、父の居ない寂しさを見せたくなかった。父が動けない代わりに動物達の世話や雑務を行い貢献を示した。

甘やかされて育った子供ゆえか、ちょっぴり不真面目だった素行は全部正した。

元々乳搾り等の仕事は割り振られていたが薪作り、家畜の囲い掃除、保存食作り等、大人に倣って働いた。有り余る元気は余さず割り振ったといっても過言ではない。

すべて父が帰ってきたら褒めてもらえると信じていたためだ。

堪《こら》えきれない夜はそっと天幕を抜け出し、星を見上げに行った。空の星に、また家族が元通りになるようにと願いをかけた。

けれどしばらく後に父の容態が急変した。

持って十日もないと告げられた母は長の許《もと》へ駆け込み、言い争いをして帰ってきた。そろそろ覚悟しなければならないと言われ、抱き合って共に泣いた。

父はみんなが誇るべき狩人なのに、なぜ涙龍は霊薬を授けてくれないのだろう。霊薬などもう十数年は頼っていなかったのに、こんなときくらい恩恵を与えてくれたって良いではないか。

それまで無理に強く振る舞っていたためか、以来、暁蕾は反動で誰とも喋《しゃべ》る気がしなくなった。母は変わらず父の看病と、女子供の仕事に追われている。加えて娘が働けなくなったから、もっと大変だったろう。

仲の良い翠蘭《すいらん》とは会わなかった。彼女の姉達が霊薬を生成してくれないから、顔を合わせればきっと責めてしまう。大人達もそれを感じ取って二人を会わせなかった。

母に弱音を吐けないとなれば、なおさら閉じこもるしかない。それまでは歯を食いしばっているしかなかったが、その日の夜は違った。

叫びたくなったのだ。

自棄《やけ》になって集落を離れてしまっただけではなく、大声を上げて泣き、疲れてその場で眠ってしまった。寝入ったのは短い時間だったが、目覚めて帰ろうとすれば、小高い丘の向こうの、集落があるはずの方角の空が明るい。

夜明けは遠いのに不自然な明るさで、帰ろうと起き上がったら止められる。

だめよ、とささやいたのは、いつの間にか隣にいた母だった。

抜け出したのはバレていないつもりだったのに、娘の行動はお見通しだったらしい。

母はいつになく険しい表情で、幼い暁蕾は恐怖を感じた。

集落よりも母の方が気になって動けずにいると、いきなり両肩を摑《つか》まれた。

「いい、母様が迎えに来るまでここを動いてはだめよ」

「母さま？」

「母は父様を助けに行かねばなりません」

勝手に抜け出したことを叱るのではなく、ここを動くなと言う。

こわい顔に呑《の》まれ頷《うなず》くと、もう一つ付け足した。

「もし、もしもの話よ。陽が昇る前に母様が戻ってこなかったら、遠回りして都の方へ逃げなさい。都にはまだ草原を抜けた人がいる。その人たちか、青香《せいこう》という人を頼るの。父様の娘だと言えばきっと力を貸してくれるわ」

暁蕾の頬を愛《いと》おしげになでる。

まるで二度と会えないみたいだ。いやだ、と小さく声が漏れた。

「他の人には、決して出自を話してはだめ。生い立ちや父様や母様のことは隠すのよ」

「母さま、なんでそんなことを言うの」

「ひとりで生きるの。あなたは強い子だから大丈夫、絶対にできる」

月下に晒《さら》された母は辛《つら》そうに下唇を噛《か》み、暁蕾を抱きしめた。

「愛しているわ、あたしのかわいい暁の娘」

……その時はじめて、母が帯刀していることに気付いた。

武器らしい武器を持っている姿など見たことがないのに、その姿は異様に様になっており、娘ながら知らない母の貌《かお》に圧倒されたほどだ。

まって、と伸ばした手は届かず母は去り、暁蕾はその場に座り込む。

……まだ七つの少女には、事態を上手《うま》く理解できなかった。

母の言葉は理解している。

けれど置いていかれた事実が、やけに明るい集落の方角が、心に焦りを与えた。

もはやただ事ではないと幼心にもわかっている。

だから待たなくては、逃げなくては――いや、父母を助けに行かねば。

小さな手にできることなどないと知りながら、足はひとりでに動き母を追った。ひとりぼっちになりたくないし、誰もいないのが怖いからゆるやかな丘を登った。

石に足を取られ、草に躓《つまず》き、そうっと丘の上から集落のある方をのぞき込む。

すると見えるのは、ごうごうと音を立てる赤い炎。天幕のあちこちから火の手が上がっていて、すべてが燃え、そして無くなろうとしていた。

悲鳴や驚きは声にならなかった。

あったのは疑問だ。

ぽかんと口を開き、天幕の隙間をぬって飛ぶ火の玉を見る。やがて動きが停止し、そこでやっと、火の玉の正体が火だるまになった人間だと気が付いた。

火の玉は一つだけではない。ふたつ、みっつ、他には松明《たいまつ》の炎に、大量の馬と人の影。

火事の炎で、皆が引きずられ一箇所に集められるのが見えた。

「かあさま……」

母ひとりでは父を連れ出せまいし、ならば助けに行かねば、と思った。

だが、体が動かない。

恐ろしいのだ。このまま向こう見ずに進んでも危ないのは目に見えている。むざむざ殺されてしまうのなら、身を潜めて隠れ続けるのが正しい。母もそれを望んでいたのだから、誰も叱る人はいない。

抵抗する女の人が突き飛ばされ、暁蕾と同年代の子達が引きずられるのを見た。

燃え盛る天幕、みんなが広場に集められ、大勢の兵士に包囲されている。

距離があるから見つかるはずないのに、進むも引くもできないまま、息を殺し目を見開いている。恐怖で暁蕾は考える力を奪われ、身をすくませていたが、次の瞬間、首根っこを摑まれ引っ張られていた。

「みぃつけた」

衿《えり》が首に食い込む。ぐぇ、と声が出て足をバタバタと動かし、苦しくて涙目になっていると、女が顔をのぞき込んでいた。

にぃ、と唇が三日月形に曲がり、口からはねっとりとした声が発せられる。

「おやおやまぁまぁ。こぉんなところに小さいのが一匹……のぞき見はいけないよぅ」

誰、と問うより早く地面に落とされた。女とは思えぬほどの力で腰元を摑まれ、荷物よろしく運ばれていく。向かう先が集落と気付いたとき、暁蕾は悲鳴を上げた。じたばたと暴れるが女はびくともしない。

鼻歌交じりで、足場の整っていない地面でも、おかまいなしに坂を下りていく。途中で女に気付いた兵士が姿勢を正し、その一方で暁蕾には冷たい目を向ける。

広場に投げ込まれた暁蕾は、意識も定かではない父を見つけた。座ってさえいられない父は痩《や》せ衰えていたが、暁蕾に気付くと目を見開き、歯を食いしばり起き上がる。彼女を腕に抱え込むと抱きしめ、耳を塞《ふさ》いだ。離れた場所では兵士が隣の家の人に尋問しており、答えられないとみるや斬り捨てていた。

感情はごちゃ混ぜで、もはや正常な判断はつかなかった。薬草の匂いの中に父の匂いを感じ、涙を堪えてしがみ付く。油でも撒《ま》かれたのか、炎の勢いは衰えず、火の粉が舞って全身が熱い。息を吸えば喉《のど》は焼かれそうで、煙で咳《せ》き込めば、父が暁蕾の口と鼻に袖《そで》を押し当てる。

抱きついていた時間は長くない。

暁蕾の服が引っ張られると、激しく抵抗した。

「いや！　父さま、父さま！」

「暁蕾！」

兵士の腕に組み付き、娘を引き剝《は》がそうとした父は、引き換えと言わんばかりに目の前で斬り捨てられた。

隣にいた女の子が耐えきれず泣き出し、うるさいと思われたのか、代わりにその子が連れて行かれる。女の子の母が阻止すべく突進して、後ろにいた槍《やり》兵に腹を貫かれた。兵士達は大人から始末した方が良いと思ったようで、今度は親達が連れて行かれ、尋問されては答えられず、斬り捨てられていった。

作業のように遺体は荷車へ運ばれ、部族の男達は物のように積まれていた。近くでは暁蕾を見つけ出した女が座り、とてもつまらなそうな顔で虐殺を眺めている。

視線に気付いた女は、暁蕾と目が合うなり嫌らしい笑みを浮かべた。その傍らには見過ごせない人がいる。

荷車に寄りかかり、ぐったりと動かない。

その胸や口から命の水を流し、虚《うつ》ろに地面を見つめている。ついさっきまで共にいた、大切な人の顔には、喜びや笑みを紡いだ時の面影が残されていた。

母さま——声にならない声が溢《あふ》れ、わずかに残った理性をちりちりと燃やし始める。

「あ、ああ……あああああ」

痛くなる喉も、肌を刺す痛みも、辺りを漂う血や人が焼ける臭いも、命乞《いのちご》いをする声もすべて遠ざかろうとしている。眠ろうとした暁蕾を繋《つな》ぎ止めたのは、震えながら腕を摑んだ父だった。

「逃げ……なさ、い」

……たくさん血を流していたのに、死んでもおかしくなかったのに、目も見えていないはずなのに、血まみれの父が逃げろと訴えている。

もう逃れる術《すべ》はないと知っているだろうに、せめて娘には生きてほしいと、自らの生を振り絞って、残酷にも暁蕾を現実に引き戻す。

ほとんど無意識に手を伸ばしたが、兵士が暁蕾を引っ立てる方が早かった。大人の男に逆らえるはずもなく、どう頑張っても父に届かない。暁蕾の悲鳴で娘が遠ざかると感づいたか、父も最期まで足掻《あが》き指を動かしたが、土を削ったのを最後に動かなくなった。

もはや血の海ばかりの広場。強制的にひざまずかされると、頰を叩《たた》かれた。

軽い動作だったが、大人の力で叩かれれば子供では為す術がない。

びっくりして涙を止める暁蕾に、兵は問うた。

「涙龍の秘密を答えよ」

秘密などと問われても、相手がなにを求め、なぜ攻めてきたのかすら知らない。答えられるはずもないのだが、そもそも相手は子供に期待などしていなかった。兵が合図を送り、剣を持った仲間が手を振りかぶったところで悟った。

終わるんだ、と。

炎が刃に反射し、光が暁蕾の瞳《ひとみ》に飛び込む。

これで終わり、これで死ぬ。

天の国では父母に会えるだろうか。

もはや抵抗は無意味と、諦《あきら》めの心でぼんやり見上げていると、誰かが叫んだ。

秘密を話す、と。

全員の注目が叫んだ張本人に集まった。

長《おさ》の末娘の翠蘭――。

この瞬間まで暁蕾は彼女の存在に気付けなかった。皆の死に様を見せられていた翠蘭が霊薬・涙石製法の秘密を語り、ふたりは牢《ろう》に放り込まれた。

泉の存在も明らかになり、暁蕾が彼らの目の前で水を汲《く》み翠蘭に与えると、彼女は水を飲み干すなり、大きな瞳を見開いて……ぼろぼろと泣き出した。

「ごめんなさい、ごめんなさい……！」

それまで一度も泣く素振りなど見せなかったのに、暁蕾にしがみ付き離れない。

命を繋いでもらい、礼を言わねばならないのは暁蕾なのに、彼女はずっと謝り続け、翌日、引き剝がされるまでそのままだった。

その後、翠蘭は見事に涙石を作り出し、宗哲《そうてつ》に献上された草原の民の霊薬は、たしかな効き目をもたらし、彼女が妃《きさき》に至るまでの道のりを作り出した。

一方で暁蕾はしばらく牢に閉じ込められた後、いまの襤褸《ぼろ》小屋に放り込まれた。

覚えている記憶を語り終える頃、暁蕾は静かに天井を見つめている。暗闇だからすべてを語れた。部屋の端で耳を傾けているはずの、新しい同居人におどけて呟《つぶや》く。

「こんな襤褸家でも、一国一城の主《あるじ》ってやつだよね。悪くないけど……形見はほしかったかな」

返事はないが、それで良い。

おやすみ、と呟き目を閉じた。


「君は復讐《ふくしゅう》を考えたことはないのか？」

青影《せいえい》の問いは至極まっとうだったから、驚きはしない。

ある、と暁蕾《しゃおれい》は当然の如く頷《うなず》いた。

焼きたての里芋はようやく持てる程度に冷めたばかり。両手で皮を挟み力をいれると、香ばしい匂いと共に実が現れる。醬《みそ》に大蒜《にんにく》を混ぜたものを塗って齧《かじ》っていた。

「っていうか、何回か宗哲を殺そうとした」

その回数は実に三回。

一回目は丁《てい》にばれて説教、二回目は妖瑤《ようよう》に見つかり、三回目は翠蘭《すいらん》にばれて盛大に泣かれ諦めた。

一回目は特に憎しみが勝って、わずか八歳の時に刃物を手にしている。刃物の隠し方が雑で、丁に即座に没収を食らった。その後何度「おれももちろん、お前の周囲に住む奴らもきっと殺される」と言われたか。そんなことお構いなしに「全員死んでしまえ」の心根で、心を入れ替えた振りをして二年我慢した。二回目で満を持して霞雲殿《かうんでん》に刃物を持ち込むも、なぜか妖瑶に気付かれた。

こちらは説教で済むはずもなく、こっぴどく殴られた挙げ句、棺桶《かんおけ》に閉じ込められた。ろくに身動きもできず、暗闇の中で文字通り糞尿《ふんにょう》も垂れ流しで三日三晩だ。

かろうじて水を与えられるも、泣き叫び謝り倒し、最後はとうとう意識を失ったあの日の記憶は忘れがたい。この時の折檻《せっかん》が原因で、いまでも狭いところが嫌いだ。

草原の民を襲撃した指揮官を標的にしたこともあったが、その人物は権力争いのいざこざで、最終的には追放されてしまっている。

三回目は……翠蘭の妃入りが決まったとき。

温情とやらで暁蕾も拝顔を賜れる機会を得て、その時に命に代えても殺してやろうと誓った。そうしたら翠蘭に止めてくれと泣かれ、それっきりだ。

「青影、芋、食べないの?」

「十分食べてるとも。気にせず君は自分の分を食べてくれ」

いま二人がいるのは近所の集会場だ。安世《あんせい》の父、薬師の安民《あんみん》の提案で、近所の人々が持ち寄った食材をたき火で料理し振る舞っていた。皆の一番の目当ては安民が持ってきてくれる肉で、近隣は久しぶりに笑い声に満ちている。

暁蕾も集まっている面々の中では食材を提供する側となり、今回は褒賞分を売り払って肉や野菜、少量の酒を用意している。こういった集まりは定期的に行われていて、なるべく顔を出すようにしている。理由は集会が家の安全を守ってくれるからだ。

暁蕾は一人暮らしだが、貧民街で小娘ひとり、あの襤褸小屋でも安全に暮らしているのは住民達が一致団結し、よそ者に厳しく目を光らせているおかげだ。

規則は厳しく、住民同士の犯罪行為は厳禁で、破ったが最後、袋だたきに遭って追放される暗黙の掟《おきて》がある。貧しい者が行けるところは少なく、他に行き場がなくなるために、決まりを固く守っている。

催しへの参加で家の安全を買えるのだから、出ない手はない。さらにいえば青影の顔見せもかねていた。

彼は暁蕾の家にやっかいになってからというもの、荷物持ちはもちろん、手隙であれば雑用の手伝いをしてくれるのですでに存在は知られている。おまけに腕の立つ武人だから、噂が噂を呼び密《ひそ》かに治安維持に役立っていた。

それを皆わかっているから、暁蕾が青影を連れてきても文句を言わない。

ぽつぽつ失敗を語り終わると、剝《む》いた芋を渡してくれる。

「いまも諦めていないか？」

「…………機会があったらとは思うけど、どうだろう」

内容が内容だけに声を潜めているが、どのみち端っこに座る二人の小声は届かない。せいぜい若い娘が遠くから、ちらちら青影に視線を送るだけだ。

復讐。甘くて惹《ひ》かれることばだ、と芋を見つめた。

青影が暁蕾の家に来て、そろそろ十日経つ。このあいだに暁蕾は一回水汲みに行き、青影ともかなり話すようになっていた。

「最初はずっと憎かったし、いまでもあいつは嫌いだけど、段々殺せなくなってきた自分もいる」

「何故？」

「わかんない。でも多分、疲れてきたんだと思う」

成長して知ったのは、殺意は継続しないということ。宗哲なんかのために父母を殺され、なにもかも奪われたのに、三回殺し損ねただけで心は諦観《ていかん》に満ちている。

「たった三回なんだけどね」

考えるほど暁蕾の心は沈む。己の悲しみと憎しみはそれだけで潰《つい》える程度のものだったのかと憤慨するはずが、立ち上がる元気はもうない。

本当は……原因はわかっている。

二回目で心がぼろぼろになって、三回目で翠蘭に泣かれて挫《くじ》けた。

最後は勝手な話だが、翠蘭なら応援してくれると信じていたのに止められたためだ。

それは暁蕾を案じたためだと言い聞かせているが、最近はある懸念がある。

もしかしたら、翠蘭は宗哲を――。

わざと思考を散らすように首を振った。

「それよりさ、霞雲殿の奥に行くって本気？」

「なにか問題があるだろうか」

「問題もなにも、普通に行ける場所じゃないんだけど……」

彼は地脈を通せば涙龍を見つけられると述べるも、その〝道〟は王の住まう霞雲殿の奥深く、只人《ただびと》では立ち入りを許されない奥の間、すなわち霞樹《かじゅ》の根元にあると推察した。

「霞雲殿でも奥の間は選ばれた人間しか入れないところだよ。天音閣《てんおんかく》以上に警護は厳しいし、青影だって行けないんじゃないの」

「そうだな。あそこは近衛軍が直々に守っているから、俺みたいな新入りは近寄るだけでも警戒される。一度睨《にら》まれたから間違いない」

「わかってるじゃん……」

青影でさえこうなのだから、暁蕾など近辺をうろつくだけで即刻お縄だ。

何故そんなところに行きたいのか、青影は語った。

「涙の泉を直に見てわかった。俺はあれが涙龍に繋《つな》がるための〝道〟になっていると思っていたが、違っていた」

〝道〟は涙龍と意思疎通を図るための唯一の手段らしいが、暁蕾にすればとんでもない話だ。翠蘭にもまだ会わせていない上に、宮廷への侵入が成功したとして帰りはどうする。死刑は免れない所業に、協力すると決めた自身を早くも恨みかけていた。

が、それも青影は至極真面目に言う。

「心配いらない。君の命だけは助かるよう俺がなんとかするから」

「どんな手段で？」

つい半眼になって睨めば、考え込んで腕を組む。

「とりあえず……あいつに宮廷の内部構造を調べさせているから、そこからだ」

「あいつじゃない、琥珀《こはく》ね」

青影の連れと紹介されたイタチっぽい動物は、名がないと困るので琥珀と名付けた。

——でも動物に宮廷を探らせるって大丈夫なの？

しばらく共に過ごしてみて頭が良いのはわかったが、早くも不安を隠せない。しかし青影は琥珀の仕事ぶりを信頼し、問題ないと太鼓判を押している。

「そもそもさ、なんで霞雲殿の奥だって思ったの？　当たりを付けた泉が間違ってたんだから、今度も間違ってる可能性だってあるでしょ」

「それはない。涙の泉が〝道〟ではなかった……あるいは、もしかしたら道でなくなった以上は、霞雲殿の奥……即ち霞樹の根元、あの木が龍と関係あるはずだ」

奇妙な言い回しで力強く断言するではないか。

しかも意外なところで霞国のもう一つの象徴の名が出た。つい広場の火元を見たのは、燃料に霞樹の枯れ葉を使っているためだ。

最近はあちらこちらに枯れ葉がたくさん落ちている。霞国の象徴たる大樹、まだ青々と生い茂っている部分もあるが、末端の枝から寒々とした茶色を見せるようになったと噂だ。このせいで人々の不安はいっそう増している。

「五百年前にこちらに来たことがあると話したろう。俺が泉を知らなかったように、あの頃に霞樹は存在していなかった。草原の民の起源を考えるなら、どちらも涙龍の力を素にしているのは間違いない」

「……泉だけじゃなくて霞樹も涙龍が関係してるの？」

「霞樹どころか、この国の変わらない気候もだ。昔は従来通り四季がはっきりしていた」

その証拠に隣の瑞国《ずいこく》では春夏秋冬の移ろいがあるというが、草原出身の暁蕾に違いはいまいち伝わらない。

彼はうっすらとだが国全体から龍の力を感じ取っているらしい。

つまり目指すべきは、霞国の中心部たる霞雲殿とはっきりしているわけだ。目的がわかりやすいのは嬉《うれ》しいが、暁蕾が消極的になるのは否めない。

「なんにせよ、それはもうちょっと安全な策を練ってからにしてよ」

「わかっているとも。俺も霞雲殿の見取り図を作らねばならないし、君の友人に会わねばならないから」

「そうそう、翠蘭の体を治してよね」

「治せるかは保証しかねるが……いや、持てるだけの知識は動員しよう。それで協力してくれるなら安いものだ」

兄妹《きょうだい》のように話しこむ二人の間に割り込んだのは安世だ。父・安民の手伝いを終えるなり、仏頂面で暁蕾に話しかけた。

「おい、不細工」

「ん、なに安世」

反射的に返事をすれば、少年はむず痒《がゆ》そうな面差しで持っていた皿を渡そうとする。

「お前、一番食材提供したんだからちゃんと食え。そこの兄ちゃんも、宮廷仕えかなんだか知らないけど、重いの運んで手伝ってるんだから労働分は主張しろ」

なぜか青影が気に食わない様子で、怒りながら山盛りの肉を差し出す。

丁寧に処理された羊は、鼻先からつま先まで余すことなく切り分けられており、それを二人のためにと持ってきたのだ。

青影は礼を言いつつ、二人に食べるよう促した。

「俺はここに来る前に食べてきた。腹も減っていないから君達が食べるといい。育ち盛りに肉は必要だ」

「え？　でも青影……」

朝は薄い粥《かゆ》と干棗《ほしなつめ》を食べただけだ。よく働いていたから空腹でないはずがない、と反論しかけるも、目配せされて口を閉じた。

安世は黙り込んで青影と皿を見る。

「……いいのか？　そういうことといったら遠慮しないぞ」

「満腹だと眠たくなるんだ。俺はこれでも暁蕾の守りを仰せつかっているから、居眠りするわけにはいかない」

この言葉に安世は皿を置き、骨付き肉を手に取る。

暁蕾も同じように肉を取る。少し独特の風味があるが、それが羊肉の旨みだった。

肉に齧《かじ》り付きながら、安世は胡散臭《うさんくさ》げに『宮廷仕えの兵』を見る。

「あんたも物好きだよな。そいつが君主様の命令で重要な仕事をしてるのは知ってるけど、子供のお守りなんて大変だろうに」

「特に大変と感じた覚えはないな」

「でも宮廷仕えなんだろ。そんなの格落ちもいいところじゃないか」

「格落ちとも思ったことはない」

淡々と語るから、安世は驚いた様子で、不審いっぱいに尋ねる。

「ええ？　でも宮仕えからその不細工を守れって命令だろ。不服じゃないの？」

当人を前にして失敬極まりないが、暁蕾は慣れっこだ。

それにこのあいだ話した感触で、これも相手なりに親しみを込めているのだと受け止めている。以前ほど不快ではないし、こうして対面すれば安世の人となりも理解できた。

安世の反応に青影は眉《まゆ》を寄せる。

「顔の美醜は関係ない。俺は暁蕾を守る必要があると納得しているからここにいるし、それが正しいことだと信じているが……」

顎《あご》に手をやり、難しげに尋ねた。

「安世だったか。君は暁蕾と仲良くなりたいのか？」

暁蕾と安世が同時に驚いた。口ごもる少年に青影は続ける。

「もし合っているのなら、年頃の女の子に不細工などと言わない方が良い。悪口は確かに相手の気を引けるだろうが、返ってくるものは好意とは正反対だから」

安世は固まり、暁蕾もまた気まずさと居心地の悪さを覚えた。

美醜は関係ないと口にされた時点で、どう反応したら良いのかわからなかったのだ。さらにいままで容姿について庇《かば》ってくれる人がいなかったので、まともに注意をしてくれる大人に戸惑ったせいでもある。

だが二人の迷いなど知る由もなく、青影は暁蕾にもしかめっ面を向けた。

「君もだ、暁蕾。己を貶《おとし》める言葉に慣れてはいけない。君の立場では無理もなかったが、卑下に順応したら心が腐ってしまうぞ」

「でも……本当のことだし……」

気にしていることを言われ、つい顔が歪《ゆが》む。

ところが青影はそれこそ心外だと言わんばかりだ。

「君は普通に可愛らしいと思うが……」

可愛らしい、と言ってくれるのは翠蘭くらいだ。

顔に血が上り真っ赤になっていると、広場からどっと声が上がる。この時には声量を戻していたから、三人のやりとりに耳を澄ましていた酔っ払い達が堪《こら》えきれず笑ってい た。幾人かはそんな彼らに顔を顰《しか》めており、特に安民が厳しい視線を送っている。

野次は暁蕾の耳にも届く。

「小羊が可愛いって、ああ、おっかし！　宮仕えってのは綺麗《きれい》どころを見過ぎて目がおかしくなっちまうのかもしれないね」

「だがよぉ、大人からしてみりゃ子供はみぃんなかわいいもんだ！」

なんて聞けば暁蕾の熱も段々と下がってくる。

みかねた安民が注意してくれるが、酔っ払い相手には無駄だったようで面白おかしく言い合うばかり。

暁蕾は意気消沈し、彼女を見た青影が安世を諭した。

「このまま続ければ彼らのようになる、ということだ」

「あー……うん、わかった。気をつける。悪いな、しゃおや…………暁蕾」

落ち込んだ気持ちは一瞬で引っ込んだ。

安世に名で呼ばれる日が来ると思わず、ついまじまじと見つめたら照れたのか、少年は不服そうに唇を尖《とが》らせる。

「父ちゃんがお前の名前覚えてるんだから、俺だって知ってるさ」

「おじさんが？」

「そりゃそうだよ。母ちゃんがお前にはくれぐれも良くしてやれって、生きてるときに言ってたみたいだし」

安世の亡くなった母が草原の民だったのは聞いている。勝手に親しみを覚えはじめていたが、かといって生前にそんな言葉を投げてもらえていたとは知らなかった。

暁蕾の反応に安世は「覚えてないのか」とため息を吐く。

「これも言ったんだけどなぁ。……お前の父ちゃんと俺の母ちゃんが知り合いだからだよ。確かめたわけじゃないけど、お前は父親似だから間違いないって」

喉《のど》が一瞬で渇きに襲われ、はくはくと口を開閉させる。

喋《しゃべ》れない暁蕾の代わりにさりげなく青影が問うた。

「失礼だが、君の母上はいつ？」

「八年くらい前かな。熱で心の臓をやられた。暁蕾と話したかったみたいだけど、そのときは監視が厳しかったし近寄れなかった。倒れてそのままだ」

「そうか。教えてくれてありがとう、すまない」

「昔の話だし、構わないよ」

安世は母が亡くなった事実を受け入れ、過去のものにしているのだろう。いまだすべてを語れない暁蕾は彼が少しだけ羨《うらや》ましく、そしてある疑問が脳裏を過《よぎ》った。

「安世、あのさ。お母さんの名前って聞いていい？」

「母ちゃんか？　青香《せいこう》だ」

その名に深く、長い息を吐いた。

母が「頼れ」と言った人の名前を忘れていたわけではない。ただ、あの頃の自分は周囲に気を配るだけの余裕がなく、また助けはないと諦《あきら》めていた。きっと妖瑤にかけられていた呪《しゅ》の影響がなくても、自発的に探そうとはしなかったろう。

静かに鼻を鳴らした暁蕾に安世がたじろぐ。

「おい、暁蕾？」

こんなに身近に居た。暁蕾を気にかけてくれていたのに、気付くのに九年近くかかったとは、とんだお笑い草ではないか。

泣きこそしなかったが、目元は赤く滲《にじ》んでいる。

「……なんでもない。あのさ、今度安世のお母さんの話を聞かせてもらえない？」

「いいけど、大したことは覚えてないぞ。父ちゃんに聞いたらどうだ、凄《すご》い喜ぶから」

早速安民を呼ぼうとしたら、そこで周囲が変に騒がしくなった。

道士が来た、と誰かが口にし、誰も身に覚えなどないのに居住まいを正した。いまから逃げるには間に合わず、固唾《かたず》を呑《の》んで動向を観察していると、やがて兵士を引き連れた道士が姿を見せる。

げぇ、と顔を歪めてしまったのは、その道士が妖瑤だったせいだ。

無視してくれてもよかったのに、相手は目敏《めざと》く暁蕾を見つけた。紅を塗りたくった薄い唇をにんまりつり上げ、扇子を振りながらやってくる。

「貧乏くさい集会をやってると聞いて来てみたら、小羊がいるとはねぇ」

「……なにしにこられたんですか、妖瑤さま」

「あらやだ、疑うじゃないか」

ケラケラと笑う姿に人々が怯《おび》えるのは、以前貧民街で行われた虐殺を覚えているからだ。背後に骸《ハイグ》が控えているし、筆頭道士が街を練り歩くなど通常では考えられない。

妖瑤はわざとらしく体をくねらせ、自らの肩を抱く。

「しょうがないんだよぅ。このところは君主様に反抗心を抱く不届き者が多くてさぁ、街でなにかあっちゃたまらない。あたし自ら異常がないか見て回ってるワケ」

「ここにはなにもありませんし、それに君主さまに二心なんて抱く人は……」

「自分の立場も弁《わきま》えない愚か者なんて、そうそういないって？」

「……そうです。ここの人たちは己の分を弁えています」

嫌みに答えるだけ無駄だ。頭を下げると、頭に骸《ハイグ》の手が載せられる。暁蕾の髪を掻《か》き乱し、妖瑤は周囲を見回した。

「小羊の言うことはわからないでもないよぉ。だって謀叛《むほん》を起こすには、あまりにもちっぽけだし、惨めだし、こぉんな生活送りたくないって心底思うし」

大胆に肢体を見せびらかして広場を歩く。長い爪が羊肉を摘《つ》まみ、一口咀嚼《そしやく》すると地面に吐き捨てた。

「くっさい。そういえばあたし、ちゃんと処理してない羊肉嫌いだったわ」

その棄てた肉ひとつが、このあたりの者にとってはどれほど大事なものか。だが逆らおうとする者はいないし、正直言えばほっとしていた。なぜなら妖瑤はことさら挑発的な態度をとってみせているが、こういった『遊び』をするときは大概暇つぶしだ。

その場にいた者に侮蔑《ぶべつ》を投げ、ケラケラ笑って、周囲を不快にさせるが帰ってくれるならなんだっていい。ところが妖瑤は途中で足を止めた。首を直角に曲げて注目したのは——安民だ。

なにか思い出すように視線はさまよい、最後に安世を見る。

「そこの僕ちゃんさーあ、もしかして草原の民の血を引いてるかい？」

このとき暁蕾はしくじった。安世の前に立ち、彼に発言をさせるべきではなかった。

「だったらなんでしょうか」

安世の肯定に、妖瑤は「ふぅん」と長い爪を動かす。

「気にしないでぇ。そういえば昔みたっけなぁって思っただけだから」

片目をつむり、人さし指と中指を唇に押しつける。湿った音を立てて指先を安世に向ければ去って行ったが、妖瑤が去った後は一気に騒がしくなる。

周囲は妖瑤の悪口で盛り上がりはじめ、安世は気味悪そうに肩を撫《な》でた。

「噂には聞いてたけど、やっぱ気分悪いなあの道士。知ってるか？　あの後ろに連れてた死体といい、生きた人間をとっ捕まえては実験してるって噂だ」

妖瑤ならやりかねないから笑えない話だ。昔、妖瑤に持って行かれた草原の民の遺体を思い出し、肉に手を付けるのを止めてしまう。

一仕事終えた安民が駆けつけたが、妖瑤の登場には気分を害しつつ、一難去ったとあって安堵《あんど》している様子だ。

「やれやれ、とんでもない御仁が来てしまったな」

そう言って三人に鶏粥《とりがゆ》を渡してくれるけれど、食欲は湧かない。しかし厚意を無下にするのも気が引けたので、ほとんど掻き込むように平らげる。

「ちょっと用事を思いだしたから、これで帰ります。おじさん、ご飯ありがとう」

「今日の集まりに一役買ってくれたのは暁蕾だよ。……もう行くのかい」

「はい。次は青香さんのお話聞かせてください」

亡くなった妻の名に驚くも、すぐに笑顔で頷《うなず》いてくれた。

またこの二人とは話したい。そう思い安世にも話しかける。

「安世も、またね」

「おう、またな。あと……不細工は悪かった」

「いいよ、許したげるから、代わりに今度話そ」

笑顔で別れられたから、妖瑤に害された気分は少し持ち直した。そして帰り路《みち》、妖瑤が青影を無視していた理由が気になって、本人に訊《き》いてみる。

妖瑤の登場から、あえて傍観者に撤していた彼は嘆息した。

「こちらから話しかけても嫌みが飛ぶだけだ。あれとは会話をしないに限る」

「よかった。妖瑤が青影に話しかけたらって、ちょっとどきどきしてたんだよね。みんな妖瑤の動向には敏感だから騒ぎにはしたくなかったんだ」

「わざと俺を無視して挑発していたからな……とはいえ」

遠い目をしている。

「正直、妖瑤があそこまで廃《すた》れているとは思わなかった」

たしか妖瑤が道士になる前からの知り合いだったか。それこそ信じられない発言だ。

「昔からああなんじゃないの？」

「違う。昔はもっと……信じられないかもしれないが、善良で、困っている人には誰にでも手を差し伸べる女だった。ちょうど安民殿に似ていたかもしれない」

「嘘だぁ……あの妖瑤が、安民おじさんみたいに優しかったなんて」

反射的に否定するも、昔を語る姿に嘘は見受けられない。しかし、これまで妖瑤に受けた仕打ちが女の善性を否定した。

「まあ、長く生きていれば性格が変わるくらいはあるか」

「さすが年の功」

「君は口が悪くなった気がする」

「琥珀がたくさん騒ぐから」

白イタチもどきが訴えたい内容は不明だが、よく鳴くし暁蕾に懐くので、その存在が青影に軽口を叩《たた》かせるよう一役買ったのは事実だ。そして、実は戻ってくる度に一緒に寝てくれるのを楽しみにしている。柔らかな毛並みを思い出し微笑むも、帰宅するなりすぐに引っ込んだ。

「帰ってきたか」

家に丁《てい》がいる。

暁蕾の知る兵士姿ではなく普段着で、衿《えり》の隙間から覗《のぞ》く包帯が傷を覆っている。暁蕾の視線に気付くと片手を振った。

「安心しな、もうほとんど痛まねえよ。動きすぎれば引きつるくらいだ。これはかかあとガキが心配するから巻いてるだけさ」

「そっか、ならよかった。今日はどうしたの？」

「礼を言いに来たんだよ。物は用意できねぇけどな」

暁蕾も物が欲しいわけではない。それに丁も金持ちというわけではないので、求める気はなかった。

「本当はあっちに直接向かうつもりだったんだが、妖瑤様が来たってきいてな。見つかったら事なんで入らせてもらったよ、悪いな」

「べつにいまさらじゃない？　丁さんに勝手に入られたのも初めてじゃないし」

「あれは仕事のときだけだろうがよ」

笑い、茶をもらってから一息つくと暁蕾に頭を下げた。

これには戸惑った暁蕾だが、丁は続ける。

「どうやって治してくれたかは聞かずにおくが、自分が死にかけてたのは覚えてる。……助けてくれてありがとよ」

「丁さん、それは……」

「言うな。洞窟《どうくつ》に入ったのがまずいことだけはおれにもわかるんだ。青影の旦那《だんな》に言われたとおり、おれは知らぬ存ぜぬを通させてもらう」

涙の泉に二人の侵入を許した件は、口を噤《つぐ》んでくれるらしい。この様子なら秘密も漏れないはずだし、ひとまず安心なのだろうか。

丁の復帰はもう少しだけ先らしい。

「おかげで治りは早いが、せめて引きつりが治まってからだな。だからお前の護衛もできなくなっちまうんだが……」

「いいよ、傷を治す方が先だから」

「あんがとよ。ただ、ちょいと忠告なんだが……」

中年は声を潜め、口元に手を当て周囲に気を配る。

「また寒さが厳しくなって、どいつもこいつも気が立ってる。悪いこと言わないから、宮廷に行く以外は家の周囲を離れるな。そうじゃないなら必ず旦那を付けろ」

暁蕾はもちろん、青影にも言いきかせるように語る。

「その髪はわかりやすいし、こう言っちゃ悪いがお前は草原出身だ。おまけに蓮妃様の涙石ってもんがあるおかげで、祈禱《きとう》や呪《まじな》いに本気になりそうな馬鹿が多い」

「……そうか。とうとうそこまで人心も荒れ始めたか」

「わかってくれるかい、旦那」

「ああ、心が豊かだった頃とは違うのだな」

ちんぷんかんぷんな暁蕾をよそに、丁は安堵して立ち上がる。

「ちょっと、丁さん！」

「家の使いを抜け出してきたんだ、おれぁ帰る」

答えをくれないまま行ってしまうではないか。青影を見上げれば、彼は丁の気持ちを代弁した。暁蕾とは長い付き合いゆえに、言いたくないのだ、と共感を示したのだ。

「国が貧し、天候が異常を示したとき、群衆が人命を捧《ささ》げ天から恩恵を賜ろうとするのはよくある話だ。供犠と言おうか、つまり彼は君がさらわれて人身御供《ごくう》にされるのではないかと案じている」

などと聞いて、驚き固まった。

単独では絶対に遠出しないと決めた瞬間であった。

さらに水汲《みずく》みの回数を重ね、いよいよ翠蘭《すいらん》に青影《せいえい》を会わせる日が来た。

約束を取り付けるのは大変だった。まず、翠蘭には最初から快諾してもらえたわけではない。いかな暁蕾《しゃおれい》といえど、見知らぬ人間に会ってほしいという願いは翠蘭を不安にさせた。二人の信頼関係があれどそのような頼み事は初めてだったし、翠蘭は暁蕾が騙《だま》されているのではないかと心配したのだ。

水を届ける毎に侍女達に聞かれぬよう説得を続け、何回目かにようやく了解をもらえた。方法は翠蘭が考えてくれて、宗哲《そうてつ》達に外を歩きたいと頼んだらしい。本来なら決して許されざる願いだ。後宮を出られるのは王妃か、あるいはもうすぐ王妃の座を奪うやもと噂の煌妃《こうひ》のみだが、最近の蓮妃は調子が思わしくなく、涙石の生成に時間を要するようになってきた。翠蘭自身が気の病を鎮めれば回復するやも、と言ったのが決め手となり、庭園の一部のみだが散策を許された。

宮廷では信じられない特例だ、と密《ひそ》かに騒がれているらしい。

……というのが、琥珀《こはく》が仕入れた情報だ。

その作戦を聞き、少なからず暁蕾は衝撃を受けた。なぜなら彼女にとって翠蘭は風に揺れる花のように儚《はかな》い存在で、守るべき対象だったからだ。宗哲はともかく王妃まで騙すなど、度胸が有り余りすぎて、しばらく信じられなかった。

けれど彼女のお陰で、対面は上手《うま》く行きそうだ。彼女が散策するのは昼過ぎのほんのわずか、人払いを行っている間のみだが手筈《てはず》を整えてくれている。

面会当日、暁蕾は翠蘭の要望通り水を汲みに行き、表向きは粛々と霞雲殿《かうんでん》入りを果たした。賊の襲撃以来、水汲み時の護衛は増やされていたが、入城後には解散だ。

暁蕾は蓮華楼《れんかろう》に向かいながら、影の如く付き添っていた青影に話しかけた。

「なんか騒がしいけど、今日は宴《うたげ》もなにもなかったよね？」

「そのはずだ。……官女達が怯《おび》えているとは、なにかあったらしい」

奥に向かうにつれ、宮廷の騒がしさが目についた。官女達はいかなる時でも取り乱さないよう教育されているから、不祥事があってもわかりにくい。しかしよく観察していれば、微細な違いにも気付ける。

澄ました態度で取り繕っていても、奥からやってくる女達はどこか怯え、そして普段よりも一歩一歩が素早い。何事かと訝《いぶか》しんでいたら小役人に話しかけられた。

それは以前暁蕾の家に来た人物で、居丈高な態度は変わらずだ。しかも他のことに気を取られていたせいで、最初のかけ声を無視する形になってしまった。

「貴様、その態度はなんだ！」

いきなり怒鳴られれば、怒られ慣れていても身をすくめる。悪鬼の如く表情を歪《ゆが》めた小役人が詰め寄り、腕を摑《つか》んでこようとする。反射的に逃げようとしたところへ、助け船を出したのが青影だ。

彼はさりげなく暁蕾の前に入り、小役人を妨害して礼の形を取る。

「ええい、歩兵《ぶへい》ごときが出しゃばるか！」

「申し訳ありません。これも子義《しぎ》様に命じられた任にございます」

「私が賊に見えるというか⁉」

「いいえ。しかしながら傷つけさせるなとは言われております」

貫禄《かんろく》ならば青影の方が上だ。恰好《かっこう》以外では、どちらが目上かわかったものではない。

「失礼ながら、子義様付きともあろう御方が君主様のおわす霞雲殿にて声を荒らげられるとは如何《いかが》なものか。御用向きとあらばお伺いいたしますが、どうなさいました」

歩兵ごときの態度に腹を立てたらしい。小役人はまなじりをつり上げ、さらに声を上げるも、青影の言葉は正しかった。周囲の視線に気付くと、無理やりに冷静を装う。

「……子義様のご命令である。小娘は即刻、子義様の御許《おんもと》へ出頭せよ」

「え？　でも翠……」

子義の許へ赴くのを否やとは言わないが、この場合優先したいのは愛する友であり、後ではダメですか、と口を突いて出そうになって、己の言動にいたく驚いた。

いま、暁蕾は役人に反論しようとしたのだ。

すぐに黙るも、目敏《めざと》い相手はぎろりと睨《にら》み付けてくる。

よほど気が立っているのか、兵士や官女の通りも多いのに、ねちねちと小言を並べるのだからたまらない。

やだなぁ、と俯《うつむ》いたところで、通りすがりの官女の声が耳に入った。

「嫌だ嫌だ。弱い犬ほどよく吼《ほ》えるというけれど、まったくその通りね」

暁蕾どころか一同の視線をかっさらったのは、頭から外衣を被《かぶ》った不審な官女だった。一緒に移動していた仲間が慌てて咎《とが》めても官女は止まらない。

「おおかた使い走りにされたから、当たり散らしているのね。これだからお前のような小物は救えないのよ。己の実力も見極められないのに過信ばかりするのだから」

女の仲間ばかりでなく暁蕾も血相を変えた。

小役人も青ざめるが、こちらは理由が違う。己を貶《おとし》められたとあってすぐに醜い形相に変わり、女に手を上げようとするのと、暁蕾が膝《ひざ》を折ったのは同時だった。

「申し訳ありません！」

小役人に忠告してやるどころではない。むしろ暁蕾より声を聞く機会など幾度もあったろうに、正体を見抜けないなんて間抜けと言うほかない。

周囲の者達は暁蕾の行動に呆気《あっけ》にとられ、唯一青影だけが彼女に倣い膝をついた。これに女はころころと鈴を転がすように笑い、付き添っている官女、否、侍女達は諦《あきら》めの息を漏らす。

「お前、わたくしのことがわかるみたいね」

貴人と話す機会はそうそうない。簡単な問いひとつであろうと発言を許されるのか迷うも、これは返答を求められている、と唾《つば》を呑み込んだ。

「もちろんでございます、煌妃《こうひ》さま」

顔を隠しているが、覗《のぞ》きみえる艶《つや》のある髪。身じろぎひとつにしても気品があるのだから、集団に紛れていても誤魔化せない。まして暁蕾はこれまで数回だけとはいえ、彼女の声を聞いている。ついこの間も間近で耳にしたのだから間違えようがない。

水瓶を抱える暁蕾は汗だくだった。ここは貴人の通る道ではないが、そこを嘆いていても仕方ない。いかにこの人の機嫌を損ねないかが大事だ。

唖然《あぜん》としていた周囲は、外衣をとった煌妃に一斉に頭を下げるか、膝を折り始める。それを煌妃は小さく鼻で笑った気配がした。

「みなが気付けなかったのは、まぁ、わたくしの変装の質が群を抜いていたからなんでしょうけど、だからといって、声を聞いても気付けないなんて、ねぇ？」

問いかける先は小役人だ。相手は声もなく俯いている。

大袈裟《おおげさ》ではなく、命よりも重い問いかけだ。

「わたくしの声を聞いたのであれば、夷狄《いてき》の娘よりお前が真っ先に気付くべきではなかったのかしら。子義殿はどんな臣下をお持ちなのかしらね」

「そ、それは……も、申し訳ございません。まさか煌妃様がかような場所を歩かれているとは……」

「いち官吏如きが次王の母御たるわたくしの行動を制限するつもりか。であれば、お前はさぞ素晴らしい実績をお持ちなのであろうね」

「いえ！　決してそのようなつもりはなく！」

「ではどのようなつもりで意見した」

煌妃にこうまで言われてしまえば、反対意見などあげられようはずもない。むしろ言い訳すればするほど子義の顔に泥を塗るのだから、この小役人にできるのは普段よりも深く頭を下げ、叩頭《こうとう》で忠誠の意を示すのみだ。

衆目の前で恥をさらす小役人の後頭部を眺める煌妃は、冷たい眼差《まなざ》しを隠さなかった。視線がそのまま暁蕾に移り、侍女から受け取った扇子を広げる。

「……草原の子と、後ろのは子義殿の使いか」

官女の恰好なのに、踵《きびす》を返す姿さえ気品がある。

主《あるじ》の呟《つぶや》きを耳にした侍女が暁蕾についてくるよう指示を下した。

「煌妃様がお呼びになったのは娘のみです。そちらは別の場所でお待ちくださいまし」

妃《きさき》の命令に逆らうなどできるはずがない。

煌妃の列の最後尾につけば、連れて行かれたのは天音閣《てんおんかく》でも、さらに身分の高い人しか出入りを許されない建物だ。あちこちから良い匂いがしており、おそらく煌妃専用の居と推測される。

通されたのは庭を見渡せる丸窓がある部屋で、煌妃は窓際の椅子へ足を組みながら大胆に腰掛ける。手を伸ばすだけで、侍女が音もなく歩み寄り着替えのため帯を緩めはじめた。

生涯において煌妃に関わった記憶はない。また翠蘭との約束が気になり、普段以上に挙動不審になるも、暁蕾を椅子に座らせた美女はこう言った。

「心配せずとも翠蘭の散策は後ろ倒しになります」

「な……」

「ご存じないのは無理ないでしょうね。それともなぜわたくしが知っているのか不思議？　簡単よ。翠蘭が嬉《うれ》しそうに語っていたからよ、今日のことをね」

そのため暁蕾の訪問理由も察したらしい。それは理解できるのだが、もっと驚いたのは煌妃が翠蘭と親しかったこと、なにより自分を記憶していた点だ。

「まったく、気晴らしに遊びに出たつもりが、とんだ不快なものを見てしまった」

官女の服を脱ぐ煌妃は、己の裸体が晒《さら》されようと照れる気配もない。子を産んだとは思えない見事な肢体には暁蕾が目をそらしてしまったくらいで、女はそれを面白いものを見るように笑った。

「お前は痩《や》せ過ぎね」

その一言だけで目の前に漆塗りのお膳《ぜん》がおかれる。

膳には杏仁茶《アーモンドスープ》や龍鬚糖《りゅうしゅとう》が載っていた。特に後者は製法が特殊だから市井には絶対に卸されない糖菓子で、暁蕾も見かけたのは一度だけ。翠蘭が分けてくれようとしたが、侍女に止められた経緯があるほどの高級品だ。

煌妃に見守られる中、暁蕾は慎重に水瓶を下ろし、菓子を手に取った。繭の形状をした菓子は、触れば綿のようにふわりとしており、口に含めば口内いっぱいに甘みが広がる。我慢できずに噛《か》んでみると、さくさくの食感が癖になりそうだ。後を追って胡桃《くるみ》の風味が追いかけてきて、思わず口を押さえていた。

蜂蜜《はちみつ》や果物とは違う甘さだ。

煌妃の問いに、我を忘れて何度も頷《うなず》く。

きらきらと目を輝かせる暁蕾に満足したのか、着替えも終わり座り直す煌妃は知らない顔をしている。気を張った様子はひとつもなく、のびのびとしていた。

「もしかして不思議かしら。わたくしが変装してここを抜け出したこと」

「はい……とても驚きました」

それよりは翠蘭との仲が気になるが、ここで訂正する勇気はない。

煌妃は暁蕾にもっと菓子を食べるよう促す。

「別にいまにはじまった話ではないわ。妃とて暇を持て余すときくらいあります」

だから侍女達も慣れていたのか。

奇妙な納得が胸を満たし、不思議な心地で煌妃を前にしている。大事な水瓶は床に置いたままでも、今日の煌妃ならば妙な真似はしないと確信があった。

「助けていただきありがとうございました」

「律儀な子ね。でもわたくしは嫌いなものを排除したいだけ。礼を言われる謂《いわ》れはないし、それよりお前には聞きたいことがあるのだけど」

「なんでしょうか。私にお答えできる内容であれば良いのですが」

「お前、父母や仲間を皆殺しにされたのでしょう？」

「……そうです」

「美味《おい》しい？」

「憎くないの？」

なにを、とか、誰を、とは聞いてこない。不思議な質問にゆっくりと首を振ると、煌妃は「そう」と単調に呟き、すぐに興味をなくしてしまう。

沈黙に耐えかねて声を出した。

「煌妃さま、なぜ、蓮妃さまの散策が後になるとおわかりになるのでしょうか」

「後でわかるでしょう。でも、蓮妃の邪魔をするつもりはありません。わたくしとて……いえ、なんでもないわ。大人しくお食べなさい」

それ以上の問答は許されない雰囲気だったので、会話は途切れてしまった。

言われたとおりに飴《あめ》を舐《な》め、茶を口に含めばあっという間に完食だ。

食べ終わればわけのわからぬまま解放されたが、別れ際、煌妃は暁蕾を招き寄せ耳元に唇を寄せた。

「子義殿には気をつけなさい」

侍女に送ってもらい来た道を再び辿《たど》るも、この時、暁蕾は少し怒っていた。

もちろん煌妃の余計なひとことにだ。彼女は子義の後ろ盾があっていまの地位に登り詰めたろうに、気をつけろとはあんまりではないか。

子義はいつも優しくしてくれる。昔、翠蘭が暁蕾と共寝をしたいといったときも、口添えしてくれたのは必ず子義だった。過去の草原の民の襲撃もひとり嘆いていたと聞くし、立場があれど、暁蕾をまともに扱ってくれる人なのだから。

だが煌妃の失礼は目に余るも、一介の奴婢《ぬひ》に高級菓子をふるまってくれるあたり、悪い人ではなさそうだ。我ながら現金だが、それだけで嫌いとは言えなくなってしまった。

合流した青影は暁蕾よりも安堵《あんど》していた。

これにまた不思議な気持ちを抱えつつ、害は加えられなかったこと、お菓子をご馳走《ちそう》になったと伝えれば、頭痛を堪《こら》える面持ちで頭を抱えてしまう。

「君は……毒とかそういうのは警戒しないのか」

「……全然考えてなかった。あ、でも翠蘭の散歩は間に合いそうだって」

「そうらしいな、さっき琥珀を呼び戻して確認した」

毒殺など無縁の生活だったから、言われて初めて気付いたくらいだ。

話題を逸《そ》らそうとした暁蕾に、青影は忠告を忘れない。

「宮廷は魔窟《まくつ》だ、少しは警戒した方が良い」

「でも煌妃さまは悪い人には見えなかったけど……」

「見た目や言葉に惑わされるな。笑いながら寝首を掻《か》いてくるのが宮廷だ」

青影は警戒心の塊になっているが、その忠告は少し納得できない。しかし以前の、煌妃という人と話す前の自分だったら、否定もせず頷いていたろう。

「そうだ、あの小役人に付け入る隙を与えちゃってごめん」

「いや、あれは俺にも原因がありそうだ」

「青影に？　なんで？」

「彼の言葉を聞いたろう。妖瑤経由とはいえ子義殿の後ろ盾を得たせいだ」

「その程度でこっちに当たり散らされたら、たまったものじゃないけどな」

「彼にとっては重要なのさ、いまや宮廷で出世したいなら、子義殿の下で成功するしか道がないのだから」

　そう言われると怒りも落ち着く。

　一刻も早く翠蘭の所へ行きたいが、呼び出されたとあって早足で子義の許《もと》へ向かう。

執務室では衝撃的な光景が飛び込んできた。

　大量の書簡に目を通していた子義が顔を上げる。

「来たかね。李微《りび》に捕まったと聞いたからもう少し掛かると思ったが、早かったな」

　李微は煌妃の名だ。

　あまり良い家柄ではなかった彼女を盛り立てたのが子義だったから、いまなおそう呼ぶのを許されているらしい。それよりも暁蕾には見過ごせないものがあった。

　部屋に散らばった血飛沫《ちしぶき》だ。

「遅れてすみません。でも、これは……」

「いや、量が多くて移動しきれなくてな、ここで読むしかなかった。気にするな、これらは霞国を乱そうとした不届き者だ。もうすぐ片付く」

　どうやら子義が命を狙われたらしい。この人はもはや霞国に欠かせぬ存在。それならば宮廷の慌ただしさも納得できるが、平然としている子義が不思議でならない。

換気され、拭《ふ》き掃除も終わりかけても、棚まで飛び散る血痕は、いまだ色鮮やかだ。青影が体で視界をさえぎってくれなかったら、ずっと目に焼き付いていただろう。

「……あ、子義さま、お怪我はありませんか」

意外な言葉を聞いた、そんな表情で目を丸くするも、やがてふ、と目元が和らぎ、いつもの優しい瞳《ひとみ》に戻った。

「案ずるな。私には妖瑤の骸《ハイグ》がついているから常に安全だとも」

なぜ血飛沫が飛んでいたかも判明した。妖瑤の骸であれば納得だ。

子義は強がって平気なふりをしているのかと思ったが違うらしい。

書簡を置いた子義は、まっすぐに立ち並ぶ二人を見た。

「用事は単純だ。暁蕾、お前は下の事情に詳しいね」

「はい、住んでいるところの周りなら土地勘はあります」

「青影、お前はこれまで私が見た中でも恐ろしく腕が立つ男だ。お前になら彼女の護衛を任せられると信じている」

「ありがとうございます」

「そのお前達二人を見込んでの頼みだが、調べものをしてきてもらいたい」

「調べものですか？　私にできるものでしょうか」

「むしろ貧民街周りはお前にしか頼めぬだろう。あそこは外のものを警戒する」

その内容を、ある罪人の捜索だと言った。

「最近あちこちで同一人物によるものと思《おぼ》しき虐殺が起こっているのだが、私の子飼いの張進《ちょうしん》という文官が殺されてしまってな。金目のものも根こそぎ盗まれた」

驚き……はなかった。

寒さのせいであちこちで風邪を引く人が増えたし、人々の機嫌は悪い。物価の上昇が貧しさを招き、治安は悪化の一途を辿っている。貧民街ではちょっと耳を澄ませば泥棒や強盗に、ひどいと殺人の話まで耳にする。

犯人はよりによって貴人が集まる区画である金瓦台《きんがだい》のさる家に押し入り、子義の配下に手を出したらしい。しかしいくら末端が腐り始めていても、霞国の捕吏はまだ機能しているし、こんな風に暁蕾に頼るなど初めてだったが、それには理由があった。

「配下は死んでしまったが、逃げる凶悪犯を見た者がいてな。その証言から、おそらくは貧民街の者であろうと当たりを付けた」

「それは……罪人を見つけたら子義さまに報告すればよろしいのでしょうか」

「いや、殺してもらって構わん。首は私の手の者に渡しなさい」

子義は青影を見つめる。

彼が期待したのは「御意」の一言のみだが、青影は唯々諾々と従う人ではない。

「しかしながら、罪人は公の場で裁くのがこの国の法というもの。法を遵守なさるべき長たる方のお言葉とは思えませせぬ」

「私の手の者が殺されたのだ。それをみすみす見逃せというのかね、青影」

空気が剣呑《けんのん》さを帯びる瞬間は決まって居辛《いづら》くなる。子義は普段、暁蕾には優しいからなおさら見たくなかった。

「そのために捕吏の権限を融通したのだ。妖瑤の知り合いとあらばしかと考えてみろ、お前は愚かではなかろう」

子義の視線は、青影の言葉を予想していた様子でもあった。

青影は片手で拳《こぶし》を作る拱手《きょうしゅ》の形を取る。

「失礼致しました。子義様のご命令、謹んで拝命いたします」

「では頼んだ。その娘の護衛が気になるなら我が家で預かるが……」

「ご安心を。両方共に、こなしてみせましょう」

暁蕾も子義の家にやっかいになるなど、緊張で心臓が止まってしまう。

心配ないと強調して執務室を後にすると、やっと本題の翠蘭に会いに行ける。

「色々あって疲れちゃったけど、踏ん張らないと。じゃあ、あとでね青影」

「俺は琥珀を見張りに使うから見つかる心配はない。君こそ気をつけろ」

一介の歩兵がまともに翠蘭に会うなど許されない。あらかじめ巡回路に隠れてもらう予定となっていた。

蓮華楼では、煌妃の言葉通り散策の準備は遅れていた。子義の暗殺未遂があっては、本来ならば中止となってもおかしくないが、翠蘭が無理を言って通したらしい。

宗哲の同行が条件とされるも、その前に暁蕾との時間を許された。ただし、奴婢が妃と並んで宮中を歩くのは難しく、苦肉の策で地味だが貴人の装いに着替えさせられる。

着替えた暁蕾に、翠蘭は子供のような笑顔で無邪気に喜ぶ。

この時間は翠蘭たっての願いで、敬語は取り払われていた。

「すごいすごい、やっぱり貴女《あなた》は飾らせ甲斐があるのよ。暁蕾。もっと派手な簪《かんざし》や柄だったら素敵だったでしょうに、残念だわ」

「こ、ここまでしてもらえただけで充分だから……」

翠蘭は殊更褒めるも、着飾り慣れない暁蕾は乾いた笑いしか零《こぼ》せない。手触りの良い生地や裙《スカート》は気分を向上させてくれるが、侍女達の視線が痛いから顔には出さぬよう努めた。

「なかなか来ないからどうしようと思ってたけど、間に合って良かったわ」

「遅れてごめんね」

「煌妃様に捕まったのは貴女の責任ではないわ。それに宗哲様が遅刻されるのだから、どのみち出発も遅れていたでしょうし」

なお、翠蘭は宮廷側の騒動を知らないし、教えられる予定もない。暁蕾も暗黙の了解で口を閉じていたら、彼女はやや表情を曇らせた。

「子義様にもお目通りしてきたのよね。なにもなかった？」

「ん？　ああ、そっちは私じゃなくて青影の用事だよ」

「そう。なにもなかったのなら良かったのだけど……」

勘が鋭いにも程がある。誤魔化すためにも、血腥《ちなまぐさ》い光景を頭から追い払った。

庭園の人払いが済んだ、と報告を受けると立ち上がる。

裙が足に纏《まと》わり付いて歩きにくいが、翠蘭が手を貸してくれる。

「早くしないと宗哲様が到着しちゃう。その前に急ぎましょ」

「いまさらだけど、宗哲……さまを差し置いて私が同行してよかったのかな」

「だいじょうぶよ。だって、先に友達と歩かせてくださいなってお願いしてあるもの。煌妃様にも嬉《うれ》しくて話しちゃった」

うぇ、と奇怪な声が漏れると、翠蘭はおかしそうに笑い声を上げる。どうりで煌妃が今日の件を知っていたはずだった。

外で手を繋《つな》ぐのは気が引けて離れようとしたら、翠蘭が嫌がった。なにより眩《まばゆ》いばかりの笑顔が楽しそうで、暁蕾はお叱り覚悟で指に力を込める。

散策の許可が出たのは、天音閣から霞雲殿に繋がる一部庭園だ。

主《あるじ》を楽しませるように作られた庭園は、大部分が池となっており、建物内にありながら、いくつかの島が盛り上がる形で成り立っている。島から島へは屋根付きの回廊が巡らされ、景色を楽しみながら散策が可能だ。

回廊に入った翠蘭から侍女達は目を離さないが、踏み込んでこようとはしない。青影は臨機応変に対応するので、どこで顔を合わせるかは謎だ。

「暁蕾、さっきからあたりを見回して、よほどその人が気になるの？」

翠蘭以上に思う人はいないのに、寂しげに問われ、そんなことはないと強く否定した。

「見つかったら私だけじゃなく翠蘭も叱られるもの。慎重にもなるよ」

「だったら最初から会ってくれ、なんて言わなきゃ良かったのに」

「そうはいってもさ……やっぱり嫌だった？」

「嫌じゃないわ、驚いただけ。命の恩人でいい人だから会ってくれなんて、こんな珍しいわがままを言ってくれるのも、子供のとき以来だもの」

それに、と含み笑いをこぼして付け足した。

「貴女の命の恩人なら、わたしだってお礼を言いたいわ」

厳しい寒さが続くにもかかわらず、庭は花が咲き誇っている。最初の島では花を摘み、汁が付くのも厭《いと》わず編み込み始めた翠蘭に、編み方を覚えていたのかと驚いた。

「わがままなら言ってるよ？　お菓子がほしいとか、もうちょっと話したいとか」

「そんなのわがままのうちに入らない。わたしがやりたいことを先回りして言って、自分のわがままだって思い込んでるだけ。貴女はとても聡《さと》い人ですもの」

「塾は行ったことないし、少し読み書きできるだけだよ」

「違うわ。勉学は選択を広げるだけで、本当の賢さには関係ない」

鼻歌を歌う姿はなんて穏やかなのだろう。

蓮華楼で会うときよりも、翠蘭の表情はいっそうくるくると変わって豊かだ。暁蕾まで嬉しくなってしまうくらいで、改めて彼女と居る時間の大切さを実感する。やがて完成した花冠を手渡されると躊躇《ためら》いなく被《かぶ》っていられた無邪気な過去が蘇《よみがえ》る。

あの頃は当たり前だった笑い声や歓声は彼方《かなた》へ遠ざかってしまった。

「暁蕾？」

「たったひとつの花冠も被れないの、なんか、かなしいね」

遠ざかってしまったのは環境だけじゃなくて、きっと暁蕾の心なのだけれど——。

こんな風に気持ちを吐露するのはいつ以来だったか。

暁蕾の告白に、微《かす》かな風の揺らぎだけが応《こた》えていた。静寂は二人の心を表しており、穏やかな陽光が地面に影を落としている。

心の奥深くで寂しさが暁蕾を包み込んでいった。

「……暁蕾は、変わったわね」

翠蘭のたった一言が旋律となって胸に響く。

かなしいと口にしたが、本当は寂しいのか、その違いすらもわからない。

暁蕾は己の変化を肯定する。

「最近は、あんまり我慢ができなくなったかもしれない」

「たとえばどんな？」

「……ちょっと怒りっぽくなったかも」

本当にささやかな変化だが、以前の暁蕾だったら、今日の小役人の言葉はすべて受け入れ「でも」なんて発しなかったろう。

ここしばらくにおける身の回りの変化は、確かに自分を変えている自覚がある。

翠蘭は知らないだろうが、青影と出会う前、彼女の前以外での暁蕾は感情表現が乏しく、世の中を悟った態度を取っていた。

「私はなにも知らなかったんだなって思い知らされたんだ」

二人の時間は少なく、言葉は限られている。学がないせいで言葉足らずになる自分がもどかしいが、翠蘭は一言一句逃すまいと待ってくれた。

「私、たぶん――諦《あきら》めてたんだと思う」

仇《かたき》も取れない弱さを、代わり映えしない毎日を、水汲《みずく》み以外役に立てない自分を。

「どうせ何やっても変わらないんだろうって不貞腐《ふてくさ》れてたんだ」

「辛《つら》かったから」

「どうして？」

両親が死んで、翠蘭と離ればなれになって、貧民街で一人暮らしを強いられた。あそこは嫌いではないけれど、多くは追いやられた者達の集まりだ。夢を持つにはなにもかもが足りなくて、結局すべてに目を背けた。

それは妖瑤の術のせいもあったかもしれない。けれど、目に見えるものしか追ってこなかったのは否定できないし、屈していたのは暁蕾の心だ。

子供だったなあ、と以前の自分に苦笑する。

「でも、辛いから諦めるっていうのは……先がないんだね」

「うん、だって自分に閉じこもっちゃうもの。大事なものが近くにあっても、心が曇り空に覆われてなんにも見えなくなる」

こんな話でも真剣に聞いてくれる翠蘭に微笑んだ。

今日はちょっと無理した笑みじゃない。心から素直に笑えたはずだ。

「でもね、最近ちゃんと見ていてくれる人がいるって知ったの。私の見てる世界って、すごく狭かったんだなってわかった」

「……それは、青影さんという人のおかげ？」

「青影もそのひとりかもしれないけど、近所にいるごく普通の人達だよ」

彼は勇気をくれた人だ。互いを利用する目的があるとしても、助け、守ってくれる人の存在がどれだけ心強いか、一歩を踏み出す力をくれるかを痛感している。

しかし常なら暁蕾の言葉を微笑んで受け取る翠蘭が、このときは違う反応を示した。

暁蕾の告白に、まるで刃物で裂かれ、痛みを味わっているように胸を押さえている。

「ねえ暁蕾、どうしてわたしに貴女の気持ちを教えてくれるの？」

「どうしてって」

「わたしは、貴女をそこに閉じ込めた張本人よ」

震える声に、彼女の誤解を知った。

きっと翠蘭は罪悪感を覚えている。

自分ばかりが良い生活を送り、友人を奴婢《ぬひ》に落とした罪にだ。

しかしそれは翠蘭にとっては罪でも、暁蕾にとっては違う。

咄嗟《とっさ》に手を繋ぐ。

泣き出しそうな友に訴えた。

「違うよ。私は恨んでないし、ずっと感謝してる。あのとき私を助けてくれたのも、いまもずっと生き甲斐《がい》をくれているのも、翠蘭なんだから」

「じゃあ、なんで……」

「ただ知ってほしいからだよ。だって私は翠蘭が大事なんだもの」

暁蕾は己の心をつまびらかにするのに慣れていない。

たどたどしく心を探りながら語る姿に、翠蘭はなにを思うのだろう。

「なんとなくだけど、翠蘭が私の境遇を気にかけてるのは知ってた。でも声にしたら拒絶されるかもって、怖くて言えなかったの」

いままで暁蕾には翠蘭しかいないと思っていたから、できなかった会話だ。互いを身分の壁が隔てる関係に、あえて本音を口にしていなかった。翠蘭も暁蕾に気を遣い、周りの人との関係を話さなかったし、伏せている感情もあると気付いていた。

思い切って訊《き》いた。

「ねえ、翠蘭は宗哲を……」

みなまで問えなかったのは、彼女が大粒の涙を零したからだ。

瞳《ひとみ》には静かな悲しみが宿り、涙のしずくがひとつ、またひとつと頬を伝う。唇は微かに震えるも、泣き声はない。胸に秘められた後悔が揺れ動くようでもあった。

「す、翠蘭⁉」

あわてふためけば、彼女は袖《そで》で自分の涙を拭《ぬぐ》った。

「ごめんなさい」

まるで過ちを犯したかのように、子供の頃、初めて泉の水を飲んだ時と同じ謝罪を繰り返す。翠蘭に罪はないのに、なぜ謝るのかがわからなかった。

慰めたかった。

しかし翠蘭は遠くで侍女達が動く気配を察し、動作で制して歩き始める。

「……行きましょう、そこの建物の陰に待ち人がいらっしゃるわ」

声は不思議と透き通り凛《りん》としている。足を止めない友の背を追いかけた。

「どこにいるかわかるの？」

「もちろん。さっきからいまかいまかと待ってらっしゃるけど、貴女《あなた》との時間が惜しくて止まってしまった。意地悪は程々にしないと怒られてしまうから諦めるわ」

「かわいい意地悪だね」

「………………今日は貴女の好きな松子酥《まつのみパイ》をお土産に用意したけど、なしね」

「あっ、ごめん、ごめんなさい！」

何気ない足取りで向かったのは、島を小高い山に見立て、四角い屋根付きの東屋《あずまや》を置いた一画だった。ちょうど建物の陰が本殿側から見えない形となっており、翠蘭は池に浮かぶ蓮《はす》を眺める振りをする。

侍女達にも背を向ける形になるし、これなら会話をしても見破られる心配はない。

東屋の陰には青影が待機しており、蓮妃に礼の形を取る。

二人の顔合わせはどんなものになるのか。じっと待ってみるのだが、いつまで経っても会話は始まらない。やがて翠蘭に変化があった。

「あ……うそ、貴方《あなた》は……」

怯《おび》えている。

青影を凝視する瞳には恐怖が広がっており、手は無意識に身を守るべく胸元に抱かれ、息は浅く速くなった。捕食される動物のように足を一歩下がらせ、その場から逃げようとする。

翠蘭、と名を呼べば、青影に、そして暁蕾からも背をそむける。

微かに身を震わせ、絞りだしたのは謝罪だ。

「……………ごめんなさい。わたしから話せることはありません」

「待って翠蘭、どうしちゃったの」

「お願い、暁蕾。なにも聞かないで。その人は、わたし達の、いえ、わたしの――」

言いかけて俯《うつむ》いた。

深呼吸を繰り返し、やがて万感の想いと共に長い息を吐きだした。

「……本日はお帰りください。話すことはありません」

「翠蘭っ」

「時間をちょうだい。まだ……心の準備が整っていないの」

言うなり翠蘭は小島を後にしてしまった。置いていかれた暁蕾が、彼女を追いかけるのは許されない。なぜなら折悪く宗哲が到着したようで、傍目には翠蘭が主を迎えに行ったと映るからだ。建物に隠れた青影に目で合図を送り、自身も宗哲の視界から消えるために庭から退散する。

何の恩情か、しばし滞在を許された暁蕾は、遠くから友を眺めた。

まだ、とは何だったのだろう。心の準備が必要と言われるほど、暁蕾すら気付いていない大層な秘密はないつもりだったが、いまは自信がない。

その証左は霞国の王と友人の笑みにある。

どうやら蓮妃を前にすると宗哲は人らしく笑うらしい。あたたかな眼差《まなざ》しは相手をどう思っているか明白で、それを向けられる翠蘭はどこか寂しげだけれど……同じく愛情を秘めていた。

率直に述べるなら胸が痛い。

翠蘭の感情は草原の民への裏切りでも、不思議と彼女を責める気にはなれない。けれども素直に受け入れられなくて、じくじくと痛みを抱えて青影と合流する。

琥珀が肩に駆け上がり、暁蕾の頬に頭を擦りつけた。褒めるために人さし指で頭を撫《な》でてやるが、せっかく甘えられているのに気分は晴れない。

「……青影って、翠蘭に会ったことなかったよね」

「あると思うか？」

「………だよね、ごめん」

彼女があれほど怯えるなど初めてで、面識があったのではと疑った。

「なにを謝る。君に責はひとつもなかっただろう」

「それでも、ごめん。会わせるって言ったのに上手《うま》く行かなかった」

気落ちする暁蕾に彼はどう思ったか、頭の上に手を置いた。不安げに顔を上げると、普段と変わらぬ青影の姿に救われた気がした。

「語れずともわかることはある。少なくとも、会えただけで収穫はあったし、それは彼女も同じだろう。なにもなかった、なんてことにはならなかった」

「なら、翠蘭の状態もわかった？」

本来の目的は翠蘭の回復だ。手がかりを得られるかと期待を抱くも、ゆっくりと首を横に振られた。

「それは君が彼女から直接聞くべきだ」

「どうして、会えばわかるっていうのは嘘なの」

「わかる、わからないの問題ではない。ただなんとなく感じただけだが、確信は持てないし俺が言うべきではなさそうだ」

「それじゃ治しようがないじゃない！」

翠蘭の謎の態度と同じく、こちらの方も意味不明だ。

せっかく説得を続けたのにこの結果。否、収穫があったらしいから失敗ではないが、
教えてもらえないとは考えてもみなかった。

「すまない。だが、こうして隠し立てせず答えるだけでも俺なりの誠意だと思ってくれないだろうか」

期待に応えられない青影はバツが悪そうだが、断固として口を割らない。もちろん諦《あきら》められず、何故を繰り返し、段々と語気が荒くなって、無理を強いる暁蕾が悪者になり始めたあたりで諦めた。

「じゃあせめて……青影の探し人が誰だったかを教えてよ」

「ああ、それは君で間違いない」

「なんとなく感じただけにしてははっきり言うんだね」

「蓮妃にも力はある。だが俺の求める人ではなかったというだけだ」

「私はその力ってやつがわかってないんだけど、どう違うの？　翠蘭は涙石を作るのが得意だから向いていないとか？」

「……そんな感じだ。君はおそらく涙龍と対話ができる」

「どうだか、話ができるだなんて言われてもやり方なんて知らないよ」

間が気になるも、翠蘭ではない、と言われほっとしている自分に内心戸惑った。ほと

んど翠蘭で間違いないと信じていたから、まだ自分が必要とされているとわかって嬉《うれ》しかったのかもしれない。

気分を誤魔化すために路傍の小石を蹴《け》る。くるくる回る様がこのところの暁蕾の気持ちを表していた。

「見ればわかるさ、たぶんな」

「いい加減だなあ。もうちょっとやり方を教えてくれたっていいのに」

「俺もそうしてやりたいが、生憎《あいにく》と、この長い時間で見聞きしたくらいの情報しかないのさ。それが見つかってたら、とうに俺は死ねている」

天帝を意地悪だと思ったのは、青影に充分な情報を与えなかった点だ。彼に与えられたのは、いつか必ず涙龍が人と交流を図ることと、いずれその影響を色濃く受ける人間が現れる情報だけ。それ以外に天は彼に応《こた》えず、以来ずっと青影は彷徨《さまよ》っている。

これまでは大して気にしていなかったが、いまになってようやく興味が湧いた。

なぜ彼は死にたいのだろう。不老不死はおとぎ話に出てくるくらい国が、とりわけ王が欲しがる力だ。誰もが羨《うらや》むものを手にしておいて、手放したいとはどんな心理なのか。

千年以上を生きた青影の答えは次の言の葉にすべてが込められている。

「疲れたんだ」

見た目は若いのに、不死について語るときはひどく老成している。

また、人は有限の命だからこそ価値があるとも言った。

「涙龍を探してるのも、他にやることがないから、というのもあるかもしれない。でないと俺はいつまで経っても死ねないから」

わずかな間に関係を縮めた青影は、約束通り暁蕾を常に守ってくれている。そんな人が死ぬための手伝いをするとは、なんとも奇妙な気持ちになる。

複雑そうな面持ちの暁蕾の気持ちが伝わり、青影は目を細めた。

「大丈夫だ。君はなにも悪くないし、これは俺の選択だ。だから君の背負うべきものはすべて俺に責がある」

声には希望が宿り、だからこそ暁蕾はなにも言えなかった。

――これでいいの？

翠蘭を助けたい願いはあれど、ただ請われた結果としてあるだけで『暁蕾』としてなにか強い願いを抱いたことがあっただろうか。

翠蘭という心のようすがにひびが入り、わけもなく不安を感じた瞬間に空を見上げると、鮮やかな緑から寒々しい焦げ茶に変じた霞樹の枝葉が目に飛び込む。枝にしがみついていられなくなった葉が風に舞い上がり、空中で繊細な舞踊を繰り出す様は美しいけれど、ひどく脆《もろ》い。暁蕾が大事にしてきたものも、霞樹同様に儚《はかな》く散るのではないかと……不吉な考えを頭から振り払った。

四章　泉の力の真実

寒さが深くなり、霞樹《かじゅ》の枝葉にもかなり隙間が生まれた。

このところ街に流布するのは君主・宗哲《そうてつ》への不満と治安の悪化への不安。前者は段々と熱を持ち始めており、後者は貴人殺しが捕まらないと囁《ささや》かれていたところ、便乗した強盗が出没し始める展開を見せていた。おかげで最近は街のどこを歩いても見回りの兵に出くわし、見るからに貧民街出身の暁蕾《しゃおれい》が大通りを歩けば咎《とが》められる。買い出しなどをするにも、青影《せいえい》がなくてはならない存在になり始めているが、翠蘭《すいらん》と青影の対面日以降、あまり外出していないのが実状だ。

この日の暁蕾は、朝から家に籠《こ》もっていた。

部屋の端っこに積んでいた文献を適当に広げている。一般的な塾で使われるそうで、むかし子義《しぎ》が融通してくれたものだ。

家の中は暁蕾ひとりで、青影によって作り直された戸は内側から太い閂《かんぬき》をかけられるようになった。このところは近所で協力しあっていても安全とは言い難く、特に金銀をため込んでいると疑われる暁蕾は、より警戒を強める必要がある。

昼前になって戸が叩《たた》かれ、合図が送られる。

門を持ち上げると兵士の恰好《かっこう》をやめた青影がいた。

「おかえり」

おやすみ同様に、青影が住み込みを始めてから言うようになった言葉だ。

未《いま》だに慣れず、発するたびに気持ちが浮遊している感覚を味わっている。

「ただいま。誰も来なかっただろうか」

「近所のおばさんが二回来た……けど、おじさんとかは来なかったから楽だったかも。麦を分けてほしいって言われたけど、そろそろ蓄えがないから断った」

「賢明だ。俺の名前を使ってくれたか？」

「言われたとおり使ったけど……恨まれるよ？」

「それが俺の役目だよ」

食物を乞《こ》われるときの断り文句は「青影に怒られるから」だ。おかげで扉越しでも不満な気配を感じるが、食料目的で来る人々は青影相手に逆らう気概はない。

ふかしていた饅頭《まんじゅう》を食べるのを見ながら街の様子を聞くと、状況は芳しくなかった。

「上に届け出はないが、五つ向こうの角の一家が全滅したらしい」

「そんなに近くに来たんだ」

「これ以上拡大するなら、君だけは一時的にでも子義殿の許《もと》へ行くべきかもしれない」

「……できればそれは避けたいなぁ。子義さまは好きだし申し出は嬉しかったけど、気を遣ってしまうから」

青影は袍《ほう》に外套と装いを変えた。こちらの方が様になっているのは元旅人だからか、目立つ顔立ちはともかく、周囲へのとけ込み方は異様に上手《うま》い。

兵士の恰好をやめたのは情報収集の一環だ。

彼は子義の命で貴人殺しの罪人を追っており、そのために情報を集める必要があった。周囲の警戒を解くために胸当てを外し、貧民街の聞き込みを始めたのだが、今朝は新たに被害者が出たと知り、街の情報が集まる詰所まで話を聞きに向かったのだ。

暁蕾を連れて行かなかったのは目的地が女人禁制のためであり、留守番の間、決して扉を開けるなと警告したのは犯人に襲われる危険性を考慮したためである。同行したいと言っても頑《かたく》なに認めてくれなかった。

その代わりと言うか、捜査の結果は教えてくれる。

青影は二口で饅頭を食べてしまうと続きを話した。

「現場を検分した捕吏とも話せた。遺体には惨たらしく殺された跡があるらしいが、所感では物盗《ものと》り目的ではなさそうだ」

「でも、子義さまの話だと、張進《ちょうしん》って役人の家じゃ根こそぎ盗られたんだよね」

「強盗を装った殺しだったとしたらどうする」

「なら、あの金瓦台《きんがだい》の犯人は、金目当てじゃないってこと？」

「いや、これは俺の考えであってまだ確実とは言えないな。最近の殺しはこちら側《貧困層》に集中しているだろう？」

「それは知ってるよ。金瓦台から街に、最後はこっち側に下がってきたせいで皆が怯《おび》えてる」

「だが殺される者が貧困層に集中して以来、届け出が上がっていない。実際、捕吏達は殺しはいくらか把握していたが、真面目に検分するつもりはなさそうだ」

霞国《かこく》軍が貧民の殺害を真剣に捉《とら》えていないのは業腹《ごうはら》だが、物盗りでないとの見立てには驚いた。てっきり犯人は、貴人殺しで睨《にら》まれたから的を変えたと思ったのだ。暁蕾だけでなく、ほとんどの者が同じ考えだったから、厄介事を持ち込み、仲間を殺してゆく今回の罪人はひどく疎まれている。

それに犯人はやりすぎた。

「黒帮《ヘイバン》の人たちがすごく怒ってるから、役人なんてなおさら介入したくないだろうね」

「やはり仲は悪いのか？」

「悪い悪い。こっちのことをわかってる役人なんて、絶対関わりたくないと思うよ。あの人たちと喧嘩《けんか》したっていいことないからね」

黒帮とは、主に貧民街を縄張りとしている、反社会的集団の一味だ。表立って活動できない面子《メンツ》で構成されており、歓楽宿等の売上や場所代で稼ぎを得ている。独自の法《ルール》があり暴力を厭《いと》わない連中だが、決まりさえ守っていれば話が通じる面々だ。貧民街の人々は、どちらかといえば霞国軍よりも、黒帮をよすがにしている場合が多い。

「捕吏が消極的だから、子義殿は俺に託したわけだ。彼らはあまり身分が高くないから、黒帮に睨まれてはひとたまりもない」

「あの人たち、怖いからね。本気で睨まれた人は大体失踪《しっそう》しちゃうし、関わらないに越したことはないよ」

「詳しいな。その様子では絡まれたことがある？」

「そりゃあ常に兵士が付きまとってるし、あるよ。でも子供だったし、これがあったから見逃してもらえた」

うなじに入った焼き印を指差す。

情がない人ばかりでもないのだ。暁蕾自身も貧困層の暗部には踏み入らず、比較的表層で大人しくしているから害はないとされている。

国があれば黒帮のような組織は必ず付き纏《まと》う。

青影は彼らの関係性を熟知した上で、犯人について見解を述べた。

「普通、ここまで殺しを行えば多少は動きを鎮める」

「あー……まぁ、盗みもそうだよね。ほとぼりが冷めるまで身を潜めるのは鉄則……

……私はやってない、やってないからね。盗みをする必要はなかったんだから」

「わかっている。ともあれ、それができないとなればよほどタガが外れているか、そもそも殺し自体が目的と考えるべきになる」

そも犯人は貧民だ。

一連の事件を調べた結果、青影も子義と同じ見立てになった。

はじめは追跡も難しくないと考えたが、そうも行かなくなったのは、殺害の頻度が高すぎるためと、犯人が貧民街に籠もってしまったためになる。

このところは厚い襦袢《じゅばん》を着込まないと夜がつらくなるばかりで、冷遇されがちな貧民層は上との折り合いがさらに悪くなった。苛立《いらだ》ちが募る中で殺人が起きたため、黒帮が報復のために動き出し、軍の介入は許そうとしない。そんな中で本来なら睨まれるはずの青影がなぜ自由に動き回れるかは謎だが、そこは年の功とやらで誤魔化された。

つまり子義の判断は正しかった。

己の威信を懸けて報復するためには、綱渡りの上手な者を潜らせるしかなかったのだ。

暁蕾は火鉢に炭を放った。

「青影の見立てでは被害はもう十件だっけ」

「十二までは確認できた」

「早いね」

「だから異様なんだ。それに段々と見境もなくなってきている」

殺される人々に性別や年齢は関係なく、それもまた皆の恐怖を煽《あお》る一因だ。それ以上に不可解なのはまったく物怖《ものお》じもしていない青影で、彼は人殺しの動きを理解している。

千歳超えとは、精神をかくも不屈にするのかと気になってきていた。

「暁蕾、これは子義殿が俺に下した命だ。君は気にする必要はない」

青影は暁蕾が巷《ちまた》の犯人に興味を持っていることに不安を隠さないが、彼女にも言い訳くらいある。頬杖《ほおづえ》をついて言った。

「翠蘭とまともに話せてないの知ってるでしょ。外には行けないし、かといって青影のいう霞樹に行く方法はわからないし」

「そうだな、本当に困った」

「困ってるように見えないのはどういうことかなあ」

「すでに君を見つけているからな。時間さえあればなんとでもなる」

「あ、いまの言い方、不死っぽい」

「実際に不死さ。もう一度心臓を傷つけないとわかってもらえないか？」

「それ、笑えない。青影は冗談がヘタクソだね」

あれから翠蘭のために一度だけ水汲《みずく》みに行った。近頃は五日、三日に一度の頻度だったのが、前回は通常通り十日ぶりだった。これまでと比べればかなり少なく、『蓮妃の気晴らし』は正解だったと言える。子義にも褒めてもらったが、肝心の翠蘭とは少し顔を合わせたきり。いままでのなかで最短面会時間記録を更新し、落ち込んだところだ。気鬱《きうつ》になるばかりで、ものついでに霞雲殿《かうんでん》最奥の見取り図を眺めれば、侵入には難儀を極めると、ため息をついた。

そう、青影の〝連れ〟である白イタチの琥珀《こはく》は仕事を果たした。信じがたい話だが、琥珀の情報を元に青影は見事すぎる地図を作成し、その緻密《ちみつ》な作りには何度目かもわからない驚きを与えられた。青影だけなら翠蘭との対面時にみせた隠密能力を発揮すれば、霞雲殿くらい潜り込めそうだが、小娘のお荷物がひとりと、なにより最奥へ行けると思《おぼ》しき進入路に術が張り巡らされている。

術はおそらく妖瑤製《ようようせい》、と聞いた暁蕾は思い切り表情を歪《ゆが》ませた。

曰《いわ》く、術者か内部の者から招いてもらえば立ち入り可能らしいが、期待できそうな人がいない。翠蘭に頼もうにも、おそらく蓮妃にはそこまでの権威はないと言われた。

したがって二人は妖瑤の術を破る方法も考えねばならない。打つ手がなくなったといっても過言ではなく、これだけ物騒では近所のお使いもままならない。空き時間は家事に勤《いそ》しむか、本を読むか、青影から教えてもらう算術を解くしかなかった。

これで事件に興味を持つなと言う方がおかしいだろう。

話を総合し、読み終わりかけの本を閉じる。

「つまりさ、貧民側の仔細《しさい》をもうちょっと探りたいってことで構わない？」

「だな、流石によそ者には警戒が厳しい」

「なら出かけようか。お日様も完全に昇ったし、あの人たちも目を覚ましているはずだから、話が聞けるかも」

「当てがあるのか？」

暁蕾は一拍おいて笑いだした。

可笑《おか》しくなったのは、青影が暁蕾を完全に庇護《ひご》対象としているからだ。無力な少女のように接してくれる心遣いが面映《おもは》ゆい。

彼は本当に暁蕾を守るつもりで、その気持ちが伝わるからこそ、あけすけに笑った。

頼れる人ができたのは嬉《うれ》しい。だが、伊達《だて》に九年近くも貧民街で過ごしてきたわけではないと知ってもらおうではないか。


女達の黄色い声が青影《せいえい》を取り囲む。

滅多にお目にかかれない美丈夫、あるいは精悍《せいかん》な男こと青影は、女達に見つかるなり腕を引かれてしまった。いまは豊かな胸を押し当てられながら、複雑そうな面持ちで愛想笑いを零《こぼ》している。

――やはりモテたか。

その光景を尻目《しりめ》に暁蕾《しゃおれい》はある女性と向き合う。

目的の人は気怠《けだる》げに、指で鼈甲《べっこう》の簪《かんざし》を挟んでいる。最近上客からもらった品物らしく、これを髪に挿し、真っ赤な紅を唇に引くのが常だった。

いまは営業時間外。化粧っ気もなく、周りの女達同様に楽な装いに身を包んでいる。そんな姿なのに、仕草一つとってみても、彼女は群を抜いて色香に溢《あふ》れている。

女性は垂れ目がちな目元を動かすと青影を一瞥《いちべつ》し、暁蕾に視線を移す。

「小羊《しゃおやん》や、あれはあんたの情人《イロ》かい？」

「なんだい。噂の色男のご登場、面白い話が聞けると思ったのに、つまらない娘だよ」

「違うよ？」

「そりゃ明儀《めいぎ》さんを楽しませるためにいるわけじゃないし」

「減らず口も元気そうでなによりだ。最近忙しそうにあっちこっち動いてるって聞いたけど、今日は改まってどうしたんだい」

「ちょっと話を聞きたくて。ほら、上とか黒帮《ヘイバン》を怒らせてる人殺し」

「ああ、化物って噂の。奇怪なもんに興味を持つね、長生きできないよ」

暁蕾が風呂《ふろ》敷包《しきづつ》みを解き、卓に置いたのはとっておきの絹の反物と干し菓子だ。相手は反物を手に取って感嘆を漏らす。

「やっぱりあんたはいいものをくれるねぇ。余所《よそ》じゃ滅多に手に入らない上物をぽんと寄越してくれるんだから」

「下手な人に渡るより、明儀さんたちが使った方が良いと思うだけ」

「良いこころがけさ。おかげであたし達も黒帮の連中にあんたには手を出すな、って心から言ってあげられる」

彼女こそ、暁蕾達がいま現在腰を下ろしている娼館《しょうかん》の稼ぎ頭である遊女の明儀だ。

館の主人は別に存在するが、暁蕾はよく遊女達の使いをこなす。時間をかけて悪いことはしないと証明したし、ごく稀《まれ》にだが丁《てい》を通じて客を紹介している。たまに差し入れを持ってくるから女達には可愛がられ、暗黙の了解で出入りを許されていた。

情報は人の集うところに集まる。

もっとも簡単なのは酒場だが、相手から直接聞き出せない場合は、別の詳しく知っていそうな人を頼れば良い。

それが遊女だ。彼女達は兵士から、そして黑帮の面子《メンツ》からも客を取る。

明儀のいる店は歓楽街でも上位に食いこむ娼館であり、女達の管理も行き届いている。

しっかりした店の遊女は口を固く結び、客の情報は出さないが、抜け道はいくつでも存在する。

これまで培った信頼と、そして物品だ。

暁蕾が本気だと知り明儀は含み笑いを止めた。

「あんたがあたし達を頼るなんて珍しい。ほとんど初めてじゃないかい」

「どうしても教えてほしかったから」

「……みんな多少なりともあんたには世話になってるんだから、その程度だったら手土産なんていらないのに。ま、くれるからにはもらうけど」

両手を叩《たた》き、女達に合図を送った。

「そこの旦那《だんな》は放しておやり。どうせ金は持ってないだろうし、それよりこっちのお菓子を持っておいきよ。あたし達じゃ宮廷菓子なんて滅多に食えないよ！」

明儀の一声で解放された青影は、わずかな間で疲労困憊《こんぱい》に追い込まれている。明儀に自己紹介した上で座り直した。

女達に菓子を渡した明儀は満足げに頷《うなず》く。

「それで？　黒帮だけじゃなく侠客《きょうかく》の旦那方も追ってるヤツの話かい？」

「侠客の人たちも出張ってるの？」

「もちろん。ただ黒い噂のあるお偉いさんが殺されただけならともかく、無辜《むこ》の民も交じってたんだ。彼らが立たないはずもないよ」

侠客は黒帮とは違い、正義感や勇気をもった人々だ。武勇に秀でており、義侠心に基づいて弱者や正義のために戦う姿勢を持っている、いわば万人の味方である。

「昨晩も殺しがあったばかりさね。夜中に慌てて侠客の旦那が出ていったから、忘れる方が難しいよ」

それは青影の知らない被害者だ。

明儀の許《もと》を訪ねたのは正解で、青影も改まって姿勢を正す。

「明儀殿は俺どころか、役人すら与《あずか》り知らない話を知っていると窺《うかが》える。どうか手がかりを教えてくれないだろうか。無論、俺からも謝礼は出させてもらおう」

懐から銭袋を出そうとしたが、明儀が止めた。

「お止め。せっかく払うといったこの子の気持ちを無下にするんじゃないよ」

「しかし……」

「小羊の礼で充分さね。それでも支払いたいなら次は客として来てちょうだいよ。そしたら特別にあたしが相手をしてあげるからさ」

「客としては……どうかな。この国で腑抜《ふぬ》けになるには早すぎると思わないか」

「ま、嬉しいことといっておくれだ。あんたみたいな男は好きだよ」

返答がお気に召したのか、機嫌を良くして茶を出すよう指示するが、暁蕾に用意されたのはやたら渋く不味い茶だ。

たまらずしかめっ面になると、明儀が気付き、暁蕾の茶を啜《すす》った。

「ああもうまったく……。これを用意したのは新入りでね。大方あんたがいい男を連れてきたから嫉妬《しっと》したんだろうよ」

女の園は怖い、と感じるのはこんなときだ。

娼館は気の好《い》い女達も多いが、昔から暁蕾を知っている者ならともかく、若い娘になるほど、ちょっとした意地悪を仕掛けてくる機会が多くなる。

とはいえいきりたつほどではない。身を売らねばならない娘にとって、他人のものや状況が良く見えるのは仕方のないことだから。

明儀は詫《わ》びのつもりか、暁蕾と自らの器を入れ替える。

「ワケありみたいだけど、今回はなにもかも呑《の》み込んで教えてあげようじゃないか。旦那はなにを知りたいんだい？」

「まずは正確な被害者数を知りたい。届けが出されていないだけで、どれだけの人数が死んだのだろうか」

「十五かね。黑帮《ヘイバン》の旦那方がお怒りなのは、殺された面々の中に仲間がいたからだよ。

それから血眼になって捜していてね、そりゃあもう、お顔も真っ赤っかさ」

そして、と小声で付け足した。

「旦那方の話が間違っちゃいないなら、昨日の夜はその人殺しとやりあったんじゃないかって思うんだけど……」

「見つけたの⁉」

暁蕾が叫ぶも、明儀が人さし指で唇を押さえる。彼女の前で年相応の振る舞いを見せたことがなかったためか、暁蕾は照れ、明儀は微笑ましげに目を細めた。

「下を仕切ってるのは黒帮の旦那方だからね。はじめは俠客が見つけたけど、返り討ちに遭って、それで聞きつけたってワケだよ」

「……黒帮が駆けつけたなら大勢で向かったはずだ」

「その通り、よくわかってるじゃないか、旦那」

「報復は必ず見せしめを伴うからな」

明儀は片目をつむり茶目っ気を出すが、青影は険しい表情を隠さない。先に犯人が捕まったことを心配していると思ったが違った。

「だが今朝になっても騒ぎが落ち着いてないということは……」

「逃亡したのをまだ追ってるんじゃないかね。犯人は若い男って話さ」

明儀が知っているのはここまでのようで、彼女は最後に気になる事柄を教えてくれた。

「ここまで派手なのは滅多にないけど、殺し自体は珍しい話じゃない。あたしとしては殺し方が惨たらしくて嫌な気分だよ」

「惨たらしいって、どんな風に？」

「小羊、あんた犯人が素手で人をばらばらにしたっていったら信じるかい」

おまけに死んだ人達はみな、獣にやられたかのように食い散らかされていたという。

噂だけどね、と嫌そうに呟《つぶや》き、すぐに元通りに表情を取り繕った。暁蕾はこの時初めて、もしかしたら明儀も一連の事件を怖がっているのかも、と思った。

礼を告げた帰り際、暁蕾達は娼館のおかみさんから頼み事をされた。

内容は単純で、薬師の安民《あんみん》への言伝を頼まれたのだ。

「息子が怪我したとかで寄ってくれなかったんだよ。軟膏《なんこう》の備蓄がないから届けてほしいんだけど、使いを出しても店が閉まっててね」

「安世《あんせい》はうちの子達も可愛がってるからね。怪我したっていうなら、ちょいと見舞いでも出してやろうかって話になったんだ。ついでだから渡してくれるかい」

明儀から鮮やかな花と金の入った袋を託された。暁蕾ならネコババしないと信じられているあたりが、今日《こんにち》まで人畜無害で過ごしてきた成果の表れだ。

金を青影に託し、暁蕾は花を抱えた。

「安世、怪我したんだ」

暁蕾が薬屋に行ったのは、あの集会後に一度きりだ。その時にはすでに店は閉まっており、休みだろうと遠慮した。青香《せいこう》の話を聞こうにも、翠蘭のことが気になってそれどころではなかったのが本音だ。

「看病があるならおじさん大変だろうし、助けになれることがあればいいけど」

安世がどの程度の怪我をしたのかは、会わねばわからない。

あれやこれやと気を揉《も》んでいたら、青影からこんな忠告を受けた。

「暁蕾、あまり娼館には出入りしない方がいい」

「……あれ？　青影、もしかしてけっこうお堅い考え方だったりするの？」

娼館でも平然としていたし、少し意外だった。

暁蕾が高貴な身分の娘ならともかく、貧困層からは売られるか、雇われに行く娘も多い。身近な存在になるのは必然で、暁蕾とて『そういう仕事』も普通だと認識しているのだが、青影の感覚は違うらしい。彼は成人どうこうより女が体を売るのを好いていなかった。

「っていっても、私もそろそろ十六だし、出入りもおかしい話じゃないよ。中で『仕事』をするわけじゃないしさ」

話しながら娼館での嫌がらせを思い出した。

暁蕾は奴婢《ぬひ》だが、体を強要されずにいられる環境は、もしかしたら幸運なのだろうか。

かといって宗哲に感謝の念はないので、心中をいっそう複雑にさせるしかない。

「俺の認識では、十五も十六も充分子供なんだよ……」

「そりゃあ千歳過ぎのおじいちゃんなら誰を見たって子供だろうけど」

「違う。俺の故郷ではそうじゃなかったんだ」

青影の認識はともかく、うまくやってきた実績があるのだから、幼子扱いは不服だ。実際、明儀からもうまく情報を聞き出せたではないか。感謝が欲しいわけではないが、出入りするなとはお門違いだ。

そのことに文句を言えば、青影は渋々ながらも認めた。

「まぁ、そうだな。君なりに築いてきた関係に口出しをするべきではなかったかもしれない。すまなかった」

「……わ、わかってくれたならいいけど、別に謝らなくていいよ」

大人の男にちゃんと謝られるのも初めてなので戸惑い、慌てて話題をすり替えたのである。

「青影さ、犯人が素手かもって聞いた時にすごい嫌そうな顔してなかった？」

「嫌そうだったか？」

「ただの噂なのにすごく気にしてた。まさか本当だと思ってる？」

暁蕾は噂に尾ひれがついた程度と考えていたけれど、青影は違うらしい。

彼は確信を得ないが、と前置きして告げた。

「……殺し方が不安だ」

「たしかに尋常じゃない殺し方だったみたいだけど、勝てそうにないとか？」

「違う。殺しなら俺はある程度覚えがある。余程でなければ後れは取らない」

自信満々だが奢《おご》る様子はなく、これが強者の余裕かと妙に納得した。

普通の娘なら怯《おび》えてしまう発言も、そこは草原の民の全滅を超え、貧民層で暮らしてきた経験がある。強盗くらいならさほど引きずらず、いまもさらりと流している。年上の男との同居も照れずに順応したのは、雑草の如き図太さが備わっているためだ。

「食い散らかしたというあたりが気になる。もしかしたら、その犯人は本当に武器をもっていなかったのかもしれない」

「……冗談でしょ」

「冗談ならばどれだけいいか。腕を力尽くで引き抜き、人を食い荒らしたとしたらどうする。子義殿が同一犯だとすぐに断定できた理由がわかったよ。殺し方がどれも特徴的だったんだろう」

「……そんなの人間業じゃないでしょ。寒いから妖魔《ようま》が降りてきたとかはない？」

滅多に遭遇せずとも、実在する生き物達だ。基本的に山奥にいて人里に降りないが、この寒さだから餌を求めて出現したのではないか。子供の時分、父から聞いた昔話にはそんな話があった。

しかし青影は妖魔とは思ってないらしい。

「まだ連中が降りてくる程ではないし、霞国に来るには距離がありすぎる。霞国は立地的にも恵まれているんだ」

余所《よそ》から来た人ならではの感想なのかもしれない。

「じゃあ青影はなんだと思ってるわけ」

「わからない。だが、尋常ではない事態なのはわかる。嫌な空気だ」

うなじがチリチリするといって、首の後ろを押さえる。

「この状況だと寄り道は勧めたくないが、聞いてくれはしないだろうな」

「綺麗《きれい》で怖いお姉さんたちに睨《にら》まれたい？」

「ぞっとしない話だ。早く済ませてしまおう」

微妙に堪《こた》えていたらしい。

安民・安世父子の家は以前も行ったからすぐに辿り着いた。この一帯にしてはしっかりとした家持ちで、患者のための店のほか、小さいが住居棟を備えている。粗雑に作られた暁蕾の襤褸《ぼろ》小屋と違い、色あせていながらも木製の二枚扉はもちろん、門がまちや門簪《もんさん》の装飾にいたるまで清掃されている。

安民の物持ちの良さをうかがいながら、門前で声を上げるも反応がない。扉に取り付けられた金物を叩《たた》き訪問を知らせても、出てこなかった。

「安民おじさん、いませんかー。暁蕾です」

安世が怪我をしたのなら、家にいるはずだが何の音もしない。隣の人に話を聞くと、少し強《こわ》ばった表情で教えてくれた。

「夜中にばたばたと騒がしく出て行ってたよ。安世に大丈夫だ、って何度も声をかけてたけど、帰ってきてないね」

「安世、そこまで悪いんですか」

「それがねぇ、ひどい話さ。お使いの途中で物盗りに襲われたらしいよ」

ひゅ、と心臓が凍る心地がした。

そんな暁蕾をみて、隣人は大丈夫だ、と元気付ける。

「帰ってきたときは血だらけだったけど、ちゃんと命は取り留めたって。昨日は顔色が悪かったから運ぶの手伝おうかって言ったんだけど、断られちゃってね」

「あの、どこに連れて行くとかは言ってませんでしたか」

「安民も薬師だしなぁ。もしかしたら川沿いの同業のところにいったんじゃないかな。最近は薬の材料も集まりにくいって言ってたしね」

「ありがとう、行ってみます」

「安民に会ったら伝えてもらえないか。家畜を買い漁《あさ》って、何に使うか知らないが、始末をちゃんとしろって。臭くてしょうがないし、片付けないなら勝手に入るぞってさ」

確かに風が吹くと、家の中から腐った臭いが漂ってくる。

ただ肉が腐っているにしては……それ以上の嫌悪感を煽《あお》る臭いが混じっている気がする。花を抱え直して青影を見上げるとぎょっとした。

青影は安民宅を睨んでいる。

鋭い眉《まゆ》が険しいまなざしを強調し、唇は薄く引き結ばれて、影が顔に妖《あや》しく落ちている。利き手の指は剣の柄《つか》に伸びており、空いた手の平が門を押す。

「あ、ちょ、青影、勝手に入っちゃ駄目だって」

忠告などお構いなしに侵入するではないか。

するりと中に入ってしまうので、暁蕾も彼の後を追って門を潜ると小さな前庭を抜け、住居に入ったところで制止された。青影の背中にぶつかりかけ、寸前で花を守る。

青影が足を止めたのは家の中に入ってすぐの庁堂だ。ここは客に応対するための場所であり、簡素だが椅子や卓が設置されている。薬師らしく、あちこちに薬の材料となる薬草が干されていたが、それらの柔らかな匂いもすべて台無しだ。

内部は臭気が籠《こ》もっている。

吐き気をもよおす臭いで、たまらず鼻を押さえて原因を確認すべく、青影の背中から中を見回す。

視界に飛び込んだそれに愕然《がくぜん》とした。

「は……え……？」

それらを正しく、簡潔に述べるなら血と臓物だ。

あちらこちらに大量の桶《おけ》がおかれており、中には無造作に豚や羊の肉片や血が入っている。桶は幾つも種類があり、古いものから腐って蛆《うじ》と蠅が湧いていた。どれもこれも腹を裂かれ、はらわたがなくなっている。

家の中はもはや荒れ放題で、壁には不自然な傷跡が無数についている。

嘔吐《おうど》の跡もいくらかあった。

粥《かゆ》をもどした痕跡《こんせき》から、滑って血だまりへ擦った跡。血痕を辿《たど》った先には、どう考えても人間のものとしか思えない臑《すね》が桶の中に落ちている。表面はねとりとしており、色鮮やかだった皮は黒ずみ、白い骨を剝《む》き出しにして――。

「あ、ぐ……!」

臭いの正体に至ると、腹の中が痙攣《けいれん》する感覚に襲われた。苦痛が胃と喉《のど》を包むと同時に、口の中につかえた苦い液体がどんどん上昇してくる。我慢できずに手で口を覆い吐き気と戦うが、それも一瞬のこと。苦い液体が口からあふれ出し、胸がつかえる不快感と共に、胃の中身が次々と吐き出される。

ほとんど這《は》うように外に逃げ、咳《せ》き込みながら横目で中を見た。

驚くべきことに青影は泣きもわめきもせず、その場にしゃがみ床や人の足を注意深く観察している。信じられない、と思ったところでもう一度吐いた。

検分を終えた青影は暁蕾の背中を撫《な》ではじめる。

混乱は治まらないが、散々吐き戻すと多少は落ち着いた。頭の中はずっと「なぜ」が占めているも、気絶せず、己を維持できているのは殲滅《せんめつ》を知っていたからだ。

多少舌足らずになったが、正気を保ったまま尋ねていた。

「なん……なんで、こんな……」

「……転化したかもしれない」

「てん……?」

「君は待っていろ。俺はまだ確かめたいものがある」

「あ、待って！」

手を伸ばすも青影は小屋の方へ行ってしまった。

取り残された暁蕾は、誰もいないのに、わけもない恐怖を感じて自身の肩を抱く。

一瞬、この家は安民の家ではないのではと考えるも首を振った。現実から逃げてもなにもならない。暁蕾にできることは何だ。この家が安世父子の住まいで間違いないなら、彼らになにが起こったのかを考えるべきだろう。

間違っても彼らは諍《いさか》いを起こす人達では無かったはずで、家の中に家畜や人間の足が落ちているのは――。

「そうだ、安世が、怪我をしてるのに」

震える足を叩き立ち上がった。再び家に入るのは恐ろしいが、危険がないのは青影が暁蕾をひとりにしたことで証明している。

なぜ安民の家がこんなことになっているのか、少しでも手がかりがほしい。

鼻を押さえ、庁堂の中央には目を向けないよう近くの部屋に入ると、うっと顔を顰《しか》める羽目になった。

暁蕾が入ったのは安世の部屋だった。確信を得たわけではなかったが、様々な形の平らな石や、壁に立てかけられた古い竹馬《ちくま》に手製の木剣や弓がある。これだけならごく普通の少年の部屋でも異常なのは床で、赤黒く汚れた包帯に布きれが落ちている。包帯が足りず、衣類を裂いて包帯代わりにしたのは明白でも、覚えた違和感はそれだけではない。寝台の布団にべったりと染みついていた血液だ。

「なに、この血の量は」

医学に疎い暁蕾とて、多量の血を流せば人は死ぬと知っている。床に落ちた布きれの山が吸った血の量は、一人分の致死量を優に超えているのではないか。

部屋を見ている間に青影が戻ってくると、黙って暁蕾の手を引いた。

「青影！　誰か人を呼ばないと」

「それどころではなくなった。このままでは人死にが増えるかもしれない」

「どういうこと、ちゃんと説明して！」

「時間が足りない。まずは安世を捜し出すのが先決だ」

「安世なら薬師のところに行けば……」

「いいや。予想が正しいのなら黒帮に襲われるまえに逃げたはず。いまは足が付くのを恐れるはずだ、断言するがそちらには行ってない」

黒帮に襲われる、の言葉にゴクリと唾《つば》を呑み込んだ。

まさか青影は安民達が犯人だと――。

声にするのを恐れる暁蕾を尻目《しりめ》に、青影は琥珀を呼び出し、取ってきた包帯を鼻先に突き出す。犬みたいな扱いでも、琥珀は文句も鳴かず従った。やがてあたりをきょろきょろと見回し始める。

「帰っててくれと言いたいが、聞いてはくれないな？」

「当然、安世を捜すんでしょ」

「ならば俺の傍を離れないでくれ。ここから先は時間との勝負になる」

琥珀が動くと青影も走った。暁蕾も必死になって足を動かすが、ついて行くのがやっとの速度で休みもしない。青影は異常な脚力を発揮し続け、やがて暁蕾が付いていけぬとみると琥珀を呼ぶ。素早く折り返した白イタチが暁蕾の足元に滑り込んだ。

みるみるうちに琥珀の体が巨大化し、大きな耳を持つ犬に変じた。しかしただの犬にしては一対の長い髭《ひげ》に、体以上の長さをもつ尾が独特だ。白い首を一度だけ暁蕾の方へ曲げ、騎乗を確認すると青影の前に躍り出る。

こんな犬は知らない。これは——きっと妖魔《ようま》だ。

騙《だま》された、と同時に叫んだ。

「妖魔を使うなんて、やっぱり道士なんじゃない！」

「そいつはただの拾いものだ！」

幸い目撃者は少ない。

琥珀の毛を掴《つか》み、邪魔にならぬよう上体を伏せる。一体どこまで走るのか——やがて、琥珀が地元住人でも入りたがらない区画に進入したのに気付いた。

いまは金瓦台が貴人の住宅地となっているが、昔はここがその名を冠していたのだ。放棄されてからは札付きの悪党達が根城にしている。もっといえば黒帮の本拠地のひとつだ。

さあっと血の気が引く感覚が押し寄せるも琥珀は止まらず、到着したのは大邸宅跡地だ。四方向に建物が配置され、中央に庭園がある形式の住宅は塾でも開いていたのか、傾いた看板が哀愁を誘っている。二枚扉の大門は修繕された痕跡があるから、誰かが住んでいるのは間違いない。周囲に視線を巡らせれば、こちらの様子を窺《うかが》っている住民と目が合うも、怯《おび》えた様子で引っ込んだ。

「……なにかあったの？」

こういった建物は悪漢の根城だから怖がるのもおかしくないが……。

暁蕾が門を叩《たた》くのを躊躇《ためら》っていたら、青影は構わず扉を押した。暁蕾も後に続くが、彼女の前にはするりと琥珀が躍り出てくる。高い知性を持った瞳《ひとみ》が「下がっていろ」と忠告していた。

青影が剣を振るのに邪魔にならない距離を保ち、忍び足で進むも、すぐに無意味と知った。なにせあちこちに人が転がっている。全員苦痛に顔を歪《ゆが》ませ事切れていた。

この手の建物に大概備わる庭へと続く中門は、既に開かれている。石畳の上にはうつぶせになったまま動かない人もいたが、腹が裂かれており、一目で絶命していると知れた。

どうやって持ち上げられたか、木の枝に引っかけられ息絶えている者もあり尋常ではない。屍《かばね》の数は片手では収まらず、中庭までずっと続いている。

いたぞ、と告げる青影が踏み入った中庭には、二人の生者がいた。

見覚えのある少年は暁蕾達に背を向けて、人の腹に顔を押しつけながら、ぐちゃぐちゃと下品な音を立てている。

少年を横でぼうっと眺めているのは……安民だ。

頭を鉄棒で叩かれたような衝撃が走る。

歩み寄ろうとした暁蕾を琥珀が制すが、名を呼ぶのは止められなかった。

「安世……？」

反応したのは父親の安民だった。

いつもと変わらぬ笑みのはずなのに、目から光が失われている。何日寝ていないのか、目の下には隈《くま》を作って痩《や》せ細っていた。

「ああ……こんにちは、暁蕾。久しぶりだね」

「おじさん、安世は……」

「うん。怪我しちゃったけど、見ての通り、もうすっかり元気だよ」

このおびただしい凄惨《せいさん》な光景を前にも動じない異様さが安民に近づきがたくさせている。いずれにしても琥珀が暁蕾の袖の裾《すそ》を咥《くわ》えていたから進めなかった。

代わりに青影が一歩を踏み出し、剣を抜く。

いまにも斬りかかってもおかしくない姿に、安民は戸惑った表情を浮かべた。

「青影さん？　どうして剣なんか抜いて、彼らと同じような目をしてくるんだい」

「そうせねばならないからだ。貴方《あなた》は自らの子を化物にした」

「化物？　違う、私は安世に水を飲ませただけだ。万物に力を与えてくれるという、涙の泉の水を」

「水……おじさんが、なんで、安世に」

「怪我だよ。怪我が治らなかったからだ」

なにを思い出したのか、安民は両手を戦慄《わなな》かせる。

「襲われたんだ。この子はただお使いに行っただけなのに、なにも悪いことなんかしてないのに、食料を奪おうと襲われた。それも知ってる人達に！」

感情が制御できていない。滂沱《ぼうだ》の涙を流しながら二人に訴えた。

「血が止まらなかったんだ。傷が深くて、いくら治療しても治らなかった！　かわいそうに、ずっとずっと痛がって、夜にはもう、息さえまともにできなくなって……」

ぐぅ、と喉《のど》から音を出し、声にならない声を上げむせび泣いた。

その姿にとうとう暁蕾も悟る。

悟るしかない。

安世は暴漢に襲われ、そのまま死んだのだ。

青影は尋問を続ける。

「だから水を与えたと言うのか」

「涙の泉は、どんな傷でも治してくれる秘薬の力の源なんだろう。普通の人は無理だけど、安世は半分だけでも妻の血を引いてる。草原に住む人達ほど恩恵は得られないだろうけど、もしかしたらって……そしたら、ほら……」

歪んだ笑顔で息子を……もう死肉にしか眼中にない息子を見る。

それはどんな欲が身心を満たしたのだろう。安世は死肉から顔を離すと、人の気配を感じ取って振り返る。

臓物をわしづかみにして人を食う安世の顔は土気色《つちけ》だ。もう生きているとは言いがたいのに、安民はすっかり大人しくなった息子の傍らにしゃがみ、肩を抱く。

喜びに涙を浮かべながら、口元を震わせて。

「泉にこの子の体を沈めたら生き返ったんだ。いまは喋《しゃべ》れないが、最初は父ちゃんって喋ってくれた。それもこれも全部、きみがいてくれたからだよ、暁蕾」

「わた、し？」

なぜそこに彼女の名が出るのだろう。

よろめく暁蕾に、安民は真実、心から感謝の叫びを向ける。

「妻が言ってたんだ、泉には秘密があるのだと。半信半疑だったけど、きみが水のために生かされてるから、だから私もあの方の言葉を信じられたんだよ。ありがとう。本当にありがとう……！」

暁蕾は安民が感謝する姿を、茫然《ぼうぜん》自失の体で見つめる。

だとしたら、安世は涙の泉の力でこんなものになったのか。

青影が拳《こぶし》を固め、構えた。

「それは生き返ったのではない。人の身に中途半端に神の力が注がれ、耐えきれず転化したなれの果てだ。もはや貴方の息子じゃない」

「酷《ひど》いことを言わないでおくれ、青影さん。安世はちゃんと喋ったんだよ」

「脳に焼き付いた記憶で反射的に口を動かしただけだ」

「むずかしいことを言って否定しないでおくれよ。安世はちゃんと私を覚えている」

「あんたが餌を与えている飼い主だからな。逆に聞くが、人の自我を保っているというなら、なぜ人間が人間の肉を食らい、人の摂理に反する真似をする」

「それはお腹が空《す》いたからで、見分けが付かないからだよ」

「息子の腕の傷痕はどうした。黒帮の者に傷つけられたのではないのか。尋常でない速さで回復しているだろう」

「泉の恩恵さ。これからは新鮮な肉があればいくらでも傷が治っていく。もう怪我で安世は死んだりしないんだ」

嗚呼《ああ》、と暁蕾は心で嘆く。

安民の答えは、もはやまともではない。正常に思考することを拒絶したのだ。

青影も同じ考えだったのか、安世に憐《あわ》れみの眼差《まなざ》しを向けた。

「いまやそれは欲望でしか動けないものだ。殺人の間隔が段々と狭まっていったのが解《げ》せなかったが、合点がいった。侵食が進み飢餓を抑えきれなくなったな」

話はここまで、と一歩踏み出す。

これに呼応して、安民が息子を庇《かば》うために両手を広げた。

「やめてくれ、この子は化物じゃない！　食事を与えてればなにもしないんだ！」

「その食事はどうだ。あんたの家の作業場を見てきたぞ。家畜で試し続け、抑えきれないとわかったから人を襲わせたんだろう。新しい肉はすべて人だった」

「違う！　あの肉はもらったものだ。この子は襲ってない！」

必死の安民に、青影は冷たい眼差しを向ける。

「人のはらわたの味を覚え、食料とみなせば、もはや止められなくなってしまうのが転化だ。あんたはその子の最後の歯止めを外してしまった」

「息子は……安世はお腹を空かせていたんだ！」

「……一切を含め、あんたには聞かねばならないことがある。その子のためにも終わらせるぞ」

その瞬間、安世がはらわたを捨て、獣じみた唸《うな》り声を上げた。会話を理解していた様子はなくとも、殺気を感じ取ったのだ。こめかみは血管が浮き立ち、目は爛々《らんらん》と光り、爪を立てて威嚇した。

「やめなさい安世！　止まってくれ青影さん、この子が怯えてしまう！」

危険を感じ取った生物は跳躍した。

それは青影の身長すら軽く凌駕《りょうが》する跳躍力で、太陽を背にして襲いかかってくるのを、暁蕾の網膜は捉《とら》えた。彼女の胴体に獣の尻尾《しっぽ》がくるりと巻き付き、後方へ引き寄せる。しりもちを付く瞬間、彼女は勇猛に立ち向かう青影を見た。

安世の鋭い爪が伸びゆくも、青影は臆《おく》さず左足を一歩引き、下方から白刃を閃《ひらめ》かせる。爪は紙一重で頬を裂き損ね、指は無為に宙を掻《か》きむしる。交差するように両者がぶつかったが、はね除《の》けられたのは安世だった。

少年の胴体から脚にかけて一本の線が走り赤黒い血がどろどろと流れ出すが、生者にあるべき血の噴出は皆無だ。

青影が剣にこびりついた腐った血を見下ろし、片手を振れば血の軌跡が地面に描かれる。

ぎゃあ、と叫びながら転がる安世に安民が駆け寄った。

「ああ、安世！　安世、大丈夫か！」

「馬鹿、それに近寄るな！」

忠告されるも安民は聞く耳を持たない。

慌てて息子を抱き起こしたところで、それ、は起こった。

「大丈夫だ、父ちゃんがまた肉をあげるから。お前はもう怖い思いを……」

安民の喉に鋭い歯が刺さっている。

肉に飢えたけだものが、肉体を回復させるために目の前にある食物に食らいついた。

ぶちり、とあっけない音を立てて喉は食い千切られ、安民は驚愕《きょうがく》に目を見開いたまま、のけぞり倒れる。

「あん、せ……」

なのに、どうしてだろう――。

地面に後頭部が落ちる刹那《せつな》、息子を呼ぶ安民は安心していた。

ほっとしたように、やっと安らぎを得られたように表情は柔らかい。息子を愛する眼差しはひとつも曇りなく、ほんの少し……申し訳なさそうに命を散らしていった。

青影が再び剣を持った手首を翻す。

今度こそ安世の命を完全に終わらせるため、偽りの、狂った生を断つため、正しい行いを実行しようとしている。

だから彼を止めてはならない。

それはわかっているのに、暁蕾の脳裏をかすめたのは、えくぼが浮き上がった笑みの安民と、ぶっきらぼうながら手を引っ張り、干し杏《あんず》を交換した安世の姿だ。

終わらせるのか？

また何もせず見送るだけで自分は終わらせてしまうのか。

――やだ、と心が叫ぶと、目の奥で、なにかが弾《はじ》ける感覚がした。

「やめて青影！」

暁蕾の叫びに、刃が少年の額を割る直前で剣が止まった。青影は渾身《こんしん》の力で腕を振りかぶったはずなのに、慣性もなにもかもを無視して停止したのだ。

これに驚いたのは青影だった。

「なっ……⁉」

攻撃を阻まれては、安世を止める手立てはない。けだものは己の危機だけは正確に理解していたから、敵を殺す機会は見失わなかった。すぐに指が青影に伸ばされるも、それも暁蕾の一喝で止められた。

「止まって安世、それ以上は駄目！」

琥珀の尾を振りほどき、自らが少年の許《もと》へ駆け寄った。転びそうになりながら安世の頰を包み込む。異常に尖《とが》った犬歯で威嚇されても臆さなかった。

暁蕾は怒っている。

無力な自分に怒っているし、こんな風になる前に気付けなかったのも、さっきまで足が竦《すく》んで動けなかった事実も腹立たしい。

なによりも、もう救える手段がなにひとつないのが悔しい。

終わらせるなら青影を止めないのが正しいけれど、安世が苦しいまま終わるのが一番嫌だった。そう思った瞬間に、体の内に奇妙な熱が巡ったのだ。それは一種の万能感で、やるせない感情を打破するだけの自信が暁蕾に宿った。

「暁蕾、君は……」

青影の呟《つぶや》きを耳に、大人しくなった安世に言った。

「安世。私、きっとあんたと友達になりたかったんだと思う」

友達になりたかったから助けたかったたし、力になれなかった自分の無力感に苛《さいな》まれるのだろう。

生き返るものなら蘇《よみがえ》ってほしい。その気持ちは安民と同じだけど、死者は帰ってこない。辛《つら》くても、悲しくても、それを受け入れなければならない。たとえその先が復讐《ふくしゅう》でも、愛する人を悼んで過ごすとしても、認めねば心は停滞するだけなのだから。

熱を宿した目は安世の内に漂う淀《よど》みに気づいた。安世に触れると指先がその澱《おり》を吸い取って行く。禍々《まがまが》しくも懐かしさを感じるのは、それが涙の泉がある洞窟《どうくつ》と同じ気配がするからか。他の人には毒らしいが、これはきっと暁蕾を害さない。確信を持って淀みを取り除くと、安世の指先から力が失われ始める。

ただの肉の塊となって倒れる体を、青影の手助けをもって横たえる。

逝く間際の安世と目が合った。

「……あれ」

もう禍々しさはない。

暁蕾の知っている安世が戻ってきているが、青影は彼の状態を見抜いていた。

「不純物を取り除いたのか？　だが、一時的に自我を取り戻したところで……」

皆まで言われなくともわかっていた。

これはいっときの奇跡だ。

安世は死んでいて、いまは与えられた水の力で、擬似的に生きているように見えるに過ぎない。自我は戻っても、これ以上、泉の水を与えても他人の命を食らうだけだし、かといってこんな微量の力では死にゆくだけだ。

でも、それを告げる必要はない。

安世の手を握って微笑んだ。

「おはよ。気分はどう」

安世は視線を彷徨《さまよ》わせる。あー……と間延びした声を出した。

「ふわふわ……してる……おかしいな、おれ、おまえのところに、とどけものを、しに、いってたんだけど……」

言葉の意味を理解した瞬間、すこし、こころがきゅっと冷えた。

声が震えそうになるのを堪《こら》え、深く息を吸い込む。

泣くにはまだ早い。

「なにいってんの？　届け物、ちゃんとここに受け取ってるんだけど！」

「そ、だっけ……？」

「そうだよ。じゃなきゃ私がここにいるわけないじゃん」

全身全霊で笑ってみせる。不安を感じさせないだけの明るさを取り繕い、顔をのぞき込めば、安世は不思議そうに首を傾げようとした。

「……おまえ、きれいなかお、してたんだな」

「顔？　やだな、こんなときまで……ああ、でも褒めてくれたから許してあげる」

刻一刻と残された時間は削られていく。

もう発音は舌っ足らずで聞き取れないが、断片だけはなんとか拾った。

「おれ、とうちゃんのとこ、かえ……」

「………うん、おじさん、が、帰りを待ってるよ」

そう言ってあげると、安世は安堵《あんど》の表情で目をつむった。ようやく帰る場所を見つけた幼子みたいに無邪気な顔で、嬉《うれ》しそうに眠りにつく。

それっきり、安世は目を覚まさない。

静まりかえった庭を通る風に、小さな啜《すす》り泣きが乗って流れはじめた。


安民《あんみん》と安世《あんせい》の亡骸《なきがら》は暁蕾《しやおれい》達で持ち帰った。

役人に知らせるのを止めにしたのは、安世が犯人と言ったところで誰も信じてくれそうになかったためだ。疑問は残っても、おそらく父子に報復しようとした黒帮《ヘイバン》は全滅したし、これ以上は犠牲も出ない。人々は一連の事件を黒帮の自作自演と噂するかもしれないが、彼らはしたたかだから、残った黒帮は憤りつつもうまく利用していくだろう。

父子は黒帮と揉《も》めたために消されたとみられるはずで、どのみち貧困層の暗部は黒い噂に事欠かないし、なるようになって行く。

問題は安民家に残った残骸《ざんがい》だが、これは素直に安民の親類に協力を仰いだ。彼らは家の惨状に驚くも、父子が一連の犯人である事実は伏せたので、上手《うま》く事が運んだ。安民は息子の死に錯乱したということで納め、死体は秘密裏に埋葬し、共に固い口止めを約束している。世間がざわつく時期に問題事は避けたかったのか、暁蕾はいたく感謝され、形見分けをもらった。遺品は安民達が大切にしていた青香《せいこう》のものだ。嫁入りに持ってきた翡翠《ひすい》の帯飾りで、紐《ひも》には馬の尾の毛が使われている。

安民と青香は周囲の反対を押し切って一緒になった。そのため青香のものは処分されるだろうと聞いたから、遠慮無くもらった。

帯飾りは素っ気ない品物だが、草原の民が好んで付けた飾りだ。いまや滅多に見かけないから、燃えてしまった両親の形見の代わりに大事にすると誓う。

安世に暴行を加えた犯人は、暁蕾のところにも頻繁に物をもらいにきていた男だった。このご時世で食料を分けてもらえず、ちょうど暁蕾のところに向かっていた安世にでくわしたらしい。だが安世に拒絶され、激昂《げきこう》して手に掛けたとの話だ。その後、同じ貧民街の子供に手を出したとばれて、侠客《きょうかく》や住民達から私刑を食らっている。

どうりで、物乞《ものご》いの数が減ったわけだと……やるせない気持ちになる。

預かった花は安民宅に供え、金は娼館に返した。

明儀達は二人の死を悼み、暁蕾には労《ねぎら》いの言葉をくれる。

気になったのは帰り際、珍しく戸惑った明儀が暁蕾を呼び止めたあたりだ。

「あんた、化粧はしてないよね」

「なに言ってるの？　いつもと変わらないでしょ」

「……そうだよねぇ。あたしも人死にには慣れたつもりだけど、思ったより動揺してるのかね。あんたがかわいい女の子に見えるなんて相当だよ」

この程度で怒っていては娼館の女達とは付き合えない。

適当に流して終わらせたが、後始末はまだ残っている。

「安民おじさんを泉に案内したのはだれ」

これは暁蕾と青影しか知り得ない事実だ。

家にいては鬱々《うつうつ》となるから、人気《ひとけ》の無い川沿いで問いを投げる。

遠くに見える大通りでは、人々が吹きすさぶ風に立ち向かって歩き、手をこすり合わせて体温を保とうとしている。通りすがりの親子が、寒さが這《は》い寄るたびに顔を引き締め、体が凍りつく感覚と戦いながら闊歩《かっぽ》する姿を眺めていた。

暁蕾は綿入りの袍《ほう》を纏《まと》い、履物を薄い麻布《まふ》製から革製に替えた。流れ来る冷たい風も羽織りがあるから凌《しの》げている。もっと寒くなれば毛帽子が必要になるが、きっと国の供給は追いつかない。

疑問はいくつもあった。

「青影は、安民おじさんを誑《たぶら》かした人がいると思ってるんでしょう？」

「十中八九間違いないと思っている。安民にも言ったが、俺は小屋を確認してきた。古い肉はすべて家畜だったが、次第に新しい人間の死体に替わっていっている」

「……家畜で試して、次に人で試した」

「安民が薬師と言えど、あれほど大量の死体は入手できないだろう。連日の殺しも遺体を持ち帰った痕跡《こんせき》はない。誰かが彼らに用意し、渡したはずだ」

そもそも涙の泉の水を汲《く》めるのは暁蕾しかいない。だから安世を泉に運んだのは納得でも、彼らはどうやって木柵《もくさく》の内側に侵入したのか。こんな話をしていると、安世が金《きん》瓦台《がだい》に侵入できたのも、第三者の手引きがあったのではないかと疑いたくなってきた。

このあたりが役人に報告するのを渋った理由だ。

賊の件があったから泉がある洞窟の守りは厳重になっている。従って泉を使うなら霞国の許可が必要だが、それを出せるのは相当な地位にある人しかいない。

――子義に頼んで、最近不審な動きをした者がいなかったか探してもらおう。

暁蕾はそう提案したが、最終的には止めにした。

転化の話を信じてもらえるとは限らないし、なにより青影が安易に権力者に相談する危険性を訴えたためだ。安世の件を話すのなら、泉の持つ治癒の力が一般人にも作用する旨を伝えねばならなくなる。ますます翠蘭や暁蕾は利用される一方だと言われると、口を噤《つぐ》まねばならなくなった。

「それに子義殿は……」

「なに？」

「いや、これはただの推測だからやめておこう。確信を持てたら話す」

「別に良いけど、あんまり子義さまを悪く言わないでよ」

「君はずいぶん彼の肩を持つ。君主の重鎮のひとりだが、なぜ彼だけは違う？」

「……子義さまだけだし、私をまともに扱ってくれたのは」

このとき、ふいに煌妃《こうひ》の忠告が蘇《よみがえ》った。

暁蕾の心は子義への葛藤《かっとう》で埋め尽くされたが、青影が気にしているのはこれだけではない。

「暁蕾、念のために聞きたいが、君が操った力は泉のもので間違いないな」

「そうだね。いまはもう感覚が薄れちゃってるけど、あれは泉の力で間違いないと思う。なんで使えたかはわからないけど、安世の中にあった泉の力に反応したのかな」

「また扱えるだろうか」

「わかんない。あの時は無我夢中だったし、なんで安世から変なものを取り除けたのか、自分でもよくわかってないんだ」

不思議な万能感を思いだし空に手を伸ばすが、そこにあるのはただの手だ。数々の水仕事や雑用で荒れ果ててしまった、女の子らしくない指。何度も皮が剝《む》け、傷つき、肉刺《まめ》を作った果てに固くなってしまっている。

これが何を指すのかというと――何の変哲もない平凡な手の平というだけ。

いまはもうさっぱり感じなくなって、あの感覚は夢だったと言われたら納得できるくらいだが、目撃者が隣にいるので疑う余地がない。

目の前に白い小動物が躍り出て、可愛らしく小首を傾げるから首を掻《か》いてやった。

琥珀は天狗《てんこう》と呼ばれる類《たぐい》の妖《あやかし》だと聞いた。ここで重要なのは妖魔《ようま》ではない点で、いわば天界のお使いもこなす動物のため、『魔』の字を取り除くらしい。青影は「拾った」の一点張りで、自らを所有者であるとは考えていないと言った。

琥珀は不服げだが諦《あきら》めている節があるらしく、またか、と言いたげにそっぽを向く。

琥珀の感情が読みとりやすくなった、と伝えれば青影は得心していた。

「名前をやったからかもな、名付けにはそれ自体に力がある」

長い間一緒にいるだろうに、自分より暁蕾に懐いても悔しくないのだろうか。これに青影ははっきりと言った。

「悔しいとは思わないが、君の役に立つなら良いと思っている。天狗は戦う力こそ弱いが、れっきとした妖だ。危機を脱するくらいには使える」

「……だってさ、琥珀。なんかちょっと寂しいねぇ」

「天狗にそんな感情はないさ」

この話は平行線を辿《たど》るばかりだ。

転化についても教えてもらった。転化現象は涙龍に限った話ではないらしい。世界には他にも神の影響を受けた地が存在する。たとえば仙桃と呼ばれる植物を生やす木であったり、力を授ける滝であったり形は様々。大抵は未開の地にあるか、人里にあっても仙人に守られている場合がほとんどで、涙の泉のようにわかりやすく存在するのは珍しいとの話だ。

慎重に守られているのは、素質のない人間が影響を受ければ、身心を満たす力に耐えきれず変質するためだ。

大体は即死であるものの、中途半端に取り入れると、力に肉体を乗っ取られ、自我を失ったばけものと化す。

泉にそんな力があるとは知らなかった暁蕾は、嘆息した。

はじめはなぜ青影が彼女を見出《みいだ》したのかわからなかったが、いまなら理解できる。いくら水に触れようとも、体内に入れようとも彼女は変質しなかった。「涙龍の脅威から守られた」とはまさにこのことだ。

青影は残念そうに呟《つぶや》く。

「安民も言っていたが、安世は草原の民だった母を持つ子供だ。わずかではあるが素養があったが……完全ではなかったのだろうな」

落ちていた石を川に投げる。ぽちゃん、とつまらない音を立てて落下した。

水の危険性を知ったから、ひとつ思いだしたことがあった。

「丁《てい》さんに大量の水を与えなかったのは、安世みたいになる危険があったから？」

「……そうだ」

「………そっか。なら、青影に感謝しないとね」

最初から話してほしかったが、あの時は青影の言葉に対して半信半疑だった。迂闊《うかつ》に泉について知れば、落ち着いていられなかったろう。

川べりに腰を下ろし膝《ひざ》に額を押しつける。

苦しくて息が詰まりそうだった。

「翠蘭に謝らないと」

安世の転化で思い知った。

泉の力や危険性を知らなかったとはいえ、ずっと翠蘭に与え続けてきた。あれほど様々な可能性を人にもたらすのなら、変わり果てた安世の姿を見てしまったあとでは、もう絶対に大丈夫だとは思えなくなってしまう。

「君は蓮妃に謝った後で、何をしたいと思っている？」

青影の静かな問いに、少しだけ顎《あご》を持ち上げる。

決意をもった強い瞳《ひとみ》で、ここではないどこかを睨《にら》んだ。

「不調の原因が水だったら、脅威を取り除く」

あの感覚をもう一度取り戻すのは難しい。やり方すらわからないが、それはささやかな問題だ。いま、ここで決意を固めねば暁蕾はまた諦めの海に沈む。

「違ったとしたらどうする？」

「会えばわかるよ。大丈夫、そんな気がしてる」

「わかった。なら俺も協力しよう」

「いいの？　涙龍は後回しになるかもしれないよ」

「この国にいる限り涙龍は逃げないし、ここまで来たなら焦るほどでもない。それに蓮妃も宮廷にいるのだし、龍の関係者なんだ。見なかったことにするのは難しい」

青影は安世相手にも構わず剣を抜き、躊躇《ちゅうちょ》無く斬った人だ。武人だからといえばそれまでだけれど、彼らを運ぶ最中も涙一つ零《こぼ》さなかった。もしかしたら冷たい人なのかとも思ったが、安世について語るときは死を悼み、翠蘭を気にかける様子を見せている。

疑ってごめん、と心で頭を下げ、そんな暁蕾を知らずに彼は続ける。

「涙龍を天に帰してほしいと頼んだのは俺だ。それは君に人智を超えた力を持って欲しいという願いと同意義だ」

視線は腰元の長剣に流れている。

「泉……涙龍の力は恩恵ばかりはもたらさない。むしろこれから君の苦労を増やすかもしれない代物で、俺は君に苦難に陥れと言っている」

「でも、協力を決めたのは私だよ。だって青影がいなきゃ泉のことを知れなかった。安世を眠らせてあげられなかったでしょ？」

「ありがとう。だが、きっとその言葉だけではすまされない状況が、君を苦しめる日が来る」

だからこそ、と青影は約束した。

「君の望みが叶《かな》うよう、俺は君のために剣を振るう。味方が一人くらいは必要だろう」

「……真面目だなぁ」

「いや、あまり俺を信じないでくれ。俺はいまもむかしもずっと不誠実だから」

「…………信用される気、ある？」

あまりの言葉に呆《あき》れてしまった。皮肉っぽい青影の笑みに彼は意外と悪い大人で、自分は誑《たぶら》かされた小娘なのかもしれないという感覚に襲われる。

「やっとこの不死から解放される時が近づいている。最後くらいは誠実でありたいと思うのさ」

かくして暁蕾の新たな目的が定まった。

水の用命はないものの、再び翠蘭に会うべく身支度を整えはじめたとき、無慈悲にも決意を挫《くじ》く噂が耳に飛び込む。


——天に民の祈りを届けるべく、蓮妃を天に捧《ささ》げる。


愛する友が生贄《いけにえ》として捧げられる。

拳《こぶし》を机に叩《たた》きつけ、荒く息を吐く彼女の姿を、白い妖が静かに見つめていた。

五章
冬が去るとき

「どうしてですか、なんで翠蘭《すいらん》が生贄にならなくちゃいけないんですか⁉」

国全体に触れが出された翌朝、暁蕾《しゃおれい》は子義《しぎ》に会うなり詰め寄った。

本当ならばすぐにでも行動に移したかったが、前夜は帰宅していないとのことで門前払いを食らい、次の日の登城前に再度自宅の裏門を叩いたのだ。

暁蕾の顔を見た子義は一瞬不思議そうな顔をするも、すぐに表情を引き締め彼女を宥《なだ》める。元々来訪は予期していたのだろう、説き伏せようとするが、暁蕾も今回は諦めない。主人に対する口利きに召使い達が怯《おび》える様を、青影《せいえい》が冷めた目で観察していた。

一方で暁蕾の熱は続き、子義の時間を奪ってでも懇願を続けた。

「小羊《しゃおやん》、生贄などというのはやめなさい。蓮妃《れんひ》は神に捧げられるのだ」

「いいえ、そんな尊いものなんかじゃありません。お願いします、止めさせてください。なんでこんな馬鹿げた考えを……だれがそんなこと決めたんですか！」

「これは皆の総意だ。蓮妃も納得されている」

「嘘です！」

悲鳴に近い叫びを上げる。

即座に否定された子義はむっと眉《まゆ》を顰《ひそ》めたが、聞き分けのない子どもを宥める親のごとく続ける。

「お前もこの一向に収まる気配のない寒さはわかっているだろう。長らく続いた霞国《かこく》の安寧、これが揺らぐは天がお怒りになっているに違いない」

「だからってなんで翠蘭が……！」

「霞国に住まう民すべてに、触れを出したはずだ。民の安寧のためには、我が国でもっとも貴く力のあり、そして美しい娘を天にお届けする必要がある。すべてを余すところなく満たすのは蓮妃だったのだ」

「そんなことしたって、この寒さがよくなる保証なんてどこにもないじゃないですか。大体翠蘭には大事な役目があるはずです。涙石を作る役目はどうなるのですか、あれがなければ君主さまは政《まつりごと》を続けられないのでしょう⁉」

この異常気象の下、丁《てぃ》が暁蕾に忠告したように、人身御供《ごくう》が行われるのではないかとは噂されていた。しかし暁蕾が楽観できていたのは、嫌な言い方だが翠蘭には利用価値があるためだ。宗哲《そうてつ》の命を繫《つな》ぐ役を課せられていたから、宗哲が生きている限りは絶対に必要とされると思っていたのにこれだ。

子義は黙って首を横に振り、苦しげに胸に手を当てた。

「私とて宗哲様には長く生きていただきたい。だが小羊よ、国を生かすためには時に犠牲が必要だ。あの御方は、そのためならば仕方がないと仰せになられた」

「自分が死ぬことになるのにですか」

「そうだ。そして蓮妃は宗哲様のお心を理解したのだ」

「だったら、だったら一度翠蘭に会わせてください。そんなの絶対本音じゃない」

「お前は我らに里を滅ぼされながらも良く仕えてくれている。その働きに報いてやりたい気持ちはあるが、どうか諦《あきら》めてはもらえまいか」

慈しみの眼差《まなざ》しで目線を合わせ、我が子をあやすように頬に手をあてた。

「蓮妃はすでに支度を整えられ、霞樹《かじゅ》の祭壇の御許《みもと》へお体を移されたのだ。私とて立ち入りを許されない神聖な場所に、どうしてお前を通せようか」

「霞樹の祭壇……？　それはどこにあるんですか」

「これは国の総意なのだ。話せるわけがないと、そのくらいはわかるな？」

目の前を絶望に埋め尽くされながら、あることを思いだす。

「もしかして……この間、翠蘭との散策が許されたのは、あの時にはもう、決まってたんですか」

「……そんなはずなかろう。あれは我々が蓮妃を思うゆえこそだ」

子義は否定するも、異例のお願いが許された理由に納得できてしまう。くわえて煌妃《こうひ》の邪魔をしないという発言にも繋がった。

あれは先がないとわかっているから、せめてもの慈悲をくれてやったのか？

暁蕾は歯を食いしばる。

許してもらえないなら、蓮華楼《れんかろう》に乗り込んででも会いに行く気構えだった。それがすでに手を打たれてしまっている。たかが奴婢の小娘になにができるのか、先が見えなくて真っ暗になる。

子義は彼女を憐《あわ》れみ、屋敷に滞在するように告げた。

「蓮妃が草原の娘というのは周知の通りだ。お前もその髪とあっては目立つだろうし、愚衆が襲ってくるかもしれない。事が済むまで我が屋敷で身を隠していなさい。……ぴたりと活動が止まったようだが、肝心の罪人はまだ捕まっていないしな」

ちらりと青影をみやるも、面の皮が厚い当人はどこ吹く風で堪《こた》えていない。

子義は暁蕾にこの家から出ないよう申しつけ出仕したが、召使いが引き留めるのも断り、青影と共に屋敷を出た。

大股《おおまた》で歩きながら、語気を荒くし問うていた。

「青影、霞樹の祭壇ってどこにあるかわかる？　私、琥珀《こはく》の地図を見た限りはそんなのはみつけられなかった」

「俺にも覚えがない。隠されている場所かもしれないな」

「妖瑤《ようよう》が隠してる？」

「鋭いな。おそらく奥の間の先だろう、あり得ない話ではない」

ならば目下の敵は妖瑤か。いままでは妖瑤を出し抜きはしても敵対は考えていなかったが、いまは死ぬ気で挑まねばと腹を括《くく》る。

逸《はや》りすぎかもしれないが、国の取り決めに逆らうとはそういうことだ。まして一度部族ごと滅ぼされているのだから、気の迷いなどで許されるはずがない。

嬉《うれ》しいのは青影が暁蕾を止めないことだ。味方の言葉に嘘偽りなく覚悟を決めている。

「私はあの女相手に話し合いとかは無理だと思ってる。青影はどう思う？」

「交渉によっては可能かもしれないが、あいつは長くこの国に滞在していると聞いた。ならば必ず目的があるはずだが、それがわからない限りは手がかりも見出《みいだ》せない」

「探る暇もないし無理ってことだね。斬れる？」

「状況によるが、やれなくはない。どちらかといえば剣代わりの骸《ハイグ》と、君が心配だ」

「私？」

「骸とやりあえば守り切れない。天狗《てんこう》も戦いに特化した生き物ではないから、妖瑤相手では負ける可能性がある。なるべく逃げ回っていてもらいたい」

戦ってみせると言いたいが、素人の自覚がある身としては如何《いかん》ともし難い。

過去の暗殺未遂から護身術を習うどころか、武器の購入も許されていないが、なんとか入手したいところだ。

蓮妃の存在が再び知れ渡ったためか、草原の民を思い出した人々が暁蕾の髪色にはっとして振り返る。なんともいえない居心地の悪さを覚え、これからは不自然でも被《かぶ》り物を身につけようと決めた。

一旦《いったん》作戦を練るべく家に帰ると、その日の夜半過ぎに予想外の客を迎えた。

寝入っているところを揺すられ、目を覚ますと間近に青影の顔がある。

驚いて声をあげる寸前で口を押さえられた。

「誰かいる」

動作で示すと忍び足で玄関に近づき、剣の柄《つか》に手を掛ける。

押し入れば即座に斬り伏せられる体勢だが、意外にも相手は訪問を伝える意思があった。控えめに数回、木戸が叩《たた》かれる。様子を見ていた青影がそっと閂《かんぬき》を外し、来訪者を確認すると、拍子抜けした様子で中に入れる。

「明かりはつけるな。誰にも気付かれたくない」

必死の形相で、しかし小声で指示するのは丁だった。

「丁さん？　一体どうして……」

「静かにしろっ」

松明《たいまつ》も持たず来たらしく、とにかくあたりを気にしている。誰かに付けられていないか心配しているようだ。

「悪さをしに来たわけじゃないんだ。外へ声が届かない場所で話をさせてくれ」

暗闇でも焦っているのが丸わかりだった。頼む、と言われてしまえば戸惑いながらも反発する気も起きない。丁は二人に最奥の厨房《ちゅうぼう》へ行くよう指示する。

「ちょっと、丁さん。そんなに慌ててどうしたの」

「いいから言うことを聞いて、とにかく外に注意してくれ」

点《つ》けた明かりは蠟燭《ろうそく》一本なのに、その光も窓から漏らすなと木窓の隙間に布を挟む。柔らかな橙色《だいだいいろ》の炎は小さく、微弱な明かりが周囲の音を静めてゆったりとした時間をもたらすも、丁の汗は止まらない。しきりに額を拭《ぬぐ》いながら、いいか、と前置きした。

「今日のおれはさる御方の使いだ。お前にこれを渡すよう頼まれて持ってきた」

懐から取り出したのは、やや湿り気を帯びた帛書《はくしょ》だ。紙の代わりに絹生地にしたためられた手紙なのだが、香が焚《た》きしめられており、沈香《じんこう》の木の香りが鼻腔《びこう》をくすぐる。

受け取った暁蕾が文を開けば、すぐに眉根《まゆね》を寄せて青影に渡す。

文としてはあまり長い文章ではない。

青影も見るなり訝《いぶか》しげに丁を見やるも、彼は両手の平を二人に向けた。

「いや、本物だ。使いの者に渡されたとかじゃあない。おれが直接お目見えして、至急これを小羊に渡すように頼まれた」

「気を悪くしないでほしい。貴方《あなた》を疑いたくはないが、これを渡した人物が偽者だった可能性はないか」

「おれだって宮廷の武器庫番だ。ご尊顔を拝したことはあるし、アレは間違いねえよ」

目には自信があるようで、決して人違いではないという。

しかし青影もだが、暁蕾とて簡単には受け止め切れない。

君主・宗哲が暁蕾に文を送るなどにわかに信じられようか。

内容は都合が良いもので、翠蘭を助けたくば秘密の通路を使い、宗哲の許《もと》へ参じろと書いてある。

慎重に吟味すべきだったが、この反応を予測していた丁は付け加える。

「お前が信じない時はこう言えと君主様に伝えられている」

宗哲が丁に託した言葉は以下になる。

『蓮妃が捧《ささ》げられるまであとわずか。また不調も続き、もはや水瓶程度の量で癒《い》やせるものでもない。蓮妃を託すゆえ、どうか泉で水を飲ませてやってほしい』

時間がないらしい。

水を汲《く》んで行く猶予もないと知り、暁蕾は決めた。

「……ごめん、青影。私、これに乗りたい」

「君を陥れたい者がいるかもしれない。何者かが仕組んだ罠《わな》の可能性があるが、構わないか？」

「いい、行く」

どのみち翠蘭に会いに行くために計画を練っていたのだから一緒だ。暁蕾が決断すると、丁はもう一つ、懐から前腕《ぜんわん》の長さほどの包みを取り出した。

持っていけ、と渡されたのは朱塗りの鞘《さや》が美しい小剣だ。細々《こまごま》と彫り物が入り、金や翡翠《ひすい》が重くならないよう鏤《ちりば》められている。

丁はこれを暁蕾の懐に忍ばせておくよう言った。

「おれにゃなにが起こってるかさっぱりわからないが、君主様が関わってるんだ。こんな頭でも大事《おおごと》なのは理解できてるよ」

「丁さん、こんな立派なものどこから持ってきたの」

「おれが武器庫番だってのはお前さんも知ってるだろ」

まさか、と目を見開くが、本人も無茶な冒険をしたと思っているようだ。照れて頭をがりがりと掻《か》いた。

「奥の奥にしまわれて、おれが覚えてる限り、一度も開かれなかった箱の中身だからばれねえさ。……せめて使えるものを持っていけ」

「……本当にいいの？」

「命まで救ってもらって適当に見送りはできねえよ。それにこう言ったらお前は怒るかもしれんが、端くれの下っ端でも、君主様のご命令なら全《まっと》うしてえと思うんだよ」

丁なりに考えてくれた餞別《せんべつ》らしい。

盗んだのがばれたら極刑なのに無茶をするが、小剣はありがたく受け取った。

支度を整えると早速出立する。途中までは丁が案内してくれるらしい。

顔を隠しながら向かったのは、金瓦台《きんがだい》にある安世《あんせい》が手に掛けた文官の家だ。使用人共々ほとんどが虐殺された邸宅は人っ子一人おらず、不気味に静まりかえっている。主人の部屋は、目をこらせば寝台に血がこびりついたままで、片付けもされていない。丁は月明かりだけを頼りにあたりを見回し絨毯《じゅうたん》を剝《は》がす。

現れたのは床に設置された木製の蓋《ふた》だった。錠がついていた形跡はあったが壊されており、取っ手を掴《つか》み引き上げると下へと続く空洞が現れる。

「ここだ、これが霞雲殿《かうんでん》に繋《つな》がっていると君主様がおっしゃっていた」

用意していた松明を渡すと、自らはここまでだと言った。

丁には絨毯を元通りにする役目があった。二人の降下を見届けると「頼んだぞ」と告げて蓋を閉じる。

地下に降りた暁蕾と青影は道なりに進み始める。秘密の通路は想像よりも頑丈で、天井や足場まで石造りで設《しつら》えられ、どう見ても適当に掘った代物ではない。

青影はこれをいざという時の脱出用の通路だと推測したが、それがなぜ一介の小役人の家にあったのかは不明だ。

秘密の通路は長く続かなかった。突き当たりに差し掛かり梯子《はしご》を登ると、到着したのは小さな東屋《あずまや》で、明かりがなく、やたらと暗い場所だった。虫除けを焚《た》きながら待っていたのは意外な人物だ。

「来たか。遅いから本当に来るのか心配になったところだ」

子義の元に就いたばかりの居丈高な、あの小役人だ。思わず身構えたものの、相手は人が変わったように冷静だった。暁蕾に手を上げた時の奇妙な焦りや苛立《いらだ》ちは皆無で、凪《な》いだ静けさで二人を見つめている。

「灯りは点けられぬ。歩きながら目を慣らしついてくるがいい」

ついて行くか？　という青影の視線。どこまでも暁蕾の選択に委《ゆだ》ねてくれるらしい。得意な相手ではないが、いまは信用しても問題ないと頷《うなず》いた。

小役人は別人の面持ちで歩き出すと、やがて月明かりが届かない理由が、霞樹に近いせいだと気付いた。暗がりのためにところどころ明かりが点いているが、その下をわざと避け進んでいる。薄汚れた小道を抜け、しばらくして裏門と思《おぼ》しき小さな門に行きあたった。衛兵は二人のみで、その二人も慎重な様子で三人を通す。

門を潜り、周囲の景色が雰囲気が一変するとようやく気付く。

暁蕾が小声で呟《つぶや》いた。

「ここ……本当に霞雲殿だ」

「最奥区画、宗哲様の寝所に近い場所だ。あの道は霞雲殿が襲われた際の脱出通路であり、殺されたあの者は宗哲様の信頼が厚い臣下だった」

小役人の声には亡き者を惜しむ響きがある。もしかしたら知り合いだったのかもしれないが、それ以上を語らない。薄闇のなか、星明かりだけを頼りに進む足取りは、ただの小役人にしては霞雲殿に慣れ親しんでいる。

すれ違う人は少なく、居ても一人二人の文官だ。誰もが一切を承知している様子で暁蕾達を通してくれる。

到着したのは厳かな雰囲気を纏《まと》う部屋だった。ただの居室なのに背筋を伸ばしたくなる空気には、手紙と同じ沈香の木の香りが漂っている。

暁蕾達に背を向け、窓から庭を眺める男に小役人は膝《ひざ》を突いた。

「宗哲様、客人をお連れいたしました」

「ご苦労」

振り向くのは霞国の王・宗哲だ。

本来なら暁蕾達も臣下の礼を取るべきだが、矜持《きょうじ》が彼に頭を下げる行為を拒絶した。

だが宗哲は気を悪くした風もなく、暁蕾の敵意を受け止める。

うん、と頷くと何を考えているかわからないまま、くるりと背を向け歩き出す。

「急げ。蓮妃にはあまり時間がない」

「えっ」

「行かぬのか。そのために来たのであろう」

「い、行くけど……」

この男に敬語を使うのは癪《しやく》だ。尊大な労《ねぎら》いの言葉を掛けられると思っていたのにそれもなく、平然としている宗哲は暁蕾の想像する男と違いすぎる。路傍の石のように扱ってきた娘を、男がまともに認識している事実に戸惑うのだ。

霞雲殿の最奥は静かだった。夜半といえど、君主の居室にしては見張りが少ない。宗哲は豪奢《ごうしや》な金銀財宝に囲まれ贅沢三昧《ぜいたくざんまい》で過ごしているはずなのに、華美な装飾品は控えめで居心地が良いくらいだ。

暁蕾達に付いてくるのは小役人を含めた二名だけだった。宗哲は臣下に代弁させるでもなく、自らの声で意思を伝える。

後ろに回した手がカサカサに乾いていた。

「蓮妃を連れ出した後だが、馬を用意させている。泉で快気させたあとは、余の手の者の許で身を潜め、妃を連れて逃げよ」

声を失う。願ったり叶《かな》ったりの状況だが、宗哲自ら手を貸すなど思ってもみなかった。

「ま、待って。あなた、翠蘭の涙石のおかげで生き長らえてるんでしょ。元通りにするだけならともかく、なんで逃がしてくれようとするの」

「死なせたくない。それ以外に理由はいるか？」

「だ、だって……」

足を止めた宗哲の、静かな眼差《まなざ》しにひたりと捉《とら》えられると、暁蕾は困惑する。過去の復讐《ふくしゅう》、殺された父母達の記憶が蘇《よみがえ》った。

息が荒くなり、呼吸は浅くなる。

おかしな話ではないか。

利用価値のあるものを、まるで愛する者を想う眼差しで憂うのは。

カッと目が熱くなって叫んでいた。

「だって、お前が皆を殺したんじゃない！」

「……滅ぼしたことと、愛することは別だ」

愛、と聞いて心の奥底に蓋をしていた感情が溢《あふ》れた。ふざけるなと叫びかけるも、青影が肩に手を置いてくる。彼はゆっくりと首を振っていた。

いまは暁蕾の恨みをぶつける時間ではないのだ……。大人しくなった彼女を宗哲は一瞥《いちべつ》するも、唐突に咳《せ》き込んだ。

咳《せき》はいつまで経っても止まらず、小役人が背中をさすっても中々落ち着かない。苦しさのあまり、膝をついた宗哲のうなじは驚くほどに痩《や》せていた。やがてなんとか持ち直し、再び案内のために歩き出す。

病人には優しくするべきだが、口から出たのは正反対のとげとげしさだ。

「……苦しいなら、案内は他の人に任せて休んでればいいんじゃないの」

気遣うつもりはなかったのに、宗哲が笑った気がした。

「霞樹には結界が張られている。術者か、主《あるじ》である余が招かねば立ち入りは許されぬ」

「なら術者に命じればいいでしょ」

「……余にはその権限がない」

は？　と間抜けな声が出た。

権限がないなどと、霞国の最高権力者にあるべき発言ではない。しかし宗哲は、隠れるように、まともに清掃されていない道を進みながら言う。

「ないのだ。道士の忠誠はすでに宦官《かんがん》達にある。此度《こたび》の蓮妃を天に捧《ささ》げるなどと愚かな試みも取りやめるよう命じたが、余の声は届かなかった」

もしや、それが寝室の警備が薄かった理由か。

淡々と語る宗哲の心境が暁蕾にはわからない。

「宰相も尽力しているが、いまや余の声を聞く者は少なく、制限が設けられている。かような無謀にも付き合ってくれるのは、亡き張進《ちょうしん》やそこの文旦《ぶんたん》を含めた数名だろう」

「張進《ちょうしん》？　それって、たしか金瓦台で……」

「物盗《ものと》りに見せかけ、殺された我が腹心よ」

宗哲の声には死者を悼む響きがある。

「良き臣であったが、死の真相はもはや余であっても探りきれぬ。花の一つも手向《たむ》けてやれぬとは、憐《あわ》れにも卑小《ひしょう》な主を持たせてしまった」

恐れながら、と小役人が口を挟んだ。

「進《しん》が仕える主を変えぬ志を貫いたのは、ひとえに宗哲様へのゆるぎない想いがあったからこそ。それはたとえ死に際であっても変わらなかったでしょう」

「……そうか。では、いまの発言は忘れよ、文旦」

「御意」

暁蕾はわからなくなった。

宗哲はこの国の君主、王だ。それなのに権威を行使する力が無い。ではいままで見てきた宗哲はなんだったのだ。悪の王ではないなどと、そんなのは認められない。

声を出せない間にも小道を抜けると、ひときわ立派な装飾が施されたお堂に出た。目的地かと思ったのだが、宗哲が選んだのはその隣の小さなお堂だ。どちらも霞樹の幹にくっついた奇妙な造りで、こちらは特にこぢんまりと地味だった。中に入るとさらに扉があり、そこを潜ればなんと霞樹の幹の内部に通じている。

「通れ。お前達の侵入を余が許そう」

足を踏み入れた際は、肌がピリッとした。地面や天井は根で覆い尽くされており、転ばぬよう足元に注意しながら進む必要があった。

青影が尋ねた。

「霞王。まことに失礼ながら、貴方《あなた》は傀儡《かいらい》の王でございますか」

「……お前はよく言葉を知っている。然《しか》り、余はこの位に就いたときから、権威を持たなかった王である」

「しかしそれでも貴方は王であり、政《まつりごと》に必要な御方です。蓮妃を捧げるなどと、貴方の命を脅《おびや》かす暴挙に及ばれた理由に覚えはございますか」

宗哲はちらりと青影を見やり、次に暁蕾に視線を移す。なるほどと含み笑いを零《こぼ》した。

「あえて聞かせてやりたいと申すのだな。文旦に聞いたが、お前はその娘をよく守っている。腕前も充分なれば、蓮妃も守ってもらえぬか。余は手持ちの臣が少ないのだ」

「それがお望みであるならば」

「良いだろう。ならば答えるのもやぶさかではない」

「……宗哲様」

「構わぬ、文旦。その程度で蓮妃の守りが厚くなるなら、余の醜態など問題ではない」

木の根に気をつけながら、ぽつぽつと語り始める。

「蓮妃が排斥される理由は、余に子ができたからだ。余は体が弱い。生まれて間もなくは子も心配されていたが、煌《こう》の……李微《りび》の血のおかげか強く育っている」

「それが霞王を排斥……いえ、新しい王を立てようという宦官の企《たくら》みだと」

宦官、にわずかに暁蕾の肩が震える。

「だろうな。様子見は終わったというわけだ。余は度々宦官らの政に異を唱える。子は李微が守ろうと尽力しているが、聞き分けのない王よりも素直な子供の方が良い」

「では蓮妃の不調の原因は……」

「それはわからぬ。だが蓮妃の不調のはじまりが、あやつらの考えを変えたのやもしれぬ。元々余を排斥したがっていた」

「蓮妃がいれば霞王は生き続けますな。ならば蓮妃の容態は……」

「悪くなる一方だ。かわいそうに、余はまだこうして生き長らえているが、必要な水をあたえられない蓮妃は、もはや呼吸ひとつすらも苦しみだ」

暁蕾は愕然《がくぜん》とした。

時間がないとは言われていたが、そこまで悪化していたとは思わなかったのだ。

「そんなに悪いの……？」

悪い、と宗哲が肯定する。

「これまで以上に水を必要としているにもかかわらず、真実は伏せられ、回復したと噂を流された。泉の封鎖はなんとか阻止したが、時間の問題やもしれぬ」

宗哲の言葉を鵜呑《うの》みにするのは愚かだとわかっている。しかし、ことここにおいて、この男が暁蕾を騙《だま》す理由が見当たらない。

水汲《みずく》みの間隔が元に戻った。翠蘭が持ち直したのだと喜んでいたが、話が本当だとしたら、のうのうと日常を謳歌《おうか》していた己はなんて愚か者なのだろう。

恥ずかしくてたまらなくて、胸元を握りしめる。

次々ともたらされる真実に心が揺らぎ続けるが、だが、と息を吐く。

いま、がら空きの宗哲の背中に隠し持った小剣を立てることだけは間違っている。それだけは理解している。

翠蘭を泉に連れて行く。彼女から脅威を取り払い、それから次を考えるしかない。いまやれることに目を向けなければならない。その一念で顔を上げ気を持ち直す。

大きな円状の広間に到達すると、確信した。

「ねえ青影。ここ、泉と同じだよ。明かりがないのに発光してるし、涙龍《なみだりゅう》の力が強い」

「わかるのか」

「なんとなくだけど……でも、似てる。青影が言ってたこと、間違ってないのかも」

「……驚いた。そなた、霞樹に秘められた涙龍の力がわかるのか」

これには宗哲も真剣に驚いた様子だ。

「その通り。涙の泉ほどの力はないが、ここもかつては龍が休息を取った場所である。

かつて雅国《がこく》から流れた我が祖先も恩恵を賜り、樹と共に歩んできた一族だ。これは余の推測だが、おそらく泉と起源は同じであろう」

「うそ、なら、霞国が先に信奉してたの……？」

「どちらが先ということはない。草原の民は大地と生きることを選び、我らは霞国を興した。草原の民が他の部族との仲立ちを買ってくれていたのは、かつて共に歩んでいたためではないかと余は考える」

もっとも、と宗哲は寂しげに笑う。

「我らは草原の民ほど長く共に歩めなかった。数百年でその声を聞けるものは生まれなくなり、いまの霞樹はそこにあるだけ。伝承も度重なる暗殺の連鎖で失われた」

「……だから霊薬のことを聞いて、龍の力を取り戻すために草原の民を襲わせたの？」

後ろ姿から返答はなく、奥の扉を指差し「行け」と指示をくだした。

「この奥に蓮妃がいる。行って、連れてくると良い」

「あなたは行かないの？　だって翠蘭は……」

「お前に謝りたいことがあると言っていた」

行くつもりはないと態度が語っており、文旦と共に外で待つつもりらしかった。

残して行く気がかりはありつつも、奥の間へ行こうとしたとき、沈黙を保っていた小役人――文旦が叫び、飛び出す。

「宗哲様！」

主《あるじ》を押し倒した直後、彼の背中に傷が走った。反応できなかったもう一人の役人が声もなく絶命し、暁蕾は彼らが倒れる姿を瞳《ひとみ》に映す。黒い何かが過《よぎ》った瞬間、青影が彼女を抱き寄せた。

文旦、と宗哲の悲鳴に我に返る。文旦は宗哲を庇《かば》って怪我をした。暁蕾も青影のおかげで惨事を免れた。いますぐに手当をするべきだが、青影は彼女を背後に庇い、誰もいないはずの壁に向かって話しかける。

「盗み聞きとは悪趣味だな」

嫌悪感を露《あら》わにすると、鈴が鳴り声が返ってきた。

「悪趣味もなにも、あたしが張った結界なんだ。なんでわからないと思ったのかね」

ケラケラと高い笑い声が響くと、いつの間にか筆頭道士が佇《たたず》んでいる。

「あーららぁ。小羊《しゃおやん》はともかく、君主サマをやれなかったのは残念かも」

「妖瑤《ようよう》……！」

「やあやあやあ。ちょおっと目を離した隙に、蛮勇を持っちゃったね羊ちゃん。そのうえ君主サマと手を組むなんて、抜け目ない子だよ」

「どの口が……」

「もちろん、この口が言ってるとも」

妖瑤は両手の人さし指で、わざとらしく唇の端を持ち上げる。

女の目は深い影に隠れており、微笑みは不気味で、動きは芝居がかっている。彼女の手には数枚の札が挟まっており、いずれにも謎めいた文字が刻まれていた。

死体の操り人形を盾に、その背後で、妖瑤は宗哲を憐《あわ》れみの目で見る。

「それにしても、君主サマは本当に憐れですこと。飼い犬を殺されただけじゃ、下手にこっちを探ったところで無意味だって忠告わかりませんでした？」

「では、やはりそなたが張進《ちょうしん》を殺したか……！」

「いえいえいえ。あたしはちょっと指示しただけで殺《や》ってないです。そんなことより、大人しく従ってくださっていれば、ゆるやかに優しく死ねましたものを」

聞き分けのない子供を諭す口調で、後ろに回した手から取り出したのは縄だ。

「こうなっては寝台に縛り付けてお休みいただくほかありません。数日後には君主サマの訃報《ふほう》が国中に響くでしょうが、ええ、これも仕事ですの、で……っと」

皆まで言えなかったのは、飛び出した青影が走りざまに女を斬りつけたためだ。妖瑤は舞うようにひらりと一歩後ろに下がり、この隙に暁蕾は宗哲の許《もと》へ駆けた。文旦の背中の具合を目視し、傷の深さを確認する。背後では断続的に甲高い金属音が響いていたが、かまわず二人を壁際に寄せようとした。

文旦は呻《うめ》きながらも、まだ宗哲を庇おうとしている。

「宗哲様は……」

「人の心配してる場合⁉」

たまらず怒鳴ってしまう。宗哲も宗哲で、文旦を庇おうとするから厄介だった。

「暁蕾よ、文旦は助かりそうか!?」

「傷は浅いから大丈夫！　心配だったら急いで下がって、青影の邪魔にはなれない！」

幸い宗哲は立ち直りもはやく、文旦は痛みに耐えつつも、両者は壁際に寄ってくれた。

暁蕾が懐から小剣を取りだし振り返るも、目にした光景に絶句する。

青影がとびさがりながら骸《ハイグ》の一撃を受けていた。

右腕が痺《しび》れたのか動きがゆるむも、左手を麻袋の顔面に打ち込ませている。聞くからに痛々しい音でも、骸は怯《ひる》みもしない。しかし続く顎《あご》からの蹴《け》り上げには危機感を覚えたのか、大きく距離を取った。

すべてが一瞬で、暁蕾には追い切れない。

視界の端で妖瑤が身動きすると、青影は左手首をひねった。真っ直ぐ伸びた中指と人さし指が線を切り、指と指の間に暗器が出現する。骸を牽制《けんせい》したまま腕を振るうと、妖瑤がいた場所に扇子と刃が刺さっていた。

寸前で逃げた妖瑤は慌てふためく。

「あいや、へ……青影くんたらめざとい！」

妖瑤は暁蕾達に札を貼った扇子を向け、なにか目論《もくろ》んでいたのだ。一対一で正々堂々と戦う気など毛頭ないらしく、青影もそのつもりで備えていたらしい。その後も骸を相手取りながら、無限の暗器を出現させては妖瑤を狙っていた。隠し球を持っているとは予想していたが、奇術じみた真似をしでかすのは想定外だ。

青影は後方に向かって叫ぶ。

「おい役立たず、こんなときくらいは動いてみせろ！」

呼ばれた琥珀はたちまち巨大化し、妖瑤に飛びかかった。

尻尾《しっぽ》の先端を鋭く尖らせ、巧みに狙って行くが躱《かわ》されている。戦える妖ではないとの話はなんだったのだろう。

暁蕾は痛みで気を失った文旦と、彼を抱える宗哲を背後に庇い、つぶさに戦いを目で追っているが、裏腹になぜ仇《かたき》であるはずの彼らを庇っているのか、自身の行動に戸惑いも感じていた。

妖瑤はきゃあきゃあ叫びながら避けるも、次第に腹が立ってきたらしい。声音に苛立《いらだ》ちを混ぜて言った。

「んん。やっぱり青影くんは手強《てごわ》い！　久しぶりの再会だからって口利きしてあげたの間違いだったかなぁ！」

叫びに呼応し、骸《ハイグ》が後ろに飛んで距離を取った。懐に手を差し込むと、どこにしまっていたのか一対の長剣と短剣が取り出される。

その長剣を見た暁蕾は違和感を抱くが、戦いは止まらない。

骸が素手だから余裕のあった青影も、二刀流とあっては集中せざるを得ない。上下左右からもたらされる斬撃《ざんげき》を一刀で弾《はじ》き、鋼《はがね》がかち合い火花が飛ぶと、両者を青白く浮き上がらせる。青影は躍起にならず、冷静な目のまま、すべるように踏み込むと静寂にひびきを刻む。顔面を狙って伸びた刃が骸の麻袋を裂き、露わになった死者の顔を認めた瞬間、暁蕾は叫んだ。

「やめて!!」

無意識の悲鳴は一瞬青影に呪縛《じゅばく》をかけるも、襲いかかる白刃は紙一重で躱した。妖瑤は意地の悪い笑みを浮かべながら操り人形を停止させ、骸を凝視する暁蕾を見つめている。

「暁蕾、なぜ止める!」

青影が叫ぶも、暁蕾はそれどころではない。

それまで努めて冷静であろうとしていた彼女が、真っ青になって全身から汗を流しており、青影も気付いた。

骸の顔に被《かぶ》せられた麻袋、その隙間から覗《のぞ》くのは女の顔だった。見えたのは目元とわずかな前髪のみだったが、暁蕾は決してその人を間違えない。

世界がカラカラに乾いた気がして、視界は灰色に染まっている。

喘《あえ》ぎながら呟《つぶや》いた。

「………………母さま?」

ぱんぱんぱん、と祝いの爆竹が鳴った。やはりこれも妖瑤の仕業で、派手に鈴を鳴らしながら拍手を送り、芝居がかった動作で大仰に褒めた。

「偉い偉い! 小羊、やあっと気付けたんだねぇ!」

麻袋を外し、顔が見えるように晒《さら》す一挙一動は、とっておきの祝い日に、子供へ贈り物を用意する母親じみている。

隠されていた骸の豊かな黒髪が広がった。よくよく観察すれば、青影との戦いで緩んだ手首には、かつて家族で揃って付けていた紐《ひも》飾りが巻かれてはいまいか。妖瑤と同じ紅を唇に塗られた女は無感情で、顔色はやたら青白く、白目は濁っている。

「かあ……」

指を伸ばし、母に小さな祈りを向けようとするも、甲高い女の声に阻まれた。

「んもぉ、ずうっとお母さんで蹴ったり叩《たた》いたり頭を撫《な》でてあげてたのに、ぜんっっっっぜん気付かないんだもの！　おかしいったらありゃしない」

「……彼女が、暁蕾の母？」

「そうだよぅ青影くん。小羊のお母さん、美月《めいゆえ》ちゃんでぇす」

訝《いぶか》しげな青影の声も、妖瑤のふざけた紹介も、暁蕾には届いていない。

彼女の頭を駆け巡るのは母の最期だ。あの時、娘を抱きしめ別れた大好きな母。母は父を助けに行って返り討ちに遭い、妖瑤の傍で死体になっていたのではなかったか。

落ち着け。そう言い聞かせながら、目は母から逸《そ》らせずに呟く。

「み……んなと同じで、どこかに、埋めたと……」

「埋めた？」

妖瑤は人さし指を唇にあて、満面の笑みを見せた。

「草原の連中をどこにやったかってこと？　ああ、それなら小羊、十日おきに会ってたじゃない」

「会って……なにを、言って……」

「泉に行ってたでしょ。みんなあそこに溶かしたもの」

ひゅう、と乾いた空気が喉《のど》を通った。

溶かした。いま妖瑤はそう言ったのか。

「泉は生き物がまったくいない、あの性質を不思議だと思わなかったの……って言いたいところだけど、ううん、滅ぼした後は封鎖されちゃったしね。あそこ、長時間生き物を沈めると溶けて消えるって知らなかったか」

「なんで、そんな」

「うんうんそれはね、涙龍に、お前の信奉者はみぃんな死んだって、伝えないといけなかったからさ」

あっけらかんと言い放つ妖瑤に暁蕾は反応できないが、これを聞き逃せない者もいた。宗哲があまりの所業に拳《こぶし》を震わせ、顔を真っ赤にして筆頭道士に怒鳴る。

「溶かしたなど……そのような冒瀆《ぼうとく》を、戯《ざ》れ言を言うでない！」

「君主サマ、世の中は貴方《あなた》様の知らないことがたくさんあるんですよ。ご自分のものさしだけで世界をはかるのはいかがかとおもいますぅ」

妖瑤には、もはや王に対する敬意は欠片《かけら》もない。

草原の民達の末路、同じ龍を奉る者として霞国の王は激怒した。

「ならば聞くが、泉は霞樹と同じ神聖な場所、なぜ穢《けが》すなど愚かな真似をした！」

「あらぁ。死体の処理方法は任せると、御国の許可はいただいておりますよ？」

「答えよ、妖瑤！　そなた、筆頭道士でありながら涙龍の信奉者を……」

「そりゃその信奉者を滅ぼすのがあたしの目的でしたから」

もしかしたら、妖瑤はこれまで様々な鬱屈《うっくつ》を抱えていたのかもしれない。やっとすべてをさらけ出せたのが嬉《うれ》しいのか、ここにきて作為的な振る舞いをやめた。

ごくごく自然な態度で、安堵《あんど》したかのように感じ入り、胸に手を当てている。喋《しゃべ》ろうとした瞬間、青影が投げた暗器が首に刺さると倒れかけたが……。

皆の期待を裏切り、女は不気味な動きで立ち直る。

首からはたしかに血を流しているのに、死ぬ気配がなかった。宗哲が息を呑《の》む音がしたが、暁蕾はあるひとつの可能性に身を硬くした。

妖瑤は残念そうに暗器を抜き、ごほごほと咳《せき》をしながら床に投げる。赤い布が巻き付いた暗器は、虚《むな》しく役目を終えてしまった。

首の傷口はみるみる癒え、気にした様子もなく続きを話しだした。

「青影くんなら、あたしがこうした理由、わかるはずなんだけどねぇ」

「……青影が？」

「勝手に仲間にしないでもらおうか。気持ちはわからんでもないが、そんな愚かな考えを導き出したとは思わなかった」

彼は痛ましげに妖瑤を見つめている。

「愚か？　あたし達をこんな風にしやがったヤツを天に帰してやろうなんて、あたしはあんたほど割り切れてないよ」

「諦《あきら》めの内にあったお前が、いまさら復讐《ふくしゅう》か」

「復讐に早いも遅いもない。あたしは、あたし達の故郷を滅ぼしたあいつを決して許さないと決めただけなんだから」

復讐と述べる妖瑤に恨みの感情はない。ごくあたりまえに、毎日の献立を決めるくらいの気軽さで許さない、と告げる姿はどこかが壊れている。

……安世を葬ってから、少しだけ鋭くなった感覚が教えてくれるのだが。

対峙する青影と妖瑤。暁蕾は二人の雰囲気が似通っているのに気付いた。

「青影、まさか妖瑤って」

嫌な予感がする。それもとてつもなく嫌な予感だ。

答えは数秒と待たずもたらされた。

「……俺と同じ不死だ」

疑惑が確信に変わった。黙っていたということは、青影は妖瑤の仲間なのか。疑《うたぐ》る暁蕾に、違う、と彼は否定した。

「故郷が滅ぼされたのは遙《はる》か昔の話。こいつはすべてを諦め、時がすべてを解決するまで閉じこもると決めた側の人間だ」

「いまは違うけどね。あたし達を見捨てた、天帝なんかの口車に乗ったそいつと一緒にしないでほしいよぅ」

わざと頰を膨らませる妖瑤に、青影が剣を構える。

「俺がお前の意に反することは最初の時点でわかっていたはずだ。何故迎え入れた」

「千年ぶりにあった顔見知りなら、親切にしたくなるってものだよ。懐かしい、に勝る理由はないさ」

「その結果、こうして敵対しているが、それも構わなかったと？」

「馬鹿だね。ほとんどもう仕上げにかかってたんだ。それにたかが歩兵が、筆頭道士に敵《かな》うとでも？　人の群れは数が正義なのに？」

美月《めいゆえ》が動き、再び青影が刃を弾《はじ》く。静観していた琥珀も再び道士に襲いかかったが、今度は妖瑤も攻勢に出るのか、札を繰り出しては眼前に陣を作り、死角から繰り出される攻撃をすべてはね返した。

後ろから、脳天をひとつきにしようと迫った尾の先端も飛来した札の結界が弾く。

琥珀は押されはじめているが、青影には援護する余裕がない。

見た目は変わらないものの、凶暴さが増した美月相手に猛々《たけだけ》しくも立ち向かっているのだ。一対一なら問題ないが、妖瑤が無数の札を暁蕾達に飛ばすたびに、彼はこれを弾くか、あるいは身を挺《てい》し庇《かば》う。札はただの紙切れのはずが、剃刀《かみそり》よりも鋭く、青影の肌を裂き、腹や腕に食い込む。いつの間にか足元にはぽつぽつと血の滴が垂れはじめれば苦痛に顔を歪《ゆが》めるも、悲鳴も上げず残りの札を剣で叩き落とした。

琥珀は弾き飛ばされ、妖瑤は汗を拭《ぬぐ》うふりをした。

「青影くん、あたしを地味ぃに疑ってはいたんでしょ。そのわりには襲ってもこなかったけどさぁ、そのせいで、結局蓮妃にはたどり着けなかったよねぇ」

「かもしれん。が、そのおかげで暁蕾にはたどり着けた！」

「へぇ！　やっぱその子、なにかあるんだ。保険かけててよかったぁ」

「あの不出来な術か、無意味だったな」

不出来、と言われ妖瑤は肩を落とす。やはり術を破られたのは不本意だったらしい。

「んん。でも……意味はあったでしょ。囚《とら》われのお姫様をのぞいて、『本当に必要な人の声だけは届かない』……小羊、ひとりを自由に満喫してたし」

安世達の声が届かなかった理由だ。暁蕾は手の平で転がされていた九年を思い返し、安世達以外にも、差し伸べられた手をはね除《の》けていたのかもしれないと、苦々しい思いを隠せない。

暁蕾が心を痛める間も、青影と美月《めいゆえ》の攻防は続いている。美月が操り出した短剣が、鋭く速く、無慈悲に青影の頭部を狙うも、翻る長剣によって地面に突き刺さった。

立ち直った琥珀も、まだ妖瑤を狙っている。

今度は前足を使い、女を鋭利な爪で引き裂こうとしたが、虚しく宙を掻《か》き、霞樹の根に覆われた壁にめり込む。根は爪にえぐられ、木目が逆立ちするどい棘《とげ》を作った。がら空きになった獣の腹に妖瑤の蹴《け》りが炸裂《さくれつ》し、地面に叩《たた》きつけられてしまう。

こわいこわい、とおどけながら女は嗤《わら》う。

「天狗《てんこう》がここまで動けるなんて、どうやって手懐《てなず》けたんだろ。ねぇ、青影く……あら、もしかして余裕なくなってきた？」

青影は速さを増した美月相手に目を離せなくなってきた。青影の刃が骸《ハイグ》の腕を裂くも、死人ゆえに、怪我には無頓着《むとんちゃく》で肉体を駆使できる。人の枠を外れた動きをこなすようになり、顔に傷を作った青影を妖瑤はあざ笑う。

「守りながら戦うのはきついねぇ、青影くん。ご丁寧に宗哲サマまで庇っちゃってさ」

「なに、お前の死人を使う手法よりは人らしい。俺もまだ、畜生には落ちていないのだと実感できるからな」

「…………やっぱあんたはばらばらにして埋めようかな」

暁蕾は目の前の攻防に、必死に食らいつきながら観察を続けている。

術者の動きがやや鈍くなった反面、骸の動きが速くなった。おそらく妖瑤は自身の力を注ぎ込み、一気に片を付けようとしている。しかし鈍いといっても琥珀相手に渡り合う余力はあって、後ろの二人を逃がそうにも、下手に動いては餌食《えじき》になるだけだ。

この瞬間、暁蕾は腹を括《くく》った。

一度だけ母・美月の皮を被《かぶ》った骸を見やり、悔しげに下唇を噛《か》むも、小剣の柄《つか》を強く握りしめ、妖瑤に向かって走り出す。

青影と妖瑤は驚いたが、前者は美月に足止めされており動けない。後者はすぐに普段の調子を取り戻した。

「あんたは殺したくないんだけどねぇ」

妖瑤に向かった刃は虚しく空を切り、背中を打ちすえられて前のめりに転んだ。暁蕾を助けようとした琥珀は、妖瑤が生み出した無数の剣によって全身を貫かれると動かなくなってしまう。

倒れた暁蕾は蹴られながらも、体の向きを変え、痛みを堪《こら》えて妖瑤を睨《にら》む。

「いま、わかった」

「ん？　なにが？」

「あんた、安民《あんみん》おじさんをたぶらかして、安世を転化させたんでしょう。そのうえ宗哲の臣下を殺させた……！」

「あや、ばれた」

決め手は宗哲へなげた言葉だった。

元々暁蕾の中でこの女は犯人候補に挙がっていた。泉への通行許可を出して、なおかつ死体を調達し、安世をあれほど悪趣味な姿に変えても、なお平然としていられる人でなしを他には知らない。

それが怒りの動力源。

妖瑤はつま先の標的を腹から手に変えた。暁蕾が小剣を手離すと蹴りとばされる。これで空手に逆戻りだ。しかし腹はひりひりと痛むが、意気をくじくには一歩及ばない。土混じりの唾《つば》を吐く姿は諦観《ていかん》とは程遠く、これに妖瑤はため息を吐いた。

勘弁してほしい、そういう顔をしている。

「転化って、また知らなくてもいい言葉を覚えたものだね」

「はぐらかさないで答えて。なんで、そんなことしたの」

「草原から離れた片親を持ってるなら、試す理由には充分でしょ？　他の連中はそもそも体が持たなかったし、最後に涙龍サマがどれだけ怒るか、実験を兼ねるって感じ」

「たくさんの人を殺させたくせに！」

「それは親子が勝手に暴走しただけ。坊やを殺したのだって貧民街のお仲間だしね？」

「どうせ……どうせあんたが襲えって金を渡したんでしょ！」

「心外だね。あたしは馬鹿に払うお金はもってないよ」

そこだけは妖瑤の仕業ではなかったというのか。

苦い気持ちが胸に広がるが、すかさず妖瑤は付け足す。

「約束したのは綿布団ひとそろえさね」

「――――！」

たかが、綿布団ひとつで、安世が殺されたのだと言う。

「邪魔者の始末をしろって命令もこなせて、あたしも実験を完遂できる。一石二鳥ってやつさ！」

女は無邪気に続けた。

「だからそこだけは、青影くんがいてくれてよかったと思ってる。おかげで無駄な手間をかけずに済んだし、転化相手に美月《めいゆえ》ちゃんの手を汚させるのも嫌だもの」

罪のない父子が犠牲になったことは、まるで気に留めていない。

こんなやつに安世達は殺された。そして――。

「……なら、やっぱり、草原の生き残りもあんたが殺したんだ」

「それはお門違いだよぅ。あの子達は草原の民が滅んで、涙龍が暴走し始めたから真っ先に影響を受けちゃっただけだもの」

「そのみんなを、父さまと母さまを殺したのは……！」

「草原の民を滅ぼしたのは霞国だよ。あたしはちょっといいお薬がありますぅって、耳元で囁《ささや》いただけ」

「だったらやっぱりあんたが元凶じゃないか！」

「誤解だよぅ。そりゃ、手を下しもできたけど、美月ちゃんがいるなら、あんた達くらいは生かしてあげたもの」

妖瑤は少し悩む素振りを見せた。否、本当に悩んだのかもしれないが、この女の心中など暁蕾にはわかる由もない。

鈴のついた腕を動かし……暁蕾の髪を摑《つか》んで持ち上げる。

乱暴に首が持ち上げられる一方で、のぞき込んでくる面差しは悲しげだった。

「小羊にはいっこだけ謝っておこうかね。美月ちゃんを殺してごめんよ」

突然の謝罪に時が止まった気がした。先ほどから母をふざけた呼び方をすると思っていたが、耐えていたのにこれだ。どこまで人を馬鹿にするのだろう。しかし妖瑤はどこまでも真剣で、あまりに真面目だったから、不覚にも耳を傾けた。

「死ぬと思わなかったんだよ。あの子も変わってないと思ってたから、お仕置きのつもりで殺《や》っただけなのに、まさか本当に死ねるようになってるなんてさ」

……その言い方は、まるで、暁蕾の母が彼女達の同胞だったみたいではないか。

もちろん信じない。

でも、だったらどうして妖瑤は母の亡骸《なきがら》を骸《ハイグ》として扱っていたのか、疑問が脳裏を過《よぎ》ったけれど——。

たぶん、隙はいましかなかった。

「琥珀！」

瀕死《ひんし》ながらも機を窺《うかが》っていた妖を呼んだ。暁蕾に呼応し飛びかかる獣は、妖瑤の札術の壁に阻まれたが、女の視線が一瞬、暁蕾から逸《そ》れた。

油断しているはずだ。なぜなら暁蕾は小剣をわざと手離してみせた。手ぶらで戦う術《すべ》を学ぶことを禁じられていたと女は知っていたから、それ以上がないと思っている。

暁蕾が妖瑤に有利な点はひとつだけ。

言質《げんち》は先ほど取った。

それは、安世を眠らせたのが暁蕾だと気付いてないこと。

青影から力の使い方を教わったわけでも、この状況を打破できる確信があったわけでもない。けれどここで妖瑤は斃《たお》しておかねばならないし、それを可能とするのは暁蕾だけであると、怒りにつつまれながら腕をつきだした。

祈りはただひとつ。

ここが泉と同じ龍に近しい場所であるなら、もっと強く届くはず。

――涙龍、私がお前を天に帰してあげるから。

「だから、とっとと、力を貸せぇ！」

叫ぶ。

どこかで眠っているはずの龍に向かって、祈りと怒りをないまぜにした叫びをあげる。

……繋《つな》がった、と頭の片隅で認識した。体の奥底から湧き上がる万能感、なにもかも思うがままにできる束縛からの解放。だが奢《おご》りは持たず、妖瑤の腹に手の平をめり込ませた。手の感覚だけに集中すると、目の奥が熱を持つ。

妖瑤は焦った。暁蕾がなにをしようとしているか、本能で悟ったためだろう。

「しゃおや……」

「羊じゃない。暁蕾《しゃおれい》だ、この馬鹿女――！」

女の内側に力の奔流を感じる。

泉の力に似た、涙龍の……いまはもう薄れてしまったらしい、あたたかくも、柔らかく、すべてを委《ゆだ》ねたくなる懐かしい光が、目の前で嘆きの衝動に呑《の》み込まれた。底にはすべてが混ざりあった、濁った海がみえる。

濁りは涙龍に似ているのに違うものだった。あたたかな光に絡みついて一体化している。さらに目を凝らして注視すれば、光に守られた小さな珠が、幼い子供のように蹲《うずくま》っていて――。

それだ、と直感的に妖瑤を織り成す『核』を摑んで引き上げた。

「お前、あたしになにをした!!」

首に手が掛かった感触で現実の視界を取り戻す。

気付けば暁蕾の足は宙に浮いている。首を摑まれ、持ち上げられているから息がままならないが、初めて目にする余裕のない女に、不思議と唇がつり上がる。

蹴《け》りを叩《たた》き込もうとすれば投げられた。異常な膂力《りょりょく》で叩きつけられ脳が揺れたが、意地でも気絶はしない。上体を起こしたとき、青影を引きつけていた美月《めいゆえ》は動きを止め、術者は混乱の最中にあった。

妖瑤に周りを見る余裕はない。

段々と制御が利かなくなり、足から崩れる体と、両手の平を見つめている。

「なんだい、これは。あたしの体が……」

「これで、少なくとも、あんたは二度と好き勝手できなくなる」

「なにを――」

「そんな風になったのは同情してあげるけど、母さまを骸《ハイグ》に変えて、安世たちを殺したのは絶対に許せない」

だから、と手を握りしめる、妖瑤の注意を引くために。

見せつけるように開いた手の平には光がある。半透明で、虹色《にじいろ》に輝く力の塊を、妖瑤は確かに見やり、喉《のど》の奥から絶叫した。

「あたしの魂魄《こんぱく》――⁉」

「まだ微《かす》かに繋がってるけど、これが涙龍に囚《とら》われてたあんたの魂」

妖瑤の支配から美月が解放されたのを見逃す青影ではない。糸の切れた人形を無視して死の影は妖瑤の許《もと》へ駆けた。

青影《青影》の一撃で女の腕は切り離され、塵《ちり》となって解けて行く。

腕は復活しない。妖瑤は敵意も忘れ呟《つぶや》いた。

「あたしの、不死がなくなった？」

「違う。私でも本当の不死は取り払ってあげられない。それができるのは涙龍《なみだりゅう》だけ」

暁蕾が取り出すのは青香の形見。翡翠《ひすい》の帯飾りを両手で包み込むと、光が収束されていく。そして本格的に妖瑤の肉体の崩壊が始まった。

「見ればわかるでしょ。あんたの魂はこれに収容された。なら、その肉体は空っぽになるだけ」

「やめてよ。うそでしょ……なんで、小羊なんかが……」

「なんかっていうな！　私は、母さまの大事な娘なんだから！」

信じられないような面持ちは、きっと、はじめて暁蕾という人間をまともに見てくれたのかもしれない。止められない崩壊に、崩れる腕を伸ばす先は美月《めいゆえ》だった。

「めい……」

けれど死した骸は妖瑤に何の反応も示さない。術者を失い、倒れた肉体を支えたのは青影だ。暁蕾は母の肉体へ走り寄る。

妖瑤の肉体は黒い塵と化し、いよいよ顔だけを残すのみになった。

消えゆく刹那《せつな》、吊《つ》り目がちだった妖瑤の目元が和らぐ。美月に縋《すが》り付く娘の姿になにを見出《みいだ》したか、彼女達を羨《うらや》むように眺め、消える。

「…………まぁ、いいさね。好きにやってきたんだ、悔いはないさ」

そんな言葉を呟いて、不老不死の女は消えた。

妖瑤が消えると、広間に本来の静寂が取り戻される。

怪我をした青影は、傷口を押さえ、回復を待ちながら尋ねた。

「暁蕾、妖瑤は……」

「殺してはいない。だけど、二度と悪さができないように魂魄を翡翠に閉じ込めた」

「そんなことが可能なのか？」

「いまだけだと思う。ここ、涙龍が近いから、なんとか力を借りた感じ」

視線は美月から離さない。

「……暁蕾、彼女の亡骸は俺が見ておく。だから君は、友人に会い……」

「涙龍を帰せ？」

「……すまない。この人は君の母だったな」

「いいよ。母さまはもう死んでる。体を取り戻せただけでも良かった」

美月の頰を撫《な》でていたが、名残惜しげに母から離れる。やはりといおうか、保存状態はよくとも遺体は遺体だ。動かないし、体温は感じられない。

「でもその前に手伝って。あの人の出血を止めないと」

未知の現象の数々に呆然《ぼうぜん》としている宗哲の前で、気絶した文旦の傷口を布で縛り付ける。簡易処置が終わると、宗哲に手を差し出した。

来て、と促したのだ。

「翠蘭があなたに会いたがってる」

「しかし……蓮妃が望むのはそなただ」

「違う。確かに私にも会いたがってたけど、あなたに会いたいとも思ってる」

迷いのない断言に宗哲も、また青影も驚いた。

「わかるのか？」

「なんとなくね。まだ、涙龍と繫がってる気がするから、だけど」

妖瑤の妨害で時間がかかってしまったが、広間の向こうには翠蘭の気配を感じる。

弱々しい鼓動に、生きる力が必要だと男の手を取った。

「青影もきて。もしかしたら涙龍と話ができるかもしれないから」

それが叶《かな》えば、彼の不老不死をただしく取り除けるかもしれない。

暁蕾達が涙龍の話をするから宗哲はもの言いたげだが、結局、なにも言わないことにしたらしい。共に行くと決め、奥の間に歩を進める。

殺風景だった広間と違い、そこはひときわ狭い造りになっている。ほとんど人の手が入っていないのか、そこら中に根が張り苔《こけ》もむしている有様だ。奥には数段上るとくぼみがあり、天井から一滴一滴、ゆっくりとしたたり落ちた水を溜《た》めていた。くぼみは人ひとりが入れる広さの泉で、周りを飾り立てられている様相は祭壇に相応《ふさわ》しい。窓もないのに微かな風に揺れ、内部にいる神聖な存在への敬意を示している。

時間が止まったかのような寂しい祭壇だった。静寂が一体となった場で、小さな蠟燭《ろうそく》の炎に囲まれ、壁に背を預け、膝《ひざ》から下を水に浸している翠蘭は生贄《いけにえ》じみていた。

「翠蘭！」

暁蕾は友人に駆け寄り、青白い顔で、ぐったりと動かない体を抱えた。衣類は足元から吸い上げた水でしっとり濡《ぬ》れ、体は冷え切り、ともすれば死人と間違えてしまいそうだ。涙龍の力で翠蘭の生存を感知していなければ、真っ先に取り乱していただろう。

彼女を水から離そうと膝裏に手を差し込むが、あまりの軽さに息を呑んだ。

「足が……」

翠蘭の膝から下が、ない。

怪我をしている様子はない。まるで水に溶けてしまったかのようになくなっている。

その瞬間に思いだしたのは、妖瑤の言葉だ。

泉の水は生き物を溶かす性質がある……。

したたり落ちる水は涙の泉と同質のものだ。そこらじゅう、溢《あふ》れんばかりに涙龍の気配を感じるから間違いない。だから本来なら、翠蘭がこの水を唇に浸せばすぐにでも気を取り戻すだろうに、彼女は目を覚ますどころか、泉の性質に負けている。

「翠蘭……どうして？」

「……落ち着け暁蕾。ひとまず、彼女を泉から引き離すのが先だ」

青影が手を貸し、翠蘭を引き上げる。

宗哲は翠蘭の足が消えたのは知らなかったらしい。文旦の怪我以上に取り乱し、彼女を抱き上げながら呼びかける。

「翠蘭、目を開けよ、翠蘭！　頼む、目を開けてくれ……！」

そこに君主であろうとした男の姿はなく、ただ真摯《しんし》に翠蘭を助けたいと願っている人がいる。

暁蕾も友の手を握り、体温を分けながら青影を見上げた。

涙龍の力を分けてもらっているいまなら、彼が翠蘭を探し人ではないと言った理由がわかる。

だがその理由に、いまはどうしても疑問を持たざるを得ない。

「青影、どうして翠蘭から、涙龍の力を感じないの」

「……暁蕾」

「ううん。少しは体の中を満たしてる。そのおかげで水に溶けてないし、生きてられる。でも、でも翠蘭からは涙石を生み出せるほどの素養を感じないの」

たとえば妖瑤も、青影も、いまの暁蕾の目を通せば、奔流する力にも負けないだけの命の輝きがあった。暁蕾が「守られた存在」と言われたのも間違いではなく、彼女は涙龍の荒れ狂う力に揉《も》まれながら、同時に守られているために、正気を保っているのを自覚している。不老不死となったのは、どんな偶然か龍の力に呑《の》まれず魂魄を保った人々で、逆に呑まれてしまった人々の顛末《てんまつ》が死亡か転化だ。

霊薬・涙石を生み出せる巫《かんなぎ》は涙龍と心を通わせられる存在ではないのか。なぜ族長の娘でもなく、特別でもない暁蕾が涙龍の影響を受けずにいられるのか。

答えは翠蘭がもたらした。

「…………それは、ね。ほんとうの巫《かんなぎ》が、わたしではなく、あなた、だったから」

「翠蘭！」

虚《うつ》ろながらも、翠蘭は暁蕾の姿を認めている。手を握り返す一方で、体を抱き留める宗哲に表情を綻《ほころ》ばせた。

「わたしの、宗哲様。もうお目にかかれないと思っていたのに……」

「そのようなことを言うでない。約束したろう、そなたは必ず自由にしてやると」

「約束……覚えていてくださったのですね」

「忘れるものか。そなたが心から告げた願いは、すべて覚えている」

空いた手が宗哲の頬をなで、喜びに打ち震える姿は、恋する乙女そのものだ。宗哲も目尻《めじり》に涙を浮かべ、彼女の意識を繋《つな》ぎ止めるべく必死になっている。翠蘭はそんな姿すら愛《いと》おしげに見つめ、男の手を自らの胸に重ねる。

「暁蕾、ぜんぶを説明したいけど、わたし、うまく説明できなくて……時間も……」

「やめて。いまから泉に連れて行くから……ううん、涙龍の力を全部取り除くから」

「それは、だめね」

「なんで！」

翠蘭は悲しいまでに透き通った笑みを浮かべている。年下の友人を引き寄せ、額と額を合わせる。

暁蕾が妖瑤の中にある涙龍の力の奔流を見出したように、翠蘭が暁蕾の中に侵入してくる。重なり合う二人の意識は、暁蕾を翠蘭の記憶の中に誘《いざな》った。

そこで見たのは、翠蘭の真実。

彼女が暁蕾に秘匿し続けた過去のはじまりだ。

――族長の娘達には巫《かんなぎ》の才能が無かった。

先々代まではまだ才能があったが、以降は才なしばかり。先に長女、次女が巫として引き立てられたが、彼女達は涙龍の存在は感じ取れても、声は届けられず、涙石を生成する能力が無い。巫の力は時と共に失われ始めていたが、その事実を族長たる父は隠した。家族達も真実の隠蔽《いんぺい》に同意した。彼らが草原の民の長《おさ》として振る舞っていられるのは、巫を輩出し、霊薬を得る役目を担っているからに他ならないためだ。彼らは幸い、しばらく霊薬が必要な事態には陥らずに済んでいた。

三女の翠蘭《すいらん》も期待されていたが、希望を叶えられないとわかったのは、友達の父が病に倒れてから。その人は優秀な狩人《かりうど》で、集落への貢献も高く、困った者に手を差し伸べる姿が皆に尊敬されていた。配偶者は外から来た人だったが、働き者で子供達に文字を教えてくれるので重宝された。彼を病から救いたいと願う人は多く、長老達も満場一致で霊薬の生成を認めた。族長といえど反対できる状況になかったのだ。

姉達は泉で龍に懇願したが、霊薬は授かれない。

次に翠蘭が泉に向かったが同様だ。

年下の友達が父母を深く愛していたのを知っている。少しわがままで仕事を怠ける癖があるけれど、愛情深く育ててもらったぶんだけ、誰かに愛情を返してくれる子だ。

引っ込み思案で体が弱く、兄姉ほど活発ではなかった翠蘭。族長の娘だから仕事は免除してもらえるも、口下手で、他の子達にはあまり好いてもらえなかった。

その子が……暁蕾《しゃおれい》だけが、陰口を叩いていた子達に怒ってくれた。

だから暁蕾の力になれないのが悔しくて、悲しくて、翠蘭は合わせる顔がなかった。

族長は彼女達に万能の薬を約束したのに、霊薬は用意できない。

口だけの希望は虚《むな》しいものだ。

日に日に暁蕾から笑顔が消え、無言で父母の代わりに大人の仕事をするようになり、翠蘭の申し訳なさは募る一方だった。霊薬を生成できない後ろめたさは、いまでも覚えている。同じくらいに日常が壊れた日のことも、脳裏に焼き付いていた。

睡眠中に周囲が騒がしくなった。突然人が押し入ってきて、家人はみな捕らえられた。霊薬の製法を聞かれた家族は侵略者に抵抗し、涙龍への義に殉じて自ら殺された。唯一、怖くて何も答えられなかった翠蘭だけが生かされた。

彼女が思うに、きっと涙龍に殉じられなかったこの時点で、巫の資格はなかった。

死にたくなかった。

しかし巫だからと生かされていたが、製法は知っていても、実行する手段がない。奥歯を鳴らし震えていたら、暁蕾の父が娘を庇《かば》って殺された。

今度は暁蕾の番だというとき、あの子だけは殺されたくないと、翠蘭は叫んだ。

もう終わりだと思いながら必死に取り繕った。

言いだしてしまったからには、後には引けない。翠蘭の言葉を確かめるべく、霞国の者は彼女達を涙の泉に連れて行く。

混乱しきりの暁蕾には心で詫《わ》びた。水を汲《く》めるのは巫か、草原の民でも特別な才を認められた子だけ。嘘はすぐにばれ、ふたりは共に斬られ、一緒に死ぬ。結局わずかな時間しか延命もできず、役立たずのままに翠蘭は終わるのだ。

覚悟を決めた――なのに、奇跡が起きた。

暁蕾が泉から水を汲んだ。

この瞬間の驚きと、胸の高鳴りを、翠蘭は一生忘れないだろう。

そして分けてもらった水が喉《のど》を通ったとき、彼女は知った。

――巫《かんなぎ》は暁蕾《しゃおれい》だ。

どうして長一族以外から巫が現れたのかは謎だが、事実として翠蘭は受け入れた。そして友を守るための策を講じた。

友にかけた呪《しゅ》はふたつ。

ひとつは、暁蕾が翠蘭を巫と信じる限り、水を与える行為は力の譲渡儀式として作用すること。これは最初に水をもらったことで自然に成された。暁蕾の思い込みが重要だが、彼女は翠蘭を心底信じているので問題はない。

つまり借り物の力だ。翠蘭は力を分けてもらえる間は疑似《ぎじ》巫として作用する。

ふたつめは、他人の目には暁蕾が醜い娘に映ること。

勇猛で精悍《せいかん》な外見を持つ父と、華やかで麗しい容姿の母の血を継いだ娘。その子が成長すればどんな娘になるか予想できる。しかし奴婢《ぬひ》では、悲惨な将来が待っている。

借り物の力で、霞国に連行される直前、共に休む間に呪をかけた。

これで暁蕾は、霞国の民に冷たい言葉を投げられるかもしれなくとも、女としての尊厳は守られる可能性が高まる。

彼女を守れると安心した翠蘭だが、でも、と後々思う。

呪《まじな》いと称した己の祈りは、果たして純粋に守りたい気持ちだけで行われたものだったのか、自信が持てない。

なにせわからなかったからだ。

どうして望まれた翠蘭ではなく暁蕾が巫だったのか。

なぜ彼女だけが優しい親に恵まれたのか。

翠蘭の父は、最期まで家族に「誇り高く逝け」と言うばかりだった。兄達の死には騒ぎ立てたけど、父も母も翠蘭のために命乞《いのちご》いはしてくれなかった。

最期まで娘を想い逝った父と、望んでも得られなかった力の両方を持った暁蕾に、果たして嫉妬《しっと》はなかったのか、翠蘭はいまでも己の心を振り返る。

命の恩人だと笑ってくれる子の笑顔が眩《まぶ》しい。

じくじくした痛みを抱え続けるけれど、ただ彼女を慕ってくれる暁蕾は愛《いと》おしかった。

十日おきの邂逅《かいこう》は、翠蘭にとっても生き甲斐《がい》だ。

けれど……後ろめたい気持ちは拭《ぬぐ》えない。

翠蘭は暁蕾を騙《だま》している。己はぬくぬくとあたたかい絹に包まれながら、一方で暁蕾は貧しい家で暮らしている。きっと侍女に折檻《せっかん》された日もあったろうに、翠蘭に言えば心配するから口を噤《つぐ》んだ。翠蘭も、侍女を叱りつけては暁蕾へのあたりが強くなるから黙っているしかない時もある。

真実だけでも明日言おう。次こそ話そう。いずれ話そう。延びて、延びて、延びて……引き返せなくなった頃にはもう手遅れ。もし事実を話してしまったら、軽蔑《けいべつ》されるかもしれないと不安は膨れ上がる。限界を迎えた頃に、翠蘭は宗哲と話すようになった。

裏切りだとはわかっている。はじめはほだされてなるものかと心を閉ざしていたが、宗哲は優しかった。一族を殺された翠蘭を気遣ってくれた。詫びてくれた。力がなくてすまなかったと、命をくれてありがとうと泣いてくれた。

罪だと知りながら、宗哲を受け入れた。

宗哲を愛するようになったら、毎日が少しだけ楽しくなった。ずっと一緒に歩んでいたい、傍に居たいと願いはじめたから罰が当たったに違いない。

体に限界が訪れた。

気候も不安定になった。

偽りでも巫だったのだ、原因はすぐに把握できた。

涙龍《かりゅう》が痺《しび》れを切らしたのだ。

彼の龍は神だ。巫は日頃神へ祈り、草原の民達は感謝を捧《ささ》げていた。草原の民の葬法は火葬と偽っているが、実は水葬なのだと大人と長一族だけが知っている。死者は巫が丁重に泉に送り、魂魄《こんぱく》まで溶かして龍に慰みを送りとどけていたのに、涙龍を神として奉る者達はほとんど逝った。

巫《かんなぎ》の祈りも、民達の感謝も、魂魄を介する慰めも絶えた。

涙龍は、時間をかけて再び怒りと悲しみを募らせた。

翠蘭は龍を一向に慰めなかった。慰められなかった。涙石は生み出せても、涙龍の悲しみは感じ取れても、祈りをとどけるだけの才はどうしても得られなかった。

疑似巫とはいえ、暁蕾を介し、龍から力を借り続けた翠蘭は、信仰という対価を払えず、涙龍の怒りを食らった。巫であり続けるために水を与えてもらい本物の如く涙石を生産し続けたから、怒りと悲しみは限界を超えた。

暁蕾にすべてを話せていたら、少しは違ったかもしれないのに。

覚悟ができていなかったから、青影と相対したときも恐れた。巫の力がなくてもわかった。暁蕾が自分の手から離れてしまうと、きっとあの人は彼女を遠くへ連れて行ってしまうと気付いたから、背を向けた。真実を知った暁蕾に軽蔑されるのも、周りに見放されるのも怖かった。

……すべてはいまの地位に甘んじ、誰にも話せなかった咎《とが》だ。

翠蘭はずっと罪を背負いながら、周りを騙し続け、そして今日《こんにち》を迎えている。

記憶と想いが交錯したのはほんの一瞬。

瞬《まばた》きの間に暁蕾は翠蘭の秘密の想いを読みとり、涙を零《こぼ》した。翠蘭も涙を認めると、己の罪に向き直る。

「国の異常は、涙龍の怒り。わたしは気付いていたのに、貴女《あなた》にちゃんと説明していたら、こんなことにはならなかったのに、自分のために蓋《ふた》をした」

「違う、違うよ、翠蘭。翠蘭の責任じゃないよ」

「いいえ。わたし……責任から逃げたの……。わかっていたのに、このままじゃいけないって知ってたのに、貴女がいて、宗哲様がいる時間が愛おしくて」

最愛の友の頬を撫《な》でる。指先はきらきらと光を放ち、暁蕾の頬から、薄い水の膜が溶け消えていった。暁蕾は枷《かせ》が外れた感覚を得ただけだが、その顔を見て宗哲は目を瞠《みは》る。

「半分、貴女は自分で解いちゃってたけど……これで、貴女は完全に、元に戻れる」

暁蕾を見つめ、彼女は満足げに息を吐く。

だがその姿こそ不安でしかない。

「翠蘭、なんでそんな満足げなの。やめてよ、そういうのやだよ」

「……せめて、嘘をつき続けた償いをしなきゃいけないから」

「そういうのいいよ。償いとか考えなくていいから。なんにも気付けなくて、なにもかも諦《あきら》めてたのは私も一緒なんだよ」

真実を伝えられてなお想うのは、翠蘭を嫌うなんて到底できそうにないことだ。

「水ならまたあげる。べつに私が巫である必要はないでしょ、だから翠蘭に全部あげるよ。生きてくれるなら、これからだって全部全部あげ続けるから」

「わたしが持たないの、わかってるでしょう」

「わかんない！　宗哲と一緒でもいいよ、私、怒ってなんかいないから……必ず助けるっていったじゃない」

「……ちゃんと、助けに来てくれた」

「違う、全然助けられてない」

怒る理由がどこにある。

霊薬の偽りは悲しくなかったとは言わない。だが翠蘭に責があるとは思わない。

死にたくない一心から嘘をついたのが始まりでも、嘘で何が悪い。暁蕾はその嘘に救われた。襤褸《ぼろ》小屋に放り込まれたりもした、住人に冷たく当たられもした、心ない言葉もたくさん投げられた。辛《つら》くなかったとは言えないが、みなが滅ぼされた中で支えになってくれたのは翠蘭だけだった。

「わたしのみにくい心は、貴女の生を、偽りに……」

「だからそれがなんなの！　べつに困ってなんかなかったし、妬《ねた》むくらい誰だってするでしょ、そのくらい受け入れられない私じゃないし‼」

そんなものに縛られないでほしい。

諦めようとする彼女の手を強く握る。先ほどから彼女の体をもどそうと試みるのにできない。涙龍の力を取り除こうとすれば、そっと優しく……照れるように拒絶されている。

膝《ひざ》より上から、少し、質量が減った。

誰よりも翠蘭が願っているせいで、肉体の崩壊を止められない。

「あなたに私は救われた。守ってくれた。それだけが真実だし、それでいい。だから逝かないで。ここにいて……翠蘭おねえちゃん」

ふたりがただの子供でいられた頃の呼び名。実の妹のように慕ってくれた昔を懐かしみ、翠蘭は瞼《まぶた》を閉じる。

「…………ひさしぶりに、その、言葉をきいた」

たったそれだけの言葉で、翠蘭の堪《こら》えていた感情が堰《せき》を切った。しゃくりあげ、嗚咽《おえつ》を漏らし始める。

宗哲も違和感に気付いた。元々水浸しの翠蘭だったが、指先からふいに柔らかくなり、透明な水に変わり始めれば、恐怖に震える妃《きさき》を強く抱きしめる。

「やめよ翠蘭！　何をしようとしているかは知らぬ。だが、そなたが逝くには早過ぎる！　死にたくないと言ってたろう。だからこそ余は……」

翠蘭は名残惜しげに宗哲の胸で涙を拭う。

「ええ、わたし、死にたくない。だけど……最後くらいちゃんと、守らなくちゃ」

おそらくそれで宗哲は悟った。

どの妃よりも大切に慈しんだ女性《ひと》と頬をすり合わせれば、翠蘭は幸せそうに微笑む。

「……愛する者よ、お前のことは決して忘れない」

「わたしも、どなたにも負けないくらい、お慕いしておりました」

上手《うま》く力が入らないだろうに、凛々《りり》しく背筋を伸ばし、青影をゆるやかに見やった。

「わたしは貴方《あなた》を知りません。だけど、暁蕾を連れて行ってしまう……そして、守ってくれる人だとはわかります。わたしが言えた義理ではありませんが、この子を、お願いします」

青影は翠蘭の目的をただしく見抜いているらしい。

「……怒りを鎮めるため、自ら涙龍の許《もと》に向かわれるか」

「はい。どのみち、先は長くありません。半人前のわたしでも、龍の怒りははっきりと伝わる。これほどの怒りは、巫が身を捧げないと鎮められないけど……」

その場合、犠牲になるのは暁蕾だけれど、翠蘭は暁蕾の消失を認めない。

指がなくなった手の平で妹分の頭を撫でた。

「借り物の力でも巫だったわたしは、いまならまだ、怒りを鎮められる。すべてを賭《と》して人の身を捨てれば、少しは龍の悲しみも癒《い》えましょう」

かつて草原の民がそうしていたように、と。

太腿《ふともも》のあった部分がぺしゃんこになった。暁蕾が悲痛な声を上げるのに対し、翠蘭は安堵《あんど》している。

「翠蘭、いかないで。翠蘭……」

「ごめんね……でも、わたしを必要としてくれてありがとう」

暁蕾は諦めが悪い。

だがみっともなくても良い。己を憐《あわ》れんで翠蘭が考えを改めてくれるなら、いくらだって駄々を捏《こ》ねる。

元々限界が近かったらしく、会話で最後の力を振り絞った翠蘭は、愛《いと》おしい二人を見つめ続ける。

じわりじわり体が水に変わって行き、水分は霞樹の根に染み渡る。

最期には暁蕾に、目から涙混じりの水を流しながら懇願した。

「力を還《かえ》すわ。あとは、お願いね」

ぱしゃん、と彼女は水になって、人の形を喪失した。

宗哲が嘆き、うすっぺらになった衣《ころも》を抱きしめる。しんとした小さな祠《ほこら》に男の嗚咽が響くなか、暁蕾は両膝《りょうひざ》に乗せた両手を固く握りしめた。

大切な人達を見送りすぎた。

折れかけの心がもう休んでいいと慰める反面、遺《のこ》された言葉が挫《くじ》けるのを許してくれないし、約束は守らねばならない。

何をすれば良いのかは、たったいま、還ってきたから伝わった。

翠蘭に分けられていた力が戻ってきた。鋭敏になった知覚は、静謐《せいひつ》さを保っていたはずの空間に、強大な力がごうごうと音を立て、渦巻いているのを認めさせる。霞樹に涙龍の力が巡《めぐ》り廻る様《さま》に息を漏らした。

――わかったよ。やるよ、翠蘭。

宗哲には下がるように、青影には祭壇の泉に手を浸すよう頼むと、剣を下ろし望むとおりにしてくれる。

「俺はなにをすればいい？」

「中に入って涙龍に声を届けたいの。だけど、これだけうるさいと上手く辿《たど》って行けそうにない。……青影なら涙龍を知っているでしょ？」

「なるほど、誘導役ならば承ろう」

心の準備は二呼吸で整えた。

両手の平を水に浸すと、水は弾力を持ち、暁蕾の重みをものともせず押し返す。まるで意思をもっているかのように波がうねり、不自然な発光を始める。光は段々と強さを増して行き、やがて極彩色《ごくさいしき》の狭く、長い通路が出現する。その中へと入った二人は尋常ではない速さで飛んだ。道はうねり、通路は枝分かれしていて迷いそうだ。そんなときに青影が声をかけて誘導する。

それまで暁蕾は、龍というものがどんなものかをまったく想像できていなかった。絵画と彫り細工でしか見たことのない幻想生物。どんな生き物なのか思いを馳《は》せたとき、視界が切り替わる。

龍の目が眼前にあった。

その目だけで暁蕾の身の丈以上の大きさを誇る、赤い眼球。目の周りは金の長い睫毛《まつげ》で覆われ、光るような色彩を放っている。睫毛の下に輝くするどい眼光。知恵と力を感じさせ、瞳《ひとみ》は深い知識や長寿を象徴しており、視線を逸《そ》らせない強い力を宿している。

青が混ざった金の鱗《うろこ》が光を反射し、美しい模様を描いた。

見られている、と認識した瞬間に、暁蕾は己がちっぽけな人間であると自覚した。

これは、到底人の手に負えるものではないとも本能が理解する。

龍が、涙龍が何を考えているかなど、到底わかり得るものではない。しかし神が暁蕾を認識した瞬間、その怒り狂う原因を彼女は知った。

龍の目は涙を零《こぼ》し、ぽたりと一粒落ちるたびに、荒れ狂う力が波打った。乱暴な力の嵐が涙の泉に流れる水に影響する。水を介して力は大地に流れ、霞国の地下深くから枝分かれすると、地表に姿を現し大気に溶ける。同様に霞樹からも見えない光が降り注ぎ溶けている。

これらすべてが霞国を取り巻き、冷たい風を吹かせている。

嗚呼《ああ》、時間をかけて龍の怒りがとけ込み、大地を凍てつかせ、永遠の冬に閉じ込めようとしている。

翠蘭は暁蕾に話していたらと希望に縋《すが》ったが、いまなら言える。

何をしたって、やはり彼女達は間に合わなかった。涙龍の怒りを解きたいなら、九年前の虐殺を止める必要があった。

そうすればあと百年くらいは保っただろう。

長一族が力を喪失していた時点で、崩壊は始まっていた。

妖瑤は成功していたのだ。

彼の龍を信奉する者をすべて殺し、泉に溶かし、希望の代わりに絶望を送った。

涙龍は泣いたのだ。自らに比べれば、ちっぽけにすぎない人間達が皆殺しにされ、犠牲になって死んだ事実に怒り狂った。

かつて草原の民だった人達は、微《かす》かなつながりでも真っ先に影響を受けて、徐々に身心に不調をきたした。巫《かんなぎ》の素養が無いから自身を守りきれず、ゆっくり死に絶えた。

草原の民が滅んだ直後、交信をはかっていたのなら違ったかもしれないが、それも不可能と暁蕾は思う。いつか青影が涙の泉を「あるいは、もしかしたら道でなくなった以上は」と話していたように、元来涙龍《なみだりゅう》に通じるための『道』は二つあった。霞樹の根元と、涙の泉。だが草原の民が虐殺された時点で泉の道は閉ざされ、泉はただ龍の力を受け止めるだけの場所となった。霞樹の根には道士と王族以外入れないのなら、やはり意味がない。

一国《いっこく》を混乱に陥れるほどの龍の怒り。

龍は暁蕾を探っているらしく、ともすればこの瞬間にも長く鋭い牙《きば》でかみ砕かれ、魂《こん》魄《ぱく》ごと消滅させられそうだが、傍らには青影がいて、守ってくれている。

怖くない、と龍と対峙《たいじ》しながら待ち続けていると、その瞬間《とき》はきた。

涙龍は咆哮《ほうこう》した。その声をなんと形容すべきなのかは筆舌に尽くしがたくも、神はようやく知性を取り戻す。

涙龍が怒りを鎮めた。

鮮血のように赤い瞳が柔らかな夜の闇の色に変わり始めると、遠くに愛する友の声を聴いた気がした。

うん、と心の中で返事をした暁蕾は、龍の目の下や肉体に刻まれた傷の存在に気付く。

ようやく再会を果たした龍を感慨深く見つめる青影に語りかけた。

「青影、いまは涙龍を天に帰せない」

「何故だ？　君はいま、龍と交信しているだろう。俺も君を通して、少しだがやつの姿を見ている」

「なら、わかるはず。いまの涙龍には天を走る力がないって」

天界と争ったのは大昔だが、その力はいまだ完全ではなく、取り戻せてもいない。

生々しい傷口は塞《ふさ》がっておらず、これでは天に帰ろうにも帰れない。

天とはただ空を飛べば到達できる場所ではない。空を越え、ながいながい間、ずっと飛び続けて初めて到達できると、涙龍は声なき声で伝えている。

しばらく熟考した。

涙龍は天に帰れない。

だが、このままにもしておけない。いまは怒りを鎮めたから良しとしても、また長い孤独が龍を苛《さいな》み、怒りを燃やさないとは限らない。それにいま再びの繫《つな》がりを得たとて、このままでは青影の不老不死は解けない。不死はかつて、死にかけた涙龍が最後の力を振り絞って起こした奇蹟《きせき》の欠片《かけら》だ。龍が完全体でないなら、不老不死の解除は不可能だ。

涙龍を癒《い》やし、青影の不老不死を解く。

着実な展望を摑《つか》むためにはどうしたら良いのだろう。

涙龍はただ暁蕾を見つめ、その決断を見守っている。

考えて、考えて、決めた。

「泉と霞樹を枯らそう」

「…………は？」

視界の向こうで、はじめて青影の間抜け面を拝んだ。

「涙龍にふたつぶんの蓄えられた力を還すの。それで、傷を癒やしてもらう。私たちが龍を忘れたわけじゃないことを、もう一度だけ祈りと合わせて届けるよ」

涙龍を巡って大勢が死んだ。もうあんなのはこりごりだ。涙の泉と霞樹、涙龍と繫がる出口を閉じることで、国の異常を確実に取り除けるなら悪い案ではない。

決めてしまえば行動に移すだけ。

「まて、まだ他に方法があるかもしれない――！」

青影にとってはせっかく涙龍と接触できた、千載一遇の機会だ。止めるのは当然だが、暁蕾は待たない。

「ごめん。でもこれしかなさそう。必ず青影の手伝いはするって約束するから……」

謝ると、人さし指と中指を立て、水面にまっすぐ横線を描いた。暁蕾は印《いん》を知らないが、どう動かせば良いかはなんとなくわかる。

指が弧を描くと、目を開けていられないほどの光が涙龍から迸《ほとばし》る。

視界が利かなくなり、光に埋もれる前に、龍に触れようと手を伸ばす。結局触れることはできなかったけれど、祈りは届き、涙龍は最後まで暁蕾を見つめていた。


朝が訪れる頃に霞国の人々は目撃者になった。

長年国を守り続けてきた象徴、霞樹が瞬く間に枯れ、朽ちて行く様を見たのだ。誰もが空を指差しながら、驚愕《きょうがく》と悲鳴と共に見上げている。

たとえ寒々しかろうと、枝葉が枯れ始めていようと、幹はまだ生命力を感じさせる活力があった。だというのに急激に、すべてが褪《あ》せはじめたのだ。枯れた木は葉を徐々に失い、地面にはらりはらりと散乱させる。

人々は両手を合わせ、心臓を速く鼓動させながら恐れ慄《おのの》く。初めは静かなざわめきが、次第に不安の波が広がった。その場にいる誰もが何かが起こる予兆を感じていた。状況を把握しようとする者もいれば、霞樹に釘付《くぎづ》けになる者もいる。

誰かが天変地異の前触れだと叫ぶ。恐怖に満ちた声で、反応した人々が混乱に陥った。子供達は泣き、大人達は取り乱し、霞国のいたるところが恐慌に包まれようとしている。

風が吹いた。

錯乱した人々の間をあたたかい風が通り抜けた。それは皆の記憶にある、いつも身近に存在していた風だ。冷たい身を刺す寒さは風によって打ち消される。霞樹が枯れ行くにつれ戻ってくる春に、だれもが本能的に悟った。

冬が終わったのだ、と。

六章
涙龍は天に帰れず

太陽は空高く輝き、風は軽やかに通りを吹き抜けている。

街はどこもかしこもお祭り騒ぎだ。

祝い日でもないのに、人々が色とりどりの旗や提灯《ちょうちん》を持ち、玄関には新しい春聯《しゅんれん》が貼られ、艶《あで》やかに飾りつけられている。子供は興奮と期待に満ちて外を駆け回り、大人は親族や友人を招き、たくさんの料理を並べていた。

そこらじゅうの家から笑い声が溢《あふ》れているが、そんな優しさに満ちた日常からかけ離れているのは、女達が色を売る娼館《しょうかん》だ。

「ほら、ちょいと上向きな」

明儀《めいぎ》に言われ、暁蕾《しゃおれい》は顎《あご》を上げた。膝《ひざ》の上では白いイタチもどきがじゃれまわり、撫《な》でれば指を齧《かじ》ってごろんと転がる。

口に紅を差すと、顎を持ち上げては何度か顔を確認される。ずっとこんなことの繰り返しで、ついぼやいていた。

「明儀さん、まだ終わんないの」

「馬鹿言ってんじゃないよ。これでも十分早い方さね」

明儀は道士ではないが、化粧にかけては引けを取らない腕前がある。常々自慢しているから化粧を頼めば、暁蕾の予想を超えて遥《はる》かに時間が掛かっている。飽き始めた声音に明儀は目尻《めじり》をつり上げた。

「若くて、肌に艶《つや》があって、おまけに顔もいいときた。顔の毛を剃《そ》っただけで半分出来上がるんだから、あんたはいま、あたし以外の女を敵に回してるんだよ」

「そう言われましても……」

「とにかくお黙り。頼まれた以上は、あんたをとびきりの一級品に仕立て上げるのが役目なんだ」

暁蕾は顔が変わってしまった。

否、彼女自身は元から正しく己の顔形を認識していたが、翠蘭《すいらん》のかけた呪《まじな》いで、周囲の人々には違う人相に映っていたのだ。

化粧の仕方を知らない暁蕾は、衣類一式を持って明儀を頼った。顔の変化がどれほど顕著だったかといえば、はじめは暁蕾だと信じてもらえず、再三話してようやく信じてくれたくらいだ。なんとか「自分に化粧を施してほしい」という依頼を引き受けてもらったが、今度は化粧道具の多さに圧倒されている。

突然の頼みは明儀を不機嫌にすると不安を覚えていたが、これでも大変陽気に手を動かしている。

「どういう仕組みかは知らないが、小羊《しゃおやん》は突然美少女になっちまって、おまけに性格も明るくなったときた。いいことだよ、ほんとにね」

「顔は……もとからなんだけどなぁ」

性格は明るくなったのだろうか。前回に引き続き、嫌がらせをしてきた女の子の頰を叩《たた》いたので、負けん気が強くなったと言われたらそうなのだが。

ちなみに女の子に真正面からやり返した際、明儀は手を叩いて喜んでいた。

「意味わかんないこと言ってんじゃないよ。これも霞樹《かじゅ》様のご加護なのかねぇ？」

「……そうかもね」

霞国《かこく》の気候が元通りになってから、人々は霞樹に敬愛を込めて様をつけるようになった。いまや完全に朽ち果て、巨大な枝が民家の屋根を直撃する危険な目にも遭うというのに、国の守り神としてありがたがっている。民は霞樹が命と引き換えに、国を寒さから守ってくれたのだと信じているのだ。

もう二度と霞国への加護はないと暁蕾は知っているのだが、余計な口は叩かず黙《だん》まりを決めていた。

化粧が終わると髪を仕上げ、着付けを手伝ってもらう。身に着けるのは絹仕立ての裙《スカート》で、羽織り物の衿《えり》や袖の縁飾りには鳥の刺繡《ししゅう》。帯には銀糸の刺繡が入り、耳に腕飾り、簪《かんざし》には金が惜しみなく使われている。

すべて翠蘭が暁蕾のために見立て贈ったもので、一式着込んだ彼女に届いた感想の第一声は、腰に手を当て満足げな明儀によるものだった。

「立派なお姫様じゃないの。こんなところでなけりゃの話だけどね」

「けっこう動きにくいんだね。特に腰回り、いっつもこんな厚いの巻いてるの？」

「はん、綺麗《きれい》なおべべに包《くる》まれといて馬鹿言ってんじゃないよ」

このあとは仕事の支度があるからと、娼館は追い出されてしまった。もう少し話していたかったが、暁蕾が居座るのはあまり良い結果を招かない。明儀なりの気遣いだと思い、入り口で待たせていた丁《てぃ》に声をかけた。

すっかり傷も癒《い》えた丁は、暁蕾の姿に感嘆の声を上げる。

「こりゃ見違えた。お前、どう考えてもこんなところにいる娘じゃねえぞ」

「そうなの？ とりあえずありがとう」

「褒め甲斐《がい》がねえなぁ」

やたら外見を褒められる機会が増えるも、いままで褒められて来なかったのもあり、むしろ外観で変わる人の対応に疑心暗鬼になっている。そのうえなにかにつけて霞樹のおかげと言われては喜ぶ気になれない。

歓楽街でも、大通りでも、暁蕾が通れば人々が振り返るが、あらゆる意味で注目されるのは慣れていた。呪いがかかっていたときは見向きもしなかったくせに、この現金さが人のたくましさでも、あまりの手の平返しに早くも辟易《へきえき》している。

護衛は丁だけだ。他の人間を暁蕾が拒んだためでもあるが、指名された本人はどこか誇らしげである。もっとも、宗哲《そうてつ》から命令遂行に伴う褒賞をもらっているので、そのおかげでやたら陽気でもあるのだが。

「それにしても、なぁ。お前さん、いままで宮廷の召集に応じなかったくせに、なんで呼ばれもしてない今になって行くんだ」

「んー……あえて言うなら、覚悟かな」

「……そうかい。まぁ、あんまり無理するなよ」

「わかってるよ。ありがと、丁さん」

宮廷に着き正門である火竜門《かりゅうもん》に足をかけると驚かれた。数十段以上にわたる階段を上る間は文句を言い続けたが、暁蕾は毅然《きぜん》とはね除《の》ける。

「もう蓮妃《れんひ》はいないんだから、私のお役目も解かれてる。関係者じゃないんだから裏から入るわけにはいかないでしょ」

「だからってよぉ……お前、君主様直々に奴婢《ぬひ》から解放されたのに……」

霞樹の奥でなにがあったか丁は知らないが、あの一件で暁蕾の外見含め、扱いが変わったから、長い付き合いなりに悟るものがあったのだろう。

霞雲殿《かうんでん》に到着すると、宗哲との謁見を希望した。

従来ならば君主に会うには長い時間か、それ相応の地位を必要とする。怒りと共に追い返されても仕方ない要求は、暁蕾の装いと、彼女の存在を知る宦官《かんがん》によってすぐに宗哲に届けられ、通行を許された。丁とはここで別れている。

霞雲殿は、外の喧噪《けんそう》を余所《よそ》に静まりかえっている。普段から大声で喋《しゃべ》る場所でもないが、行き交う侍女や文官は暗い表情をしていた。

それは君主の喪失への恐怖と、未来への不安が絡み合ったものだ。

しかし全員が本心から悲しんでいるかを疑う要素はいくつもある。本来であればいまの時期、宮廷では王の健康回復を願う祭祀《さいし》が行われるのが習わしだ。ところが祈りが捧《ささ》げられる場はひとつも見つからない。宮廷に勤める者は深刻な表情を強制されているが、裏では葬儀に必要な礼拝堂や祈り、音楽、舞踏の手配を笑顔で進めているはずだ。

謁見の場は、本来使われるべき広間ではなく、霞雲殿の奥の間だった。

あの夜に宗哲に招かれて以来だが、主《あるじ》を反映したかのように心落ち着く雰囲気は相変わらずだ。官女に好奇と嫉妬《しっと》の目で見られながら、通されたのは薬草の香りが漂う寝所だった。

木製の天蓋《てんがい》屋根を備えた寝台に横たわる人がいる。暁蕾を見るなり、妃《きさき》の手を借り上体を起こしたのは宗哲だった。

「もう会えないだろうと思っていたところだ」

「……こんにちは、宗哲《そうてつ》」

部屋の隅には典医が控え、両脇には看病のために妃が付き添っている。ちょうど長髭《ながひげ》を蓄えた宰相が書簡を読み上げており、煌妃《こうひ》の姿もあった。

暁蕾は宗哲に跪《ひざまず》かず、また敬語を使わなかった。君主に対する不敬に、その場にいた者が肩をいからせ怒鳴ろうとするも、制したのは宗哲だ。

「止めよ。死にゆく者の寝所で騒ぐでない」

宗哲が止めるから引き下がったものの、王を王とも思わぬ冒瀆者《ぼうとく》。見目は良くても礼儀を欠いた振る舞いに、そこら中から敵意のこもった視線が突き刺さる。この程度で済んだのは人の少なさゆえだ。どう考えても病床に臥《ふ》した君主の寝室には人数が足りない。

宗哲は、もはや重い布団を掛けるのも苦しいのか、薄い寝衣の衿からのぞく素肌は荒れ果て、鎖骨は憐《あわ》れなまでに浮き出ている。

すでに生気は枯れる寸前で、いつ逝ってもおかしくないのが宗哲の現状だった。

「痩《や》せたね」

「もとより涙石で延命していた体、本来の寿命を思えば長生きした方であろう……そなたはどうだ、すこしはまともな生活を送れているか」

「おかげさまで、どのお店でも気兼ねなく物を買えるようになった」

「そうか。いましばらくは風評が付きまとうが、それもすぐに落ち着こう。もうしばらく辛抱してもらえるか」

暁蕾の率直な言葉に、宗哲は不敬を怒るどころか微笑んだ。年も性別も違う二人の間にあるのは、共に愛する人を見送った連帯感だ。

「今日はどうした」

「お別れを言いに来たの。あと、お礼も言ってなかったからそれも」

「礼？」

「奴婢から解放してくれたこと。あと、あの日、そのまま帰してくれたことも。本当だったら牢屋《ろうや》送りじゃすまなかったから」

あの時、霞樹を枯らした暁蕾を宗哲は受け入れた。神聖な霞樹に潜り込んだ犯罪者を、王直々に許すと触れを出したのだ。それからしばらくして解放奴隷とされ、暁蕾は自由になった。結局宗哲とはそれきりだったから、彼がどこまで皆に喋ったかは不明だが、暁蕾に対しても背筋を伸ばす煌妃の様子を鑑《かんが》みるに、大体は聞いていそうだ。ただ自らの目で見ていないため、半信半疑でもある。

暁蕾が素直に喜べないのは、国が凶事を逃れたのは霞樹の犠牲と、蓮妃の祈り、そして宗哲が寿命を差し出したからと思われているためだ。死と引き換えに恩赦を認められたなんて喜べるはずがない。

「そなたは優しいな。蓮妃の話していた通りよ」

「……優しくはない。何もできなかった自分が腹立たしいだけ」

「その反応も聞いていたとおりだ」

宗哲は暁蕾の気持ちを汲《く》んだのか、寂しげに笑う。

「だが余のことは気にするな。どのみち涙の泉は涸れた。そなたも役目を罷免《ひめん》になったのだから、いつまでも奴隷のままではおかしかろうよ」

そこで時間が停止したかのように、静寂に包まれた。話をしに来たはずなのだが、お互い話す内容など意外となかったな、と思い、懐から小さな紙を取り出す。

一歩、寝台に近づくために階段を上がる。

痴《し》れ者、と宰相が叫んだが、やはりこれも宗哲に制された。

小さな紙は包みとなっていた。宗哲の前で、白く精製された高級半紙を開く。転がっているのは、小指の先程の大きさの、七色に光る真珠のような珠だ。

手の平を軽い感触で転がるそれは、実は霞樹から退散するときにはすでに所持していた。訝《いぶか》しげに顔を上げる宗哲に、暁蕾はゆっくりと珠の正体を教える。

いままでの奴婢の暁蕾ではなく、かといって巫《かんなぎ》でもなく、ただひとりの対等な人間としてだ。

「私は涙龍《なみだりゅう》が去る前に、ひとつ懇願しました」

「願う……？　何を願ったのだ」

「涙石です。最後に一回だけ作らせてほしいと祈り、涙龍は聞き入れてくれました」

宗哲の目が見開かれた。痩せこけているせいで、驚きが特に強調される。涙石という発言には宰相が身を乗り出し、妃達は息を吞《の》んだ。

……翠蘭《すいらん》が作っていたのは、残念ながらあと一歩が足りなかった涙石だ。

彼らは本物の涙石を見たことがなかったから、気付けなかった。艶《つや》やかさを保ち、光を反射する奇跡の霊薬はあまりにも美しく神秘的だ。

「これは涙龍に助力してもらい作りあげた、この国で最後の涙石です。飲めば傷は塞がり、すぐにでも病は快癒する。不老不死には程遠いでしょうが、二度と心の臓の病に冒される心配はありません。健常な人と同じ肉体になれるでしょう」

宗哲はもう後がないと思っていたのだろう。他の者も同様で、目には希望の輝きが宿る。しかし暁蕾は一度涙石を握りしめ、あえて視界から隠した。

「飲まれますか、宗哲さま」

「……その問い方は、ただ、与えてくれるというわけではないな」

「その通りです。施すからには、施される側にも覚悟がいる。彼女に託された者として、私はあなたに問わねばなりません」

暁蕾は政《まつりごと》に疎い。この問いかけをまとめるのにも、様々考えを巡らせ時間を食った。まず言わねばならない大事な一言がある。

「草原の民は消え、涙の泉と霞樹は枯れました。この意味を宗哲さまならご存じだと思います」

「涙龍はもう霞国にいない……だな。やはり間違いないのだろうか」

「はい。この国にもう涙龍の加護はありません。でもそれは涙石だけの話じゃありませんでした。長い間この国を覆っていた大気も同じです」

涙龍は涙の泉や霞樹を通し霞国の気候すら変えていた。人々が凍えぬよう、あたたかく過ごせるように、知らぬところで恵みを与えてくれた。けれどもうそれはない。霞国は繁栄期を終え試練を迎えようとしている。

「いまは春だからまだいい。けれど霞国はこれから他国と同じ四季を迎える。私は本当の冬を知らないけれど、またあの寒さと、それ以上の厳しい時間があなたたちを待っている。そのとき皆が求めるのは、頼れる王と冬の備えです」

これまで通りの穏やかな暮らしはできなくなる。夏は日照りに備え、秋に備蓄を行い、冬までに充分な防寒具を作らせる政策を立てねばならない。各施設や家々の改修も必要だろう。ただでさえ厳しい冬を迎えるのに、霞国の人々はほとんどが真冬を知らないから、いまお祭り騒ぎの民は、まず間違いなく冬に不安を覚える。政の方向を間違えれば、不満は宗哲へ向かうだろう。そうなれば霞国兵の槍《やり》の穂先が民に向かうのは避けられない。

暁蕾が問いたいのは、ただしく四季に備え難事を乗り越える覚悟だ。きっと民は想像以上に宗哲を非難するし、不平不満を漏らす。権威がない、などと嘆いている暇などなく、王としての責務を果たさねば国は滅ぶ。単に滅ぶのではなく、弱った霞国を狙って他国や周辺の遊牧民・騎馬民族に攻められて滅亡する未来だって十分にある。

ゆえに暗に告げている。

——楽になりたかったらいま死んでおいた方がいいのだと。

宗哲は考えた。

簡単に答えを出さず、未来を憂いじっとりと汗を流した。きっと頭も良いのだから、暁蕾が語る以上の、予測されるあらゆる可能性を探っている。即答していたら信じないところだったと、密《ひそ》かに安堵《あんど》の息をついていたなど誰も気付かなかった。

暁蕾は急《せ》かさなかった。

宗哲が答えを見出《みいだ》すまで待ち……やがて男は顔を上げた。

「どうか……それを余に分けてもらえぬだろうか」

「飲まれるのですね」

「飲もう。余は、まだ生きねばならぬ」

「苦しい日々が始まります」

「構わぬ……とは言えぬな。なにせ蓮妃と再会できるなら、それでも良いと、余はたったいままで考えていた」

煌妃がそっと自分の手を宗哲の手に重ねる。伏せられた瞳《ひとみ》は悲しげだった。

「すまぬ、煌《こう》よ。そなた達の前で語るものではないが……」

暁蕾には貴人の恋愛観はわかりかねるが、彼らの婚姻は恋愛だけによるものではないと知っている。だが確実なものがあるとしたら、宗哲が翠蘭を大事にしていて、殺されてもおかしくない状況に自ら踏み込むほど想っていたことだ。

翠蘭は涙龍の許《もと》へいった。果たして死後も天で会えるのか、暁蕾には疑問しかなかったが、男の希望は摘まない。

宗哲が生きる理由は、まだ置き去りにできないものがあるためだ。

「余が息絶えれば、子が王の責を負うことになろうが、憎悪の矛先を子に向かせてはならぬ。権威のない君主であろうと、せめて民の怒りは余だけに留《とど》めねばなるまい」

あの世で翠蘭に怒られるからでも、権力を取り戻したいからでもない。王として、親としての責務を語る宗哲に、涙石を載せた両手を差し出す。

宗哲は珠をつまみ取ると、意を決し飲み下した。

人の薬と違い、涙龍の奇跡は即座に現れる。宗哲はわずかに胸を押さえたものの、みるみるうちに青白かった顔は血色を取り戻し、活《い》き活《い》きとした躍動感に満ちていく。

痩《や》せ衰えた体は相変わらずだが、宗哲は驚きに目を見張り、己が両手を握りしめる。

「体中の痛みが、消えた……」

慌てて煌妃が熱を測り、典医が手首で脈を取りはじめる。

皆が仰天し騒々しくなると、暁蕾は自らに注意が向かないうちに深々と頭を下げた。

嫌々頭を下げるのではない。霞国に住まう一人の民として君主・宗哲に頼むのだ。

「それでは宗哲さま。どうか、いつまでもお元気で。ひとりの民として、そして、霞国の盟友だった者の末裔《まつえい》として、お祈りいたします。……ありがとうございました」

彼女の声は優しさと哀愁が一つに溶け合い、心を揺さぶる響きがあった。それはまるで永遠の誓いとなって、王の耳に深く焼き付けられる。

「暁蕾、そなたは……」

「できましたなら、私共の悲劇を繰り返さぬようお願い申し上げます」

「いや、待つが良い。余はまだそなたに謝罪を……」

は煌妃だ。

「不要です。それは宗哲さまにもらうものではありませんでした」

そのまま宗哲の前から姿を消せたらよかったのだが、去った暁蕾を追いかけてきたの
「お待ちなさい、どこへ行くつもりですか」

他の者なら無視したろうが、この女性《ひと》とあらば対応は変わる。

困って返事をしない暁蕾を、煌妃は戸惑った様子で引き留めんとする。

「お前の話が本当なら、宗哲様は本来のお体を取り戻したのです。霞雲殿に忍び込んだのは問題だったけれど……それを差し引いても、栄誉を授かってしかるべきなのよ」

「煌妃さま。私は己の望みを叶《かな》えただけで、名誉がほしくて涙石を渡したのではないのです」

「ですがお前が立たねば、草原の民は今度こそ滅ぶでしょう。彼らのためにも残るべきだし、見合った働きには相応の報酬が必要よ。宗哲様も同じ事を望まれるでしょう」

改めてまたひとつ知ったが、煌妃はいい人だ。無論、いい人の定義は人それぞれだけれど、少なくとも暁蕾や翠蘭にとってはいい人だった。

彼女にも頭を下げた。

「ありがとうございました」

「わたくしはお礼を言われるようなことはなにもしていませんよ」

「まだ言えていないお礼がひとつあったのです。妖瑤《ようよう》に絡まれていたとき、助けてくれ

てありがとうございました」

一度繋《つな》がった翠蘭の記憶が教えてくれる。彼女は必要に応じて居丈高な態度は取るけれど、少なくとも誰かに虐げられている人は見過ごせず、同じように翠蘭にもそれとなく助け船を出していた。そういう彼女の気質が宗哲の目に留まったのであれば、彼は良い目を備えている。

まるで今生の別れの礼に、煌妃はいちど黙り込む。

「小羊……いえ、暁蕾ね。もう一度尋ねるけれど、お前はどこに行こうというのです」

暁蕾からの答えはない。

返答に窮して眉間《みけん》にはしわが寄っていたが、はにかむ姿は希望に満ちている。

「……死にに行くのではないのですね？」

「それはありえません。死んでしまったら、家族も、翠蘭のことも覚えている人が減ってしまいます」

「……なら、良いでしょう」

宗哲が心配していたのは自殺だ。親友もなにもかも失った彼女が自ら命を絶つのではないかと、そのために何度か暁蕾を呼び寄せていた。煌妃は王の心情を慮《おもんぱか》ったからこそ気に留めていた。

だが、生きる意志があるのなら話は別だ。

「我が君を救ったと広まってしまえば、お前を引き留める者は多いでしょう。騒ぎになりたくないなら、早く行きなさい」

「私も騒ぎは避けたいのですが、その前に子義さまに会っていきます」

「……いいことはないと思うけど。いえ、お好きになさいな。市井に伏せられた事実はともかく、霞国を救った人を、わたくしは止められません」

「それは、なんだか大袈裟《おおげさ》ですね」

「大袈裟なものですか。事実を述べているだけよ」

さらにこれからは宗哲を救った恩人にもなる。

心を込めて煌妃は言った。

「恩人に宴《うたげ》の席も用意できず、このような形で恐縮でございますが、宗哲様をお救いいただき感謝いたします」

「……！　こ、煌妃さま⁉」

未来の霞国の王の母が、ただの娘に腰を折った。

深い感謝の意を込めて、謙虚に頭を下げているのだ。相手に対する尊敬と感謝の姿勢を表していた。

「もし霞国を許してくれるなら、いつでも好きな時に、霞雲殿にお越しくださいませ。わたくし達は、貴女を歓迎いたします。ですからどうぞ……いってらっしゃいませ」

その言葉は音楽のように響き、暁蕾の心にあたたかさと希望をもたらす。

「……ありがとう、ございます」

たくさんの隔たりと誤解を経て、暁蕾は自分が少し、大人になれた気がしていた。

子義《しぎ》さま、と名を呼んだとき、その人は破顔した。

いずれ訪れる王の葬儀の手配に忙しい子義の周りには、幾十人もの宦官《かんがん》や文官が付き従っている。書簡に取り囲まれ、宗哲よりも王らしい貫禄《かんろく》を備えた宦官は、職務中にもかかわらず暁蕾を歓迎した。

たくさんの目に囲まれ、暁蕾は首を傾げる。

「お邪魔でしたでしょうか」

「まさか、私がお前を邪険にしたことなどなかったはずだ」

肩を抱き、まるで我が娘のように接してくれる。それは普段通りの子義であったが、公の場で彼女を歓迎するのは初めてだ。

事の顚末《てんまつ》は子義の耳にも入っているはずだ。道中誰にも邪魔されなかったのが証拠だった。

子義の時間を借りたい、といえば了解をもらえた。場を離れる際に目が合った文旦《ぶんたん》は、他の仲間から距離を取られている。おそらく宗哲への忠誠が厚いのがばれて冷遇されているのだろう。実際、彼は宗哲の間者《かんじゃ》に近い存在らしいので、生殺し状態もやむを得ないのだろうが、同じく間者として働いた張進《ちょうしん》のように、殺される心配はしていないのだろうか。

向かった先は、奴婢《ぬひ》だった頃には到底案内してもらえなかった広大な庭だ。翠蘭と歩んだ場所とは違い荘厳華麗であり、魅せるための造りといおうか、手入れが行き届いて芍薬《しゃくやく》の花が咲き乱れている。

薄桃色の花弁は透明感があり、中心に向かって徐々に深化する様は優雅さが感じられる。花園に縁のなかった暁蕾の喜ぶ顔に子義も満足げではあるが、それはどちらかといえば、着飾った暁蕾の姿を目にしたからのようでもある。

「教育は必要だろうが、お前も立派な姫になれるだろうな」

「子義さま？」

「蓮妃が身を捧《ささ》げ、残念なことに宗哲様も間もなく命が潰《つい》えよう。しかし、幸いにもすでに御子がお生まれになっている。お前ほどの器量があれば、多少の年の差は問題あるまい」

「すみません子義さま。お言葉の意味がわかりかねます」

「ああ、私としたことが、立派になったお前が嬉《うれ》しくて先走ってしまった」

改めて子義を見上げれば、宗哲とは違う魅力に溢《あふ》れている。存在が他のすべてを圧倒し、周囲に気品と威厳を見せつけるのだ。姿勢はまっすぐで、知恵と経験から学んだ自信に満ち、まるで王そのものだと感想を抱く。

子義は人払いを行った。後ろ手を組み、人気《ひとけ》の無い小道を行く。咲きほこる花のひとつひとつを愛《め》でながら朗らかに告げた。

「暁蕾《しゃおれい》、お前は私の養女になりなさい」

すこぶる機嫌が良い。最良の提案だと疑っていないのか、返事がないのも気になっていないらしかった。

「私は子を持てないが、養子をとってはならない決まりはない。評判も心配するな。宗哲様は隠したがっていたが、本物の立役者は蓮妃とお前だとすでに知っている。私が必ずや草原の民の名誉を取り戻してみせよう」

朗々と語る声は聞き心地が良かった。

後ろを歩く暁蕾は、静かに地面に視線を落としたまま、己の心に問う。

青影《せいえい》に出会う前なら、きっとこの提案も、戸惑いながらも喜んで受け入れていた。なのにいまはもう、ただただ気持ちが沈んでいる。

だけど、と、帯の内側に手を差し込む。

涙石を受け取る前の宗哲を思い出す。彼が国の苦難を思い描き、憂いおそれたのはなにも民だけではない。生き延びた先に必ず訪れる宦官との争いも悩みの種だ。

……ただ、それは杞憂《きゆう》に終わるのだとは、暁蕾だけが知っているのだけれど。

「少し我慢が必要だが、苦労させた分だけ不自由のない生活を約束しよう。次の王と契りを結んだ暁には、霞国の未来をお前に約束しても良い」

子義は珍しくありもしない未来に向けて幻想を語り、無防備な背を晒《さら》している。気付いてほしい、でも気付くなと相反する想いを抱きながら、ついにそれを抜き終わると、両手で構え勢いを付けて走った。

ここに来るまでの間、ずっと迷っていた答えだ。

「お前はどう思う。なあ、しゃ」

みなまで言えなかったし、言わせなかった。

突然後ろから衝撃が走り、子義はさぞ驚いたはずだ。何が起きたかも理解できずにいる中で、食い込む刃を深く深くめり込ませる。

霞樹では使わなかった小剣が、いま彼女の役に立ち、子義の背中を刺している。

人を刺す感触とは、なんと気持ち悪い。戦い慣れている青影はこんなものを何度も味わっているのか。

肩で息をし、額といわず全身から汗を流し、渾身《こんしん》の力で刃を引き抜く。

「……………なぜだ？」

小さな声が暁蕾に問うていた。倒れることを拒絶し、足に力をいれたが、上手《うま》く行かなかったらしい。足をもつれさせながら仰向《あおむ》けに倒れる。小剣は確かに臓物を貫いたらしく、地面にはじわりと血が広がりはじめる。

暁蕾は鼻を啜《すす》りながら男の傍に腰を落とした。

子義の胸にすがり、すすり泣くなど、現行犯なのにちぐはぐな行動だが、暁蕾自身も己がここまで感情の制御が利かなくなるとは予想していなかった。

ぼろぼろ涙をこぼしながら問う。

「どうして、なぜ、みんなを殺したんですか」

子義に気をつけろ、と煌妃に言われた言葉は忘れていない。

でも深く突き詰めたらいけない気がして、わざと目をそらしていた。それが許されなくなったのは、翠蘭の生贄《いけにえ》が決まってから。疑いを向けるようになって、安世《あんせい》を転化させた主犯が妖瑤《ようよう》だと知ったら不意に頭を過《よぎ》るようになった。犯人を見つけられない青影に、罰も与えなかったのが疑問だった。殺されたのが宗哲の臣下だった事実に震え、最後に逃れようのない証拠を見た。

翠蘭の記憶は、子義に逆らったゆえに母を亡くしたと語る女性の姿を教えた。後ろ盾とは体のいい監視。常に見張られているから、下手なことは言えないのだと寂しく笑う煌妃の姿を見せた。

宗哲は泣いていた。

泣き叫ぶ翠蘭を抱きしめ謝っていた。

子義が周りをそそのかし、進めてしまった草原の民の終焉《しゅうえん》を嘆いていた。

――力のない王ですまない。虐殺を止められなくてすまない。

翠蘭から受け取ったいくらかの記憶は、宗哲が霞樹で虐殺を否定しなかった理由を補ってくれた。九年前のあの日、あの時点で宗哲にはすでに権威らしい権威は無かった。すべてを知ったときにはもう軍が動いていて、臣下は彼のために涙石と、その生成道具《すいらん》を持ってきた。虐殺を知った宗哲がすべてを諦《あきら》め、戦いもせず家臣の思うままにさせていた自分を恥じて翠蘭に接したのが、たぶん、あの二人の始まりだ。

臣下の罪は主である自分の罪。宗哲はその心で、虐殺の汚名を受け入れた。

きっと暁蕾が心で舌を出し頭を下げていたのも見抜いていただろう。

翠蘭が子義を慕う暁蕾に不安を覚えていたとは、彼女が消えてから知った。思えば子義の名を出すと表情を曇らせていたか。暁蕾が他に頼る人を知らず、また唯一気遣ってくれる人物と知っていたから黙っているしかなかったのだ。

まったく自分の目は節穴だと嘆きたくなるが、こうして仇《かたき》を取ってなお、喜びは湧いてこない。

たとえ偽りだったとしても、子義が与えてくれたものは彼女を救ってくれていた。

刻々と子義の命は尽きようとしている。

人気の無い、誰も来ない庭ですすり泣きが風に乗っている。芍薬の花がさらさらと揺れ囁《ささや》いている。

子義は彼女を殴りも、罵倒《ばとう》もしなかった。

抗《あらが》いもせず、ぼうっと彼女を見つめながら呟《つぶや》く。

「……なぜ、だと？」

緩慢な動きで暁蕾の涙を拭《ぬぐ》い、愛しい娘をあやすため、じんわりと笑みを浮かべる。

……いつだったか、翠蘭にも頼れなくて、心細くなっていた子供の時分。秘密だと笑い、父のように抱き上げてくれた昔を思い出した。

血はいまや背中どころか足まで濡《ぬ》らしはじめている。命に頓着《とんちゃく》がないのか、穏やかなままで、手の感触を確かめるように頬を撫《な》でる。

「…………もちろん、宗哲様の、ためだとも」

腕が落ち、呼吸は浅く、目から光が消えてゆく。

離れがたく見つめていると、足音が聞こえた。振り返ると文旦が佇《たたず》んでおり、二人をつぶさに見守っている。

暁蕾はいいわけもできず、まともな声も出なかった。

「……あ」

大粒の涙を零《こぼ》す暁蕾になにを思ったのか。彼は早足で近寄ると、彼女が握る小剣の血を拭い、鞘《さや》にしまわせた。無理やり立たせ、付着した血液を誤魔化すように裾《すそ》を握らせて背中を押す。

「行きなさい。あとは私共の仕事になる」

「待って、でも、私」

やはり文旦はもう自分を偽っていない。彼女の肩を摑み、真摯《しんし》に言いきかせた。

「最後まで残っていては、いくら貴女でも逃れられなくなるはずだ。いまかいまかと子義様のお戻りを待っている者がたくさんいるのだから」

だから行け、と文旦は諭す。

そうなっては彼が罪を被《かぶ》るのではないか。暁蕾は心配したが、文旦は不敵に笑う。

「心配は無用。私は我が友、張進《ちょうしん》の仇を取っただけで終わらせるつもりはないのです。それに私の愚か者の演技も、さまになっていたでしょう。この程度は切り抜けられる」

そうして別れ際に言った。

「先ほど宗哲様の快癒の報告をいただいた……心より感謝申し上げる」

暁蕾は走った。

走って、走って、走った。

庭を、廊下を、宮廷を駆けた。官女に咎《とが》められるのも厭《いと》わず、衛兵に止められるのも無視し廊下を突っ切る。大門を越え、長い階段を下るときは、美しい少女が駆ける様に周囲が何事かと驚き、振り返る。息せき切らしながら、大きな影に空を見上げると、枯れ果てた霞樹の姿。そよそよと心地良さげに枝葉を揺らすかつての景色を夢想したが、それも一瞬。枯れた大樹を背に駆け出し、街に到着すると、いい加減邪魔になり始めていた簪《かんざし》を引き抜く。重ねすぎている帯も解いた。上品な靴は走りにくいから脱ぎ、そこらに干してあった麻靴を失敬し、代わりに腕飾りをひとつ置き捨てる。

霞国の街は長い。まっすぐ突っ切るだけでも一苦労だが、不思議とまったく苦にならない。向かうのは貧民街にある襤褸《ぼろ》小屋ではなかった。

人混みを縫うように、あちこち飾られた大通りを駆ける。街は生き生きとした活気に満ちていて、普段だったら気にかけもしない人混みの中で、頭一つ飛び抜けた美しい黒髪とすれ違う。

「あの！」

足を止め、振り返った。

細身ですらりとした四十ほどの女性。男にも負けない長身と存在感が備わる人で、相変わらず不思議な黒衣を纏《まと》っていた。以前拾った紐《ひも》飾りが直剣に飾られている。

青影には二度は会えないと言われていた人だ。

女性はぷかり、と煙を吐いた。

器用に片方の口角だけをつり上げている。瞳《ひとみ》は万物を見抜く洞察力と深淵《しんえん》さを宿していた。

「や、また会ったね」

「はい、お久しぶりです！」

まるで今日の再会を予測していたかの如《ごと》き振る舞い。

今度の人混みも、やはり暁蕾達のやり取りに気付かない。だがいまの彼女は気にならないし、女性も同じだ。元気に返事をした暁蕾に、女性は鷹揚《おうよう》に頷《うなず》いた。

「元気なのはいいことさね。さて、こうして見つかって、呼び止められたからにはなにかあるんだろうけど……」

「いえ、時間がないのですぐ終わります。聞きたいのはひとつだけなので！」

「うん？」

きょとん、と丸くなる瞳。途端に女性が可愛らしく見えた。

「あなたは神ですか？」

青影には仙人だと示唆されたが、いまの暁蕾は他の人より鋭い目を持っている。欠片《かけら》程度に残った涙龍の力が、暁蕾に鑑識眼を与えていた。

仙人を目の当たりにしたことはないが、「人」が付くだけあって、彼らはあくまで人の範囲だ。それに比べてこの女性ときたら、内側に涙龍みたいなぐるぐるとドス黒い力の渦を宿している。

質問が可笑《おか》しかったのか、女性は低く笑った。

「もうちょっと、こう、突っ込んだ質問があるかと思ってたんだがねぇ」

「あ、答えてもらえるんですか。例えば全部手の平の上だったのか、とか」

「冗談はおよしよ。人の行動を制御できているなら、もっと上手《うま》くやってるさ」

なにが上手く、なのかは不明だが、教えてくれるつもりはないらしい。

女性は髪を掻《か》き上げる。見惚《みと》れるくらい様になっていた。

「答えは是。だけどここにいたのは偶然だ。あたしは未来予知なんてできないからね。ただ事の流れを見物していただけだよ」

「そうですか。では、お時間を取らせました」

「行くのかい？」

「はい、行きます！」

大きな声になったのは、ことのほか未来に心を弾ませていたためだ。

相手がどんな神かは知らないが、ろくでもなさそうな神様には背を向け走り出す。

いつの間にか周囲の音も蘇《よみがえ》り、走り続けた暁蕾は、ようやく正門前に到着する。霞国の玄関口は人の姿がまばらだが、時間が経てば、また多くの人で賑《にぎ》わうだろう。

待ちわびているはずの人を見つけて駆け寄った暁蕾は「あれ」と驚いた。

「丁さん、なんでここにいるの」

「なんで、じゃねえよ。わからねえと思ったか」

霞雲殿で別れたはずの丁がいる。暁蕾が隠していた裙の血に気付いたが、ぎょっとしただけで触れてこず、悪態を吐くような態度で馬の首を叩《たた》いた。

「こいつを融通したのはおれだし、おまけにやたら丁寧に家の片付けまではじめて、んなことされたら嫌でも気付く」

助けを求め待ち人……青影を見た。彼は黙って腕を組んでいるが、目は如実に自分でどうにかしろと語っている。

言い訳を考えていると、わざとらしくため息を吐かれた。

「止めねえよ。見送りに来ただけだ、この馬鹿娘が」

言うなり持っていた麻袋と、上掛けや履物を寄越してくれる。靴は丈夫でくるぶしまで包まれる、歩きやすさを優先したものだった。

「丁さん、これは」

「餞別《せんべつ》だ。袋の中は商人のにいちゃんに聞いた、旅に便利な道具や、かみさんが作った飯が入ってる。途中で食え」

　仕事は抜け出してきたらしい。

　大目玉は必至なのに、いいか、と人さし指を突き出し言った。

「たまには帰ってこい。なにやらかそうが、居場所くらいは用意してやる」

　それだけ言い残して、大股《おおまた》で行ってしまう。つい青影に顔を向けると、用意していた袍《ほう》をこちらに渡して言った。

「湿っぽい別れは嫌いだそうだ。……男物でよかったのか」

「女物は動きにくいし邪魔になるでしょ」

　物陰に移動すると青影が壁を作り、手早く着替える。化粧は落とし、膝下《ひざした》まである外套《がいとう》を羽織る。衣類はすべて荷に押し込んだが、金に困り次第売りに出す予定だ。

　懐には使ったばかりの小剣を忍ばせ、腰には翡翠《ひすい》飾りを下げる。少し古ぼけているおかげで、旅の装いにも違和感なくとけ込んだ。

　青影は翡翠飾りを意味深長に見やった。おそらく妖瑤を思いだしたのだろうが、翡翠に閉じ込められている限り、彼女の復活は二度とない。

　荷物はすべて馬に括《くく》り付け、青影が手綱を握る。

　これで本当に旅の準備は完了だ。

　暁蕾は青影と一緒に旅に出る。

「本当にいいんだな」

あえて確認を取る青影に、暁蕾も頷く。

「もちろん。青影の手伝いをするって約束したでしょ」

「それは、そうなんだが……まぁ、君がいないと困るのは事実だ」

「でしょ？」

わざとゆっくり歩き出すのは、まだ戻れると言いたいからだ。だが生憎《あいにく》、暁蕾はもう引き返せない。ついさっき宗哲に涙石を渡し、仇討《かたきう》ちをしてけじめをつけてきた。ここで国に残っていては面倒事に巻き込まれる。

「それに旅に出る理由も、手伝いだけが全部ってわけじゃないし」

「他に特別な理由が？」

「外の世界を見てみたいなと思って」

「若いな」

「いまのすっごくおじいちゃんみたい」

すかさず言い返すが、いまのことばが本音だった。

自由になってやりたいことを考えたときに、真っ先に浮かんだのは、もっと世界を見聞したい、だった。

青影が止めるのは草原の民の復興を気にかけているゆえだが、暁蕾にしてみればどだい無理な話だ。ひとりで立て直したところで今更だし、彼らは涙龍あっての部族だった。

暁蕾が頑張って復活させても、此度《こたび》霞国を救った伝承に、遠い未来で苦しめられる。それに霞樹と共に、涙の泉も涸《か》れた。暁蕾が涙龍に力を還《かえ》した際に、霞樹はもちろん泉もすべて消し、傷を癒《い》やすための力とさせた。

あの洞窟《どうくつ》は、いまやぽっかりと穴があくだけで、水の一滴も残っていない。

幻想を追い続けるほど夢想家にはなれない。

だから草原の民は復活しない。

唯一の生き残りだけが彼らを覚えていて、これから語り続ける。それでいいと決めたのだ。

大門をくぐる前に、もう一度だけ青影は確認した。

「挨拶《あいさつ》をし損なった人はいないか？」

「大丈夫。会いたいって思う人たちにはちゃんと会ってきたよ。安世たちのお墓参りもすませた」

「せめて貧民街の人達には何か言ってもよかっただろうに」

「そっちは丁さんがうまく言ってくれるよ。それに私がいなくても、ちゃっかりやっていく人たちだからね。わかった途端に家の中の物を漁《あさ》ってるんじゃないかなあ」

「時々思うんだが、君は思い切りが良すぎないか」

結果として王に招かれたからよかったものの、宮廷へ不法侵入しようとしていた人物に言われたくない言葉である。

「子義殿はどうだった？　彼は止めただろうに」

「……そっちも大丈夫」

青影は国を離れる以上、宮廷の人々に関わる気がないらしい。

少し腫《は》れぼったくなった暁蕾の目元には言及しなかった。彼女がなにをしてきたかを知らないか、気付いて口にしないかは不明だが、子義についての所感を語った。

「あの方は、まぁ、あまりいい方だと俺は思えなかったんだが」

「そんな感じはあったね」

「ただ、君の身の安全を守ろうとしたときや、相対していたときの心に嘘はなかった。難しい人だったが、そのあたりは信じてもいいんじゃないか」

養女になりなさい、と言った背中が蘇る。

「そう、かな」

「暗殺騒ぎで、君に心配されたときは心から嬉《うれ》しそうだった。すべてが嘘だとは考える必要はない」

「…………うん」

霞国を離れる。

いままで都を離れるときは必ず護衛付きで、向かう方角は決まっていた。だがいまはまったく知らない未知の世界へ旅立とうとしている。

「青影、ちょっと残念そうだね」

「気のせいだ。死に損なったのは初めてじゃない」

青影は若干気落ちしている。涙龍に天に帰れる力が無かった事実や、力を還した行動の意味も理解しているが、やはり目の前で涙龍を逃したのは残念だったらしい。

暁蕾は励ますように言った。

「これからは私がいるじゃない？　涙龍の痕跡《こんせき》があればすぐにわかるし、〝道〟さえあるなら、また話すことだってできるんだしさ」

「わかっているさ。君ほどの存在を獲得できたのは、長い旅の中でも大きな前進だ」

「その割には不服そうだね」

「……いま、俺は心の中で天に対する文句が絶えないんだ」

涙龍の傷が癒えていない可能性を、天が考慮していなかったはずはない。

それに霞国の力を還したといっても、涙龍が完全に回復している保証はない。二人はこれから、涙龍が力を取り戻す方法も考えねばならなくなったのだ。

青影の罵詈雑言《ばりぞうごん》とはどれほどなのだろう。

興味が頭をもたげるのを見なかったことにして続ける。

「……まぁ、神ってなんか、変なのが多そうだし、仕方ないんじゃないかな」

「会ってきたような物言いじゃないか」

「会ったよ、涙龍」

実はついさっき、もうひとり会っていたことは秘密だけれど。

実際に涙龍と相対した身として、本音をいえばあんなのに関わるのは二度と御免だという意思はある。巫《かんなぎ》として動いているときはともかく、万能感が去れば暁蕾はただの人間。強大な力の恐ろしさに自らの肩を抱いた日もある。

霞国にいた方が安全に過ごせるだろうが、暁蕾は約束してしまった。

――涙龍、私がお前を天に帰してあげるから、と。

涙龍はあれをしっかり聞いていた可能性が高い。

涙石しかり、そのために力を貸してくれたのだとしたら、約束は守らねばならない。

こうなっては無視を決め込むのは義理に反する。

「ねー青影」

「なんだ」

「母さまのこと、本当に知らないんだよね」

死後も肉体を利用された暁蕾の母、美月《めいゆえ》。

あれから残った肉体を火葬し、遺灰を草原に撒《ま》いた。

妖瑤の発言など信じないと決めたものの、妖瑤の最期の固執と、ただの主婦であった母の肉体が残された答えを見出《みいだ》せなかった。そのため青影に確認を行ったが、返答はわからない、と不透明だ。

「俺の故郷は大きな都だったんだ。不死になった者の数は多くなかったが、ほとんどは絶望に落ちて、静かに姿を消した。顔なんてろくにみてなかったんだ」

「けっこう、いるものなんだねぇ」

「君の予想よりはいるが、大体は閉じこもる選択をしたから滅多に会わないし、会っても味方とは思わないでくれ。言いたくはないが、ほとんどは涙龍を憎んでいる」

「青影みたいに天に帰そうって人は少ない？」

「……かなり」

もし暁蕾の母が不老不死の人だったのだとしたら、どちら側だったのだろう。せめて納得した人生を送っていたらと願うばかりだ。

神出鬼没の琥珀は、傷も癒え、いまは馬の上で寛《くつろ》いでいる。人間を差し置き悠々と転がる姿は小賢《こざか》しく、こんなところが青影の気に障っているのかもしれない。

「あ。あともうひとつ」

「あまり喋《しゃべ》るな。体力を使いすぎるぞ」

「でもさ」

「でも、じゃない。ここから先は、俺が必ず助けられるわけじゃない。体力の温存は自分で気を配ってくれ」

厳しめな言葉は、誠実を装う必要がなくなったからか。ちょうどいいので口を閉ざさず続ける。

「青影、本当の名前はなんていうの？」

はげしく嫌そうな顔をされた。

何故知っていると言いたげだが、答えは妖瑤だ。彼女が霞樹で青影を呼ぶとき、違う名前で呼びかけたのを覚えている。なにせあの時のことは何度も何度も記憶を反芻《はんすう》しているので、いつでも再現できるくらいだ。

「……知りたいのか？」

「言いたくないならべつにいいけど、教えてくれるなら嬉しい。本名を知られるのは迷惑？」

「いや、そこまで困るものではないんだが」

ではなにが問題なのだろう。気まずげに口元を歪《ゆが》ませる姿を不思議に見つめていたら、やがて観念したらしい。

「青影、という人物を演じる間は、誠実でいい人であれるような気がしてたんだ」

いまいち理解し難《にく》い理由だが、茶化して名を教えてもらえなくなっては困る。真剣に続きを待つ姿に、青影は名を教えた。

「黑《へい》だ。名は幾度も変えてきたが、最終的にはいつもこの名に戻る」

「黑……黑かぁ。うん、わかりやすい名前だね」

大切に繰り返し呼ぶ姿は、青影と名乗っていた男の心を、祝うように温めた。唇から音がこぼれるたびに生命を吹き込まれ、響きが彼の中で共鳴し、彼女の存在が不可欠なものとして刻まれる。暁蕾の何者にも縛られる必要のない姿は、どんな困難な状況にも立ち向かう力強さを宿したのだと感じさせるだろう。

暁蕾《しゃおれい》もまた、眼前に広がる新しい光景を前に、黒の名を胸に刻む。

足元には草の葉がそっと揺れ、太陽はゆっくりと昇っていく。暁蕾の瞳は、美しい景色を逃すことなく、深く受け止める。この瞬間は人生の中で特別なものとなり、いつまでも忘れることはない。

多くを知り、多くを失った。

けれど、何も知らずにいたあの頃に戻りたいとは思わない。

彼女は想いと別れを糧にすると決めた。暁蕾自身のために、そして愛した人達のために、彼らを語り残し、存在を刻むために背負って行く。

黒《ヘい》もそのひとりだ。

涙龍を天に帰せなかったのは残念だが、彼との付き合いは続く予感がある。

ぐっと背を伸ばし、深く息を吸う。

新しい出立は心躍るのだと初めて知った。

「じゃあ、これからよろしくね。黑」

「よろしく頼むよ、暁蕾」

十六歳を迎え、希望に満ちた春がはじまった。

あとがき

角川文庫では初めましてとなります。

さてさて、本作をお手にとっていただきありがとうございます。

筆者のかみはらです。この本が発行されるあたりまででは、早川書房で死生観ハードめの転生物語を何冊か出しております。

今回はご縁があって、角川文庫からお声がけいただき、ちょうど中華系ファンタジーを書いてみたいと考えていたのもあり執筆させていただきました。

などと綺麗《きれい》に書いてみましたが実際はやったー書きます！　やります！　な勢いです。資料を用意して私のテイストで味付けし話が仕上がりました。

本作は神々の実在する世界において涙龍《なみだりゅう》と関わる人間の物語ですが、暁蕾《しゃおれい》と青影《せいえい》もとい黑《へい》の物語は如何《いかが》だったでしょうか。

諦観《ていかん》の海に沈み、先がなかったはずの少女の物語と、その結末を楽しんでもらえていたのなら幸いです。

さてさてこのお話を面白いと思ってくださった方、今後どうなるの!?　など続きが気になった方、よろしければ編集部宛《あて》にお便りを送ってください。もしくはＳＮＳでの感想発信をお待ちしております。

筆者はネタバレを気にするよりも、皆さまの感想で興味を持ってくれる方が一人でも増えたほうが嬉しく、それでお話が広まるなら大歓迎です。

最後に、物語のラストまでお付き合いくださった皆さま。

ぱっと目を惹《ひ》くイラストを描いてくださったイラストレーターのさくらもちさん。

お声がけくださった担当編集さん、刊行にあたり制作に関わったＫＡＤＯＫＡＷＡの皆さま。

誠にありがとうございました。

刊行に先立ち、感謝を込めて。

二〇二三年　十二月

かみはら

本書は書き下ろしです。
本文デザイン／青柳奈美

涙龍復古伝《なみだりゅうふっこでん》

暁《あかつき》と泉《いずみ》の寵妃《ちょうひ》

かみはら

令和6年 2月25日 初版発行

発行者●山下直久

発行●株式会社KADOKAWA
〒102-8177 東京都千代田区富士見2-13-3
電話 0570-002-301(ナビダイヤル)

角川文庫 24025

印刷所●株式会社暁印刷
製本所●本間製本株式会社

表紙画●和田三造

ISBN 978-4-04-113982-0 C0193

◇◇◇